신성우 2인극집
: 폭설 外

신성우 2인극집

: 폭설 外

평민사

차 례

작가의 말

2013년 말에 늦깎이 신인 작가로 데뷔한 이래, 전혀 기대하지 못했던 격려와 칭찬에 들떠 정신없이 신나게 작업하다가, 데뷔 12년 차를 바라보는 지금, 50대 중반의 나이에 첫 희곡집을 내게 되었습니다. 굳이 저의 늦은 데뷔와 지금의 제 나이를 말씀드리는 것은 그보다 길었던 저의 무명 시절을 언급하기 위함입니다.

창작자가 되겠다며 잘 다니던 대학원을 박차고 나온 뒤로 우연히 연극계와 연을 맺어 첫 공연이 무대에 오르기까지의 시간 동안, 제 공식 이력은 1편의 단편 영화를, 대단한 평가를 받지 못했던 10분 남짓한 단편 영화 1편을 쓰고 연출한 것이 전부였습니다. 40대에 접어든 어느날 누군가 묻더군요. 그 세월을 어떻게 견뎠냐고요.

그 말이 주었던 충격이 너무 컸기에, 저는 아직도 그 순간을 생생히 기억합니다. 상대방의 말처럼 지난 세월을 버텨낸 것 때문이 아니라, 그렇게 아무런 작품 활동도 못 하며(사실 그 시절에도 작품은 계속 썼습니다. 봐주는 사람이 아무도 없었을 뿐입니다), 앞으로 남은 수십 년의 세월을 살아갈 것을 생각하니 아찔했었기 때문이었습니다. 설혹 '영화 같은' 일이 벌어져서 사후에 발굴되어 걸작으로 평가받을… 데뷔하지 못한 영화인에겐 그런 몽상을 꾸어볼 작품도 없기 때문입니다. 말 그대로 '덜컥' 겁이 났습니다. 몇 년만 더 지나면 '쉰'이 된다는 생각에, 그러다 예순이 되고, 그러면 현역으로 활동하던 사람도 활동이 줄어들 나이이고, 좀 더 먹으면 노년에 접어들고… 정말 '덜컥' 겁이 났습니다.

그러던 것이 엊그제 같은데, 어느새 저의 작품들을 모아 희곡집을 내게 되었습니다. 그것도 2인극만 여섯 편을 골라 엮은 희곡집입니다. 앞으로 다른 작품들도 책으로 낼 기대에 부풀어 있습니다. 작품도 남기지 못하고, 기억도 남기지 못하고, 사랑도 받지 못한 채로 사라질 것이 두려워 겁을 내었던 그날을 생각하면 울컥하기까지 합니다.

그래서 저는 이 책이 너무 자랑스럽습니다.

이 희곡집이 나온다는 것이 너무 감격스럽습니다.

이 작품들을 무대에 올려 준 동료 연극인들에게 너무너무너무 감사합니다.

감사해야 할 분들이, 평생 은혜를 갚는다는 생각으로 살아야 할 분들이 너무 많기에 누구부터 인사를 해야 할 지 모르겠습니다. 그래서, 어차피 그분들 모두를 만날 때마다 감사를 드려야 하기에, 이 지면을 통해서는(얼굴에 철면피를 깔고) 단 한 사람에게 감사 인사를 하겠습니다. 바로 저의 아내입니다.

앞에도 말씀드렸던 그 긴 세월을, 너무나도 두려웠던 그 시간을 같이 보내주고, 응원해 주고, 최고의 독자가, 오랫동안 유일한 독자가 되어주었던 저의 아내, 남치형에게 무한한 감사와 사랑을 보냅니다.

이 희곡집을 읽으시면 아시겠지만, 저는 한 작품을 '끝'이라는 단어로 맺음합니다. 그런데 잘 보시면 '끝' 뒤엔 마침표가 찍혀있지 않습니다. 그것은 희곡은 거기에서 끝나지만, 연극은 거기서부터 '시작'한다는, 그 '끝'은 또 다른 '시작'이라는 뜻을 담은 저만의 작은 표식입니다. 부디 이 희곡집의 발간으로 많은 연극이 '시작'되기를 기원합니다.

독자들과
관객들께
극작가 신성우가
올립니다.

폭설

(2017년 作)

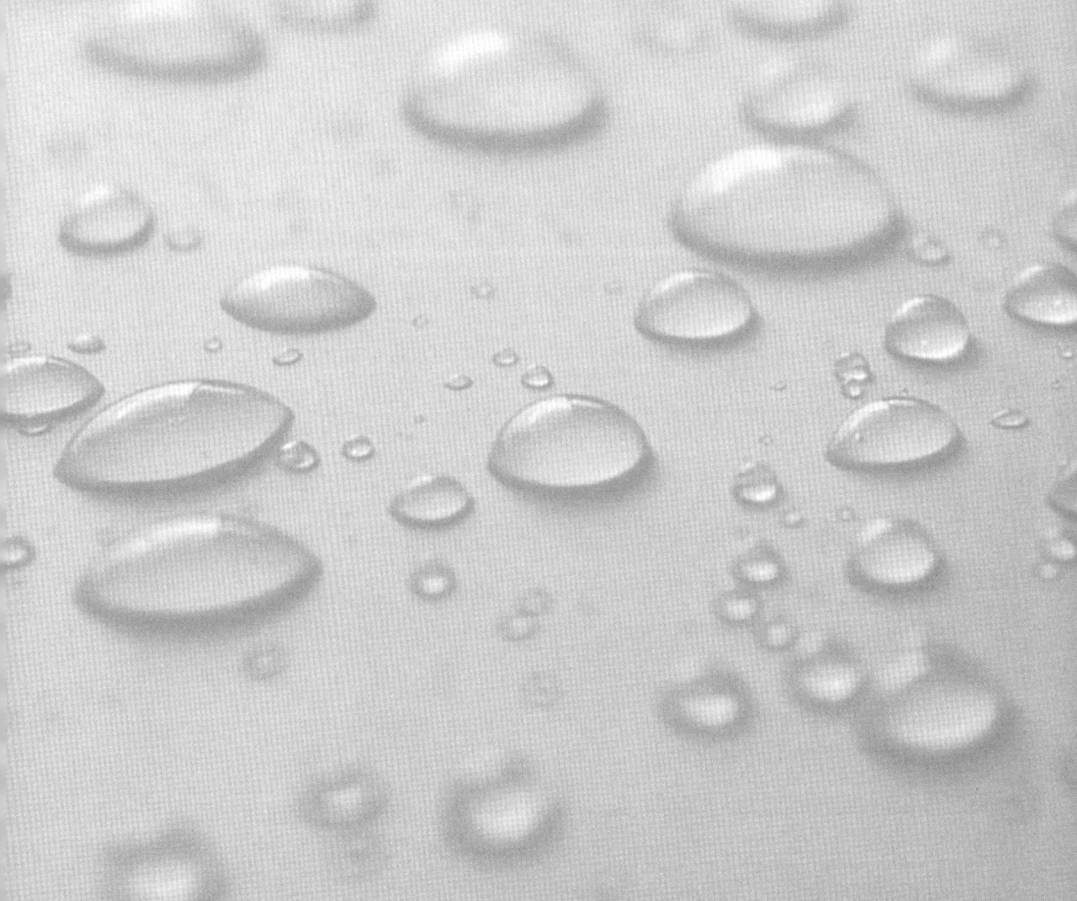

등장인물

갑수 – 명퇴를 앞둔 역무원
현택 – 후임으로 온 젊은 비정규직

무대배경

역무실 – 리얼하게
선로 – 상징적으로

장면 1 - 역무실

어두운 무대.
라디오 아나운서의 목소리가 들린다.

라디오 지금도 눈은 그칠 줄 모르고 있는데요, 기상관측이 시작된 이래 최대의 적설량을 기록하고 있습니다. 3일째 계속된 이번 폭설로 산간 지방을 중심으로 도로 통행이 금지되고, 열차 운행이 중단되는 등 교통이 마비되는 지역이 속출하고 있습니다…

라디오 멘트가 흘러나오는 동안 조명이 켜진다.

오래된 간이역의 역무실.
낡은 일지들이 꽂힌 작은 책꽂이, 전화기 등이 놓인 책상, 낡은 응접세트.
주전자가 놓인 난로와 구식 장비들과 식기가 뒤섞인 낡은 장식장.
라디오에선 디제이의 멘트가 끝나고 노래가 흘러나오기 시작한다.

잠시 후, 덜컹거리는 소리를 내며 문이 열린다.
오래된 역무원 코트와 모자에서 눈을 털며 들어오는 갑수.
들고 있던 빗자루와 삽을 들여놓고, 장화를 벗는다.
그는 문을 잠그고, 난롯가에서 손을 녹이다가 시계를 보더니 라디오를 끈다.

책상 앞에 앉아 잠시 숨을 고르고는 일지를 꺼내는 갑수.

그는 한 글자 한 글자 정성껏 일지를 쓰고는 수화기를 집어
든다.
다이얼을 돌리고 기다리는데… 연결되지 않는다.
다시 시도. 이번에는 연결.

갑수 (전화기에 대고) 아, 수고하십니다. 태백 지선 청산 역 일일
보고… 여보세요? 들립니까? 여보세요?

연결이 끊어진 듯.
다시 통화를 시도하는 갑수. 이번에도 불통.
포기하지 않고 다시 전화 연결을 시도하는 갑수.
여러 번의 시도 끝에 간신히 연결된다.

갑수 아, 청산 역이요. 네, 일일 보고. (잘 안 들리는 듯) 일일 보고
요. 네, 네, 이상 없습니다. (서둘러) 아, 근데요, 이거 전화가
불통되면… 아, 예 바쁘신 줄 아는데요, 아직 그, 신입이요,
제 후임, 아직 안 왔거든요. 출발했다고는 하는데, 안 왔어
요. 제가 연락할 방법도 없고, 눈이 이렇게 오는데…

상대방이 서둘러 전화를 끊은 듯.
갑수는 떨떠름한 표정으로 수화기를 내려놓는다.
다시 전화를 걸까 하는 생각에 수화기를 집어 들었다가 내려놓
는 갑수.

갑수는 다시 라디오를 켠다. 노래가 흘러나온다.
역무원 코트를 벗어 모자와 함께 옷걸이에 걸고는
난로로 가 주전자에서 따뜻한 보리차를 따라오는 갑수.
컵을 두 손으로 감싼 채 다시 책상에 와서 앉는다.

라디오에서는 노래가 끝나고 뉴스 속보가 나오기 시작한다.

라디오   방금 들어온 뉴스 속보입니다. 아, 이것도 이번 폭설로 인한 피해네요. 조금 전 태백시 XX동 X번 국도를 지나던 대구지방교정청 소속 호송 차량이 눈길에 전복되어 호송 중이던 기결수들이 탈주하는 사태가 발생했다고 합니다. 다행히 탈주자 대부분은 검거되었지만, 아직 검거하지 못한 탈주자가 한 명 있다고 하는데요, 거동이 수상한 사람을 목격하신 지역 주민들께서는 가까운 지구대나 112로 신고해 주시길 바란다는 내용입니다. 아, 이번 폭설로 이런 일까지 벌어지는군요. 빨리 탈주자가 잡혔으면 좋겠네요. 다시 노래 듣겠습니다. 저는 눈이 오는 밤이면 항상 이 노래가 듣고 싶은데, 여러분들도 마찬가지시죠? 고교 시절 눈 내리는 밤이면 항상 제 마음을 설레게 했던 노래, 이정석의…

느긋하게 보리차를 마시며 라디오를 듣고 있는 갑수.
노래가 시작되자 보리차를 내려놓고 책꽂이에서 소설책 한 권을 꺼낸다.
여러 번 읽은 듯한 낡은 소설책. 음미하듯 책을 읽어가기 시작하는데…

별안간 문을 두드리는 소리.
깜짝 놀란 갑수가 역무실 문 쪽을 돌아본다.

다시 문을 두드리는 소리.
창가로 가서 바깥을 내다보는 갑수.
누군가의 모습을 발견하고 문으로 다가간다.

더욱 다급하게 문을 두드리는 소리.
우물쭈물하던 갑수가 문을 연다.
문을 밀듯이 와락 달려 들어오는 현택.
얇은 야전 상의 군복에 양복바지와 구두 그리고 커다란 가방.
쓰러지듯 주저앉아 몸을 웅크리고 부들부들 떤다.

현택   살았다. 살았어. (갑수에게) 그죠? 저 산 거죠? 죽는 줄 알았
        어요. 죽는 게 별거 아니구나, 이러다가 죽는 거구나…
갑수   걸어왔어요?
현택   네.
갑수   이 눈에요?
현택   예.

갑수는 난로 위의 주전자에서 보리차를 따라온다.
떨리는 손으로 갑수가 건네는 찻잔을 받아 드는 현택.
마치 생명수라도 되는 듯 소중히 보리차를 마신다.

현택   길이 끊겨서요… 내려갈 수가 없어서…
갑수   애당초 여길 왜 들어와요, 이 눈에? 하루이틀 내린 것도 아
        닌데, 탈주범도 이리로는 안 오지. 아까 뉴스에서 그러더
        라고, 탈주범들이…
현택   탈주범이요? 뉴스에 났어요?
갑수   뉴스에 나지. 탈주범인데. 이렇게 눈이 오니까 탈주범들을
        잡기도…

놀란 눈으로 현택을 돌아보는 갑수.
역시 놀란 눈으로 갑수를 쳐다보는 현택.
갑수의 표정이 심각해진다.

현택도 심각해진다.

갑수   저, 젊은이… 혹시 여긴 왜 왔어요?
현택   아, 그게요, 제가…
갑수   옷도 얇은데…
현택   그게요, 제가 옷이 없어서…
갑수   아무리 그래도 그렇지, 요새 밖에 안 나와 봤어요?
현택   아, 제가 나올 일이 별로 없어서…
갑수   그래도 가족들이 들락날락하면…
현택   그게, 제가 혼자… 혼자 지내, 혼자 살아서…
갑수   작은 방에요? 독방?
현택   예?

갑수가 슬금슬금 책상 위를 더듬는다.
고개를 젓기 시작하는 현택.
호치키스를 잡는 갑수.

현택   그걸로 뭐 하시게요?
갑수   (호치키스를 펴서 총처럼 잡으며) 뭐 좀 찍으려고요.
현택   (물러서며) 뭘요?
갑수   (호치키스를 뒤로 숨기며 옆걸음을 친다) 있어요. 찍을 거.

아웃복싱을 하듯 천천히 옆걸음을 치는 두 사람.
현택이 책상에 걸려 더 이상 나아가지 못한다.
갑수는 점점 다가온다.

현택   왜 자꾸 다가오시는 거예요?
갑수   모르겠어요. 원래는 내가 피해야 하는 거 같은데… 용기가

	나네, 나도 모르게.
현택	저 그런 사람 아닌데요.
갑수	어떤 사람이요?
현택	아니, 그, 지금 생각하시는 사람…
갑수	내가 무슨 생각을 하는데요? 그걸 어떻게 알아요?
현택	그건 제가 모르지만요… 모르지만…

갑수가 호치키스를 든 손을 서서히 앞으로 옮긴다.
현택은 고개만 젓는다.
마침내 침을 꿀꺽 삼킨 갑수가 호치키스를 쳐들자

현택	선배님!
갑수	선배? 무슨 선배? 난 너 같은 후배 둔 적 없어!
현택	그런 게 아니라요…

현택이 서둘러 야상을 벗는다.
안에 입고 있던 역무원 근무복이 드러난다.

현택	저 발령 받고 왔습니다. 선배님이랑 임무 교대하고…
갑수	뭐?
현택	저요, 신입사원이요. 후배.
갑수	어제 온, 어제 온다고 했던… 그 신입?
현택	네, 저요. 저 맞아요. 저기 그, 길이 안 좋아서요. 아래는 난리거든요. 저도 눈 그치면 올까? 하다가, 그냥 올라왔는데…
갑수	자네가 그 신입이라고, 나랑 교대할?
현택	네.
갑수	(노려보다가) 니가 진짜로 내 후임이란 말이지?

현택	네. 그러니까 그 (호치키스를 가리킨다) 그것 좀⋯

갑수가 호치키스를 내려놓고 책상 의자에 앉는다.

현택	이제 선배님은 푹 쉬셔도 됩니다. 명예롭게 은퇴하셔서⋯
갑수	그게 뭐가 명예로워?
현택	네?
갑수	명예? 지랄하고 있네. 그렇게 좋은 거면 지들이 하지, 명퇴.
현택	아, 네. 알겠습니다.

두 사람 다 아무 말이 없다.

현택	저, 혹시 저한테 시키실 일 있으시면요⋯
갑수	뭘?
현택	뭐, 그냥 짐 정리하시는 거나⋯
갑수	빨리 짐 싸서 내보내라고?
현택	아니, 꼭 그런 건 아니고요⋯
갑수	그렇게 시키디?
현택	네? 누가요?
갑수	누가라니? 여기 담당!
현택	(당황해서) 아, 예. (더듬는다) 그, 그 과장님이⋯
갑수	최 과장?
현택	저 이름은 잘⋯
갑수	너는 니 상관 이름도 모르냐?
현택	죄송합니다.

못마땅하다는 듯이 현택을 쳐다보다가

갑수	어디 나왔냐?
현택	네?
갑수	학교. 철도대 나왔어? 어디 철도대?
현택	아뇨. 그냥… 일반대…
갑수	어디?
현택	그냥, 지방에…
갑수	아, 새끼, 뭐 별 거라고… 학교 말하기 싫으면… 전공은 뭐 했어?
현택	심리학과…
갑수	뭐? 심리학과가 여긴 왜 와? 공대 아니고? 언제 입사했어?
현택	일주일 전에요.
갑수	일주일? 일주일 전에 뽑아서 여기 가라고 했다고? 교육은?
현택	저, 정직원 아니고요… 계약직이라서 교육은…
갑수	나 자르고 알바생 꽂았다고? 아무리 그래도 역장인데 알바보고 하라고?
현택	알바가 아니라 계약직…
갑수	그게 그거지.
현택	정규직 전환 해주시겠다고… 열심히 하면…
갑수	정규직? 웃기고… 교육은 받기나 했냐?
현택	아뇨. 할 일 없다고…
갑수	할 일이 왜 없어? 관리하고, 순찰하고, 일일 보고도 해야지.
현택	네, 그거만 하면 된다고요.
갑수	그것만? 일일 보고가 좆밥으로 보이냐? 나 지금까지 한 번도 빼먹은 적도 없고, 사령실 전화 못 받은 적도 없어. 그게 별거 아닌 것처럼 보여도…
현택	하여간 저는 일일 보고만 하면 다른 건 아무것도 안 해도 된다고…
갑수	야, 여기 관리하고 순찰하고… 만일에 비상사태라도 발생

	하면… 에이… 최 과장은 너 보내 놓고 참 맘 편하겠다.
현택	할 거 많아요?
갑수	이래 봬도 여기도 역이야! 역!
현택	기차… 안 다니는 거 아니에요?
갑수	다니든 안 다니든! 폐선된다고 해서 개나 소나 아무나 하는 게 아냐!
현택	기차 안 다니는데…
갑수	야, 그럼, 아무것도 몰라도 되냐? 그럼 니가 여기 왜 필요해?
현택	아무도 없는 것보다는 나으니까…
갑수	아, 이 새끼가 계속 말대꾸야. 니가 하루를 근무하던, 나처럼 평생 철노에 뼈를 살던, 일난 우리 회사에 들어오면 너도 철도인이야. 철도인! 기차 안 다닌다고? 그래, 안 다니지. 탄광 문 닫고, 새 선로 나고 하면서 지선 됐다가, 그나마도 안 다닌 지 꽤 됐지. 야, 근데 만일에, 만일에 비상사태가 발생하면… 그러면 너 어떻게 할 건데? 나 명퇴당해서 회사에 미련도 없어. 내려가면 끝이야. 너 혼자 여기 남아서 뭐 어떻게 할 건데? 만일에 아래 선로 쪽에 지진이 나고, 땅이 갈라지고, 철길 다 끊어지고…
현택	그건 만일에 그렇다는 거죠. 실제로는…
갑수	뭐? 그래 만일에! (의미를 알아채고) 뭐?
현택	만일에… 라고요.
갑수	그래 만일에! 이상해? 뭐가 이상해? 만일에 생각지도 못했던 일이 나면…
현택	그런 일 안 나잖아요.
갑수	그러니까 만일에… 만일에 뭔 일이 나면! 말을 못 알아들어?
현택	만일… 만분의 일이잖아요. 아니, 만분의 일도 많죠. 로또 확률이 얼마죠? 백만분의 일인가? 하여간 백만, 이백만 막

그렇죠? 그런 일이 나요? 진짜로 나요?

갑수   로또 되는 사람 있잖아!

현택   전 아니잖아요. 아저, 선배님도 로또 되신 적 있으세요?

갑수   그러니까 만일에…

현택   안 일어난다고요, 그런 일은.

갑수   야, 니가 만일에 정규직이 되면, 만일에! 만일에 그렇게 될
           수도 있는 거잖아? 만일에…

현택   아니죠. 만일에 그렇게 될 수 있는 거라면 지금쯤은, 한 번
           은, 적어도 한 번은 일어나야 하잖아요? 안 그래요? 이렇
           게 오랫동안 원서 넣고, 시험 치고, 면접 보고 그러면 한
           번 정도는 일어나야 하잖아요? 근데요, 이번에도 안 되겠
           지 하면요, 예! 진짜로 안 돼요. 생각하는 대로 짝짝 맞아
           떨어지거든요! 생각지도 못 한 일, 그런 거 없거든요. 아
           저, 아니, 선배님한테 만일에 명퇴 안 당하고 여기서 계속
           근무할 수 있는 그런 기적 같은 일이 벌어지면… 그런 일
           이 벌어져요? 진짜로 그렇게 생각하세요?

           대꾸 못 하는 갑수.

갑수   너 나한테 아저씨라고 하려고 그랬지? 정신 못 차리고, 이
           새끼가…

현택   죄송합니다. 제가 흥분을 해서…

갑수   (손을 내밀며) 다 마셨으면 내놔.

           현택이 보리차 잔을 내밀자 빼앗듯이 가져가는 갑수.
           현택은 주저하다가 가방을 탁자에 올려놓고 소파에 드러눕는다.

현택   저 어디서 자면 되… (눈치를 보다가 소파를 가리키며) 여기

서 자면 되죠?

갑수　안 돼.

현택　소파요. 소파에서 자겠다고요.

갑수　그래, 소파. 안 된다고.

현택　정말… 너무 하시는 거 아니에요?

갑수　뭐가 너무해?

현택　말대꾸한 건 제가 잘못했어요. 그래도 잠자는 것까지…

갑수　너 거기서 자면 난 어디서 자냐?

현택　여기, 자는 데 없… (둘러보고는) 저 어디서 자요?

갑수　몰라. '만일에' 잘 데 없으면 어떻게 할지 생각 안 해봤냐?

현택　(포기하고는 / 짐을 들고 의자로 가며) 내일부턴 여기 안 계시는 거 맞죠?

갑수　모르겠다. 길이 뚫릴지… (창밖을 보며) 이거, 눈이 그냥…

대꾸하려다 포기하고는 핸드폰을 꺼내는 현택.
책으로 눈길을 돌리는 갑수.

사이.

갑수　진짜 정규직 전환 해준대?

현택　그냥 하는 소리죠. 말씀드렸잖아요, 만일에 같은 거…

갑수　그럼 여기 폐쇄되면 넌 어디로 발령 나?

현택　그런 게 아니고요, 아까 얘기 다 했는데… 폐쇄 때까지만 계약인데요.

갑수　그다음엔 끝? 나처럼 모가지?

현택　그러기로 하고 계약한 거라고요.

사이.

갑수 그럼 너 직장 안 구해?

현택 구했잖아요?

갑수 아니, 이런 거 말고, 진짜 직장.

현택 제 얘기 안 들으셨어요?

갑수 말을 말자. (돌아앉았다가, 참지 못하고) 그럼 너 아무런 인생 계획 같은 것도 없이 무턱대고…

현택 (몸을 일으키며) 근데 여기 핸드폰 안 터져요? 저, 아저씨, 아니, 선배님 폰도…

갑수 난 핸드폰 없어.

현택 스마트폰 말고요, 2G폰이라도…

갑수 없다니까.

현택 왜요?

갑수 안 터져.

현택 진짜… (다시 자신의 핸드폰을 보며) 원래 이래요?

갑수 싫으면 내려가든지.

한숨을 내쉬고는 핸드폰을 집어넣는 현택.
의자에 앉은 채로 역무실 안을 둘러본다.
그의 관심을 끌 만한 것은 없는 모양.

갑수 싫으면 내려가라고.

현택 안 싫어요.

갑수 뭐가 안 싫어? 핸드폰도 안 되는데?

현택 안 싫다니까요. 월급 주고, 재워주고, 먹여주고…

갑수 재워주고, 먹여주고? 니가 소냐? 일 시키고 재워주고, 먹여준다고…

현택 (찬장으로 다가가며) 선배님도 똑같지 않아요? (찬장 안을 들여다보며) 우리 아버지도 그렇게 살았던 거 같은데요.

갑수 (돌아보며) 똑같아? 그게 니 부모님한테 할 소리야? 똑같으면, 니 부모님이 소라고? 그게 낳아주고, 키워주신 부모님한테…

현택 (찬장을 열며) 저는 소라고 안 했는데요?

갑수 그 말이 그 말이지. 니가 부모님보고 소라고 한 거잖아!

현택 제가 언제…

갑수 그러면서 맨날 불평만 하고!

현택 누가 불평을 한다고 그래요?

갑수 니들이!

현택 니들이, 누구요?

갑수 니들, 너 같은 놈들, 새파랗게 짊은 놈들!

현택이 갑수를 노려본다.
한동안 서로를 노려보는 두 사람.
갑수가 입을 열려 하자 손을 들어 제지하는 현택.

현택 선배님, 요즘 애들 불평 안 해요. 저도 안 해요. 불평은 선배님이 하시는 거죠. 회사에서 나가란다고 불평, 자기가 헌신한 거 몰라준다고 불평… 그죠? 근데요, 회사에서 필요 없다고 하는데 왜 선배님이 피해잡니까? 회사에서 선배님 비위 맞춰가며 월급 줘야 하는 거예요? 요즘 애들이 불평한다고요? 아니에요. 우리는 짤리면 다른 데 가요. 불평 안 해요.

갑수 불평해야지! 너 푼 돈 받으면서 일하다가 헌신짝처럼 버림받았는데, 가만히 있어? 니들끼리 힘을 모아서 대들어야지. 억울하지도 않아? 니 인생 억울하지도 않냐고?

현택 억울요? 억울하면 대기업 정규직 돼야죠. 저도 도전했죠. 했는데 안 됐거든요. 무지 노력했는데 안 됐어요. 공부 대충해서 지방대 가고 그랬더니 안 되더라고요. 그럼 인정해 야죠. 날로 정규직 대우 받는 게, 그게 정당한 건가요?

갑수 니네가 알아서 기니까 그렇게 되는 거야! 병신 같은 새끼들이 거리 나가서 짱돌 던질 배짱이 없으니까 그렇게 되는 거라고! 지 무덤 지가 판 거야. 이 나라 민주주의가 거저 얻어진 줄 알아? 다, 니들 선배들이, 우리 세대가 짱돌 던져가면서, 최루탄 맞아 가면서…

현택 운동권이셨어요?

갑수 아니!

현택 저, 최루탄…

갑수 너 말꼬투리 잡고…

순간 요란하게 울리는 전화벨 소리!
멍하니 전화기만 쳐다보는 두 사람.
갑수도 당황한 탓인지 쳐다보고만 있다.

현택 안 받으세요?

갑수 어? 어.

허겁지겁 달려가서 수화기를 드는 갑수.

갑수 네, 청산 역입… 네? 열차요? 아니요. 언제든 열차 통과 가능하죠. 만일을 대비해서 항상 최상의 상태로… 잠깐만요. 그럼 열차 통과하는 겁니까? 언제요? 아, 알겠습니다. 비상 대기! 수신 완료.

어안이 벙벙한 표정으로 수화기를 내려놓는 갑수.

현택	기차 지나간대요? 뭔 일 났대요?
갑수	본선에 건널목 사고. 눈 때문에…
현택	언제요? 언제 지나가요?
갑수	아! 아직 결정된 건 아니고, 사고 처리 안 되면 이쪽으로 돌릴 수도 있다고… 30분 전에 알려준대. 준비! 준비하자.
현택	무슨 준비요?
갑수	준비해야지! 일단 조명도 키고, 신호기도… 선로에 눈 쌓인 것도 치우고… 할 것 많아! 일단 불부터 켜고…

갑수가 외부 조명을 켠다.
현택은 창밖으로 고개를 돌려 멍하니 쳐나보고 있다.

갑수	뭐 해? 너도 빨리… 에이, 이런데도 알바를 꽂아 넣고, 잘들 한다. (서둘러 코트를 꺼내며) 삽 들고나와! (현택이 멍하니 있자) 뭐 해?
현택	전화 하시면 안 돼요? 여기 기차 못 지나갈 거 같다고…
갑수	왜 못 지나가? 내가 항상 최상의 상태로… 너 왜 그래?
현택	(다시 창밖을 내다보고는 고민하더니) 제가 헛것을…
갑수	뭔 소리야?
현택	헛것을 본 게 아니라면요…

현택이 천천히 손을 들어 창밖을 가리킨다.
고개를 돌려 창밖을 쳐다보는 갑수.
무언가를 발견한 듯.
두 사람은 창가로 다가가 밖을 내다본다.

갑수	누가 쓰러져 있는 거… 처럼 보이냐, 너도?
현택	사람처럼 안 보이세요?

갑수	보여.
현택	저거 사람 맞죠?
갑수	…
현택	죽은 거죠?
갑수	내가 어떻게 알아?
현택	죽은 거면 기차 못 지나가는 거 맞죠?

고민하던 갑수는 옷걸이에 걸려 있던 코트를 꺼내 입는다.

현택	뭐 하세요?
갑수	나가 봐야지.
현택	왜요?
갑수	기차 통과할지도 모른다고! 그니까 나가서 치워야지!
현택	우리가 맘대로 치워도 돼요?
갑수	기차 지나간다고!
현택	확실한 거 아니잖아요. 저거, 저기, 아니 저기 저거… 살인 현장일 수도 있잖아요! 함부로 손댔다가… 경찰에 신고하고요, 하라는 대로…
갑수	길 끊겼다며? 경찰 언제 오는데? 현장 보존하자고? 지금? 그러다가 기차 들이닥치면 어떻게 할 거야? 탈선 나서 타고 있던 사람 다 죽으면 니가 책임질래? 빨리 옷 입어.
현택	그러니까 기차 못 지나간다고 전화하시는 게…
갑수	전화를 왜 해?
현택	그러다가 진짜로 문제 생기면…
갑수	이거 하라고 월급받아 처먹은 건데! 만일에, 만일에 이쪽으로 기차 지나가는 일 생길까 봐 여기 역이랑 나랑 회삿돈 들여가면서 있으라고 한 건데!
현택	선배님! 그래도 지금은…

갑수   그만 해! 그만하고… 옷 입고, 삽 들고 따라와.

코트를 입은 갑수.
책상 서랍에서 플래시 라이트와 구형 디지털카메라를 꺼낸다.

현택   카메라는 왜요?
갑수   시체 치우기 전에… 찍어 놔야지. 그래야 경찰이 나중에…
현택   정말 우리가 맘대로…
갑수   기차 지나간다고!

갑수가 문을 열고 나간다.
갈등하는 현택. 어쩔 수 없다는 듯 따라나선다.

조명이 어두워진다.

무대 전환
완전히 어두워지지 않은 상태에서 무대 전환이 이루어진다.
흰 천으로 역무실 세트와 도구들을 덮어 선로 주변에 쌓인 눈을
표현한다.
눈에 반쯤 덮인 시체가 무대 한가운데 놓여있다.
그 옆으로는 피를 나타내는 빨간 천이 놓인다.
그리고 피가 묻은 돌덩이의 모습도 보인다.

조명이 어두워지다 암전된다.

장면 2 - 선로

무대 뒤 한구석에서 찌를 듯 뿜어져 나오는 플래시 라이트 불빛.
어둠을 가로지른 불빛은 무대 중앙의 시체와 빨간 천을 비춘다.
조명이 밝아진다.

플래시 라이트를 들고 등장해 시체를 바라보는 갑수와 현택.
현택이 한 걸음을 내딛으려고 하자.

갑수   가만히 있어.
현택   왜요? 죽었는지 보자고 그랬잖아요?
갑수   일단 사진부터 찍고.
현택   죽었는지 확인부터 안 해요?

갑수는 현택을 쳐다보고 고민하다가 발로 건드려 본다.
시체는 꼼짝도 안 한다.

갑수   죽었지?
현택   맥이 있는지 만져 봐야죠.
갑수   니가 해.
현택   네? 저는 겁이 많아서 그런 거…
갑수   니가 할 줄 아는 게 있기는 하냐?

현택에게 눈을 흘기는 갑수.
갑수는 현택을 뒤로 밀고는 플래시 라이트를 쥐여준다.

갑수   비추고 있어.

반대편으로 돌아가는 갑수.
자세히 보려고 몸을 숙였다가 급하게 몸을 돌린다.

현택   왜요?

갑수   궁금하면 와서 봐.

몇 걸음 옮기는 현택.
현택도 몸을 굽혔다가 얼른 고개를 돌린다.

현택   아, 미치겠다. 꿈에 나올 것 같아…

갑수   죽은 거 맞지?

현택   저렇게 됐는데 죽은 거 맞죠!

갑수   (시늉하며) 돌 같은 거로 여러 번 찍어서… 죽인 거네.

충격에 휩싸인 두 사람.
침묵을 깨고 현택이 손으로 무언가를 가리킨다.

현택   저거요. 저 돌멩이.

갑수   (돌아본다) 이걸로 그랬구나. 이걸로 죽였어.

현택   (갑수가 집으려 하자) 안 돼요! 증거. 그거 증거!

갑수는 돌멩이를 집지 않고 몸을 일으킨다.
멍하니 돌멩이를 내려다보는 갑수.

현택   사진 안 찍으세요?

갑수   (정신을 차리며) 아니, 찍어.

현택이 플래시 라이트를 비춘다.

갑수가 시체 주변 사진을 찍기 시작한다.

갑수   누구지? 너 혹시 몰라?
현택   제가 어떻게 알아요?
갑수   모르면 모르는 거지 왜 오바야? 올라오다가 본 적 없어?
현택   없어요. 없어. 근데 누가 죽였을까요?
갑수   어떻게 아냐? 이게, 아니 이 사람이 누군지도 모르는데…
        누구지?
현택   누가 이랬을까요?
갑수   그게 중요하냐?
현택   왜 안 중요해요?

사이.

갑수   누군데 여기 와서 죽었냐?
현택   누가 이런 데서 사람을 죽일까요?

대화가 끊어진다.
갑수가 카메라를 주머니에 집어넣는다.

현택   다 찍으셨어요?
갑수   더 찍어야 돼?
현택   모르죠, 저는.
갑수   다시 비춰 봐.

갑수는 다시 카메라를 꺼내 몇 장의 사진을 더 찍는다.

갑수   누가 죽은 거지?

현택	누가 죽인 거죠?
갑수/현택	(동시에) 탈주범…
갑수	탈주범!
현택	예, 탈주범!
갑수	탈주범이 죽었다고?
현택	아뇨, (시체를 가리키며) 탈주범이 죽은 건지도 모르겠다고요.
갑수	누가 탈주범을 죽여?
현택	탈주범이 왜 이랬겠어요?
갑수	이 사람이 신고하려고 했나 보지.
현택	그럼 그냥 죽이고 가지, 저렇게 얼굴을 으깨 놔요?
갑수	그게 뭐?
현택	저렇게 한 건… 알아보지 못하게 하려고 그랬거나, 아니면…
갑수	아니면?
현택	정말 화가 났거나…
갑수	그냥도 이렇게 죽일 수 있지. 탈주범이 보통 흉악한 놈들이야?
현택	어떻게 탈주범들이 다 흉악… 아니, 저렇게 할 시간 있으면 빨리 도망가야죠.
갑수	그래도 누가 탈주범을 죽이냐? 그냥 신고만 하면 되는데?
현택	그건 그래도… 아뇨. 탈주범이 맞는 거 같아요.
갑수	그지? 탈주범이 사람을 죽이고…
현택	아뇨. (시체를 가리키며) 이 사람이 탈주범이라고요.
갑수	그러니까! 탈주범이 이 사람을 죽인 거잖아?
현택	아니, 반대라고요!
갑수	무슨 소리야? 그건 말도 안 되지.
현택	뭐가 말이 안 돼요? 선배님 생각이 말도…
갑수	뭐가 말이 안 돼?

입을 다무는 현택.
다시 대화가 끊어진다.

잠시 후, '니 말에도 일리가 있다'는 식으로 현택을 쳐다보는 갑수.
고개를 끄덕이며 동의하는 현택.
순간 갑수가 홱! 하고 돌아서서는 고개를 젓는다.

갑수   아냐, 아냐. 탈주범이 죽인 게 맞아.
현택   탈주범'을' 죽인 거라니까요. 살인범'이' 탈주범'을'!
갑수   야, 너 왜 자꾸 그쪽으로 몰아가려고 하냐?
현택   제가 뭘요? 탈주범이 저 사람을 왜 죽여요? 실수로 죽인 것도 아니고, 저렇게… 그러면 선배님도 똑같이 그러시는 거잖아요? 한쪽으로 모는 거.
갑수   똑같다고 하지 마. 뭐가 똑같아? 탈주범을 왜 죽이냐? 너 같으면 길에서 탈주범 만나면 죽이냐? 경찰서에 시체 질 질 끌고 가서 '탈주범 잡았습니다' 그러냐?

반박하려다가 그만두는 현택.
잠시 침묵이 이어지다가

현택   결론 안 나요, 그죠?
갑수   그렇지. 이래서야 결론이 안 나지. 옮기자. 내가 발 쪽 들 테니까…
현택   옮기면 안 되죠! 살인 현장인데!
갑수   기차 지나간다고! 지나가지 말라고 해?
현택   예! 이 상황에서 어떻게 지나가요?
갑수   왜 못 지나가? 사진도 다 찍었는데.

현택	그래도 손대면 안 되죠.
갑수	비상사태잖아!
현택	안 지나갈지도 모르잖아요. 저쪽에서 사고 처리가 돼서…
갑수	안 되면? '만일에' 안 되면? 그때부터 부랴부랴 치우다가 늦으면?
현택	그래도…
갑수	뭐가 '그래도'야? (잠시 고민하다가) 내가 책임진다. 내가 책임지니까…
현택	책임지실 수 없잖아요? 책임지고 옷 벗으시려고요? 내일 그만두시는 거 아니에요?
갑수	임미, 내기 책임진다면…
현택	왜 그러세요? 너무 고집 피우시는 거 아니에요? 전화해서 여기 안 된다고 하면 되는데, 이렇게까지 하면서 자존심…
갑수	자존심? 뭐가? 뭐가 자존심인데?
현택	그게 아니라요.
갑수	뭐가 아니야? 얘기해 봐. 뭐가 내 자존심인데?
현택	정말 해요?
갑수	해!
현택	(주저하다가) 이래서 선배님이 필요한 거다… 알바 애들이 못 하는 거 나는 할 수 있다… 니들 이런 일이 생길 줄은 꿈에도 몰랐을 거다. 나 짜르고 후회할 거다…

한동안 대답이 없는 갑수.

현택	이런 얘기까지 해서 죄송한데요…
갑수	틀렸어?
현택	뭐가요?
갑수	그거, 니가 한 얘기… 그거 틀렸냐고…

현택	아니요. 아닙니다. 맞아요. 그래도 지금 상황이…
갑수	상황이 뭐가? 맞는데! 맞는 얘긴데 그깟 상황이 뭐?

대답이 없는 현택.
멍하니 갑수의 얼굴만 쳐다본다.

갑수	대답해 봐! (계속 멍하고 있자) 야! 뭐하냐?

그제야 정신을 차리는 현택.
대답 대신 시체 주위를 둘러본다.
그러더니 철길을 따라 플래시 라이트를 비춰 본다.

갑수	너 뭐 해?
현택	발자국이 한 줄인데요? 두 개씩 한 줄…
갑수	그게 뭐?
현택	(시체를 가리키며) 이 사람이요, 탈주범이든 아니든 간에요, 죽인 사람 한 명, 죽은 사람 한 명, 이렇게 두 명이 있어야 되잖아요?
갑수	가만있어 봐. (살펴보다가) 왜 발자국이 한 줄이지?
현택	제 말이요!
갑수	그래, 니 말대로 죽은 사람이 탈주범이든 아니든 간에… 죽인 사람은 어디로 갔느냐는 말이야!
현택	그거 제가 한 말인데…
갑수	(다급하게) 산 쪽, 산 쪽 비춰 봐!

현택이 경사면을 향해 플래시 라이트를 비춘다.
둘이 모두 '산 쪽'을 유심히 살펴본다.

현택 발자국 보이세요?

갑수 아니. 눈 그쳤는데… 그러면 발자국이 있어야 되잖아?

현택 산 쪽으로는 안 간 것 같고…

갑수 그러면… 역무실?

반대편을 향해 플래시 라이트를 돌리는 현택.
놀라는 두 사람.

갑수 무슨 발자국이 이렇게 많아?

현택 우리 거예요.

갑수 그러게, 내 뒤만 띠리오라고 그랬잖아!

현택 언제요? (생각하다가) 아까 나올 때 발자국 있었어요?

갑수 모르지. 시체만 보고 왔지. 바닥을 왜 봐?

현택 그래도 그게 안 보여요? 발자국이 있었으면 보였을 것 같은데…

갑수 야, 그게 말은 그래도… 나, 참… (다시 어지러운 발자국으로 눈길을 돌리며) 이러면 역무실 쪽으로 갔어도 모르는 거네, 살인자가?

현택 그렇죠. 아까 문 잠그고 나오셨어요?

갑수 문을 왜 잠가? 야, 니가 뒤에 나왔잖아!

현택 저는 열쇠도 없는데요!

황급히 플래시 라이트와 고개를 돌리는(역무실을 안 보는 것처럼) 현택.

갑수 안에 있어? 봤어?

현택 아니요.

갑수 근데 왜…

현택	있으면 어떻게 해요? 일단 안 보는 척 하면서 어떻게 할지를…

대놓고 고개를 빼고 역무실을 보는 갑수.

현택	선배님!
갑수	잠깐만.
현택	쳐다보지 말고요.
갑수	없어. 없다고. 진짜야! 봐봐.
현택	진짜요?
갑수	니가 보면 되잖아.
현택	(슬그머니 고개를 돌려 역무실 쪽을 쳐다보고는) 숨어있는 거 아닐까요?
갑수	숨어있기는… 가보고 올까?
현택	숨어있으면 어떻게 해요? (목소리를 낮춰) 탈주범을 죽인 살인마에요!
갑수	탈주범이라니까. 탈주범이 살인자야.
현택	아니, 그건… 그건 나중에 하고요… (역무실로 가려는 갑수를 막으며) 아니, 일단 생각 좀…
갑수	뭘 생각하는데?
현택	무기 없어요? 야구 방망이나 칼이나…
갑수	도끼 있어. 보수 도끼.
현택	어디요?
갑수	안에.
현택	안에 있는 거 말고요.
갑수	야, 다 안에 있지, 어떻게 밖에 놔두냐? 칼도 있어. 과일 깎는 칼. 안에.
현택	그런 거 말고요. 무기요! 무기!

갑수   무기가 여기 왜 있어?

현택   멧돼지 같은 거 나타나면…

갑수   튀어야지.

현택   아… 그러네요. (한숨을 내쉬며) 그럼, 어떻게 해요?

갑수   있어봐. 내가 확인하고 올게.

현택   선배님!

갑수   있어봐. 사내새끼가 겁은 많아 가지고는…

역무실 쪽으로 다가가는 갑수.
긴장된 시선으로 갑수를 쳐다보는 현택.

현택   조심하세요.

갑수는 역무실 앞에서 걸음을 멈춘다.
안을 살피는 건지… 모호한 태도.

현택   왜요? 뭐 보여요?

쌓아둔(설정만) 물건들 사이에서 무언가를 꺼내는 갑수.

현택   뭐 하시는 건데요?

돌아서는 갑수.
손에는 기다란 산탄총(엽총)이 들려있다.
갑수는 총을 들어 현택을 겨눈다.
현택은 그 자리에 얼어붙는다.

갑수   너 누구냐?

현택	무기 없다고 그랬잖아요?
갑수	멧돼지 나오면 어떻게 하나?
현택	도망친다면서요?
갑수	돼지 새끼가 나보다 빠른데 어디로 도망쳐? 너 누구야?
현택	저, 저요, 저 신입사원이요, 이현택이라고, 최 과장님이…
갑수	아까는 모른다며?
현택	아니, 그게… 기억났어요. 최 과장님.
갑수	(다가오며) 최 과장 이름이 뭔데?
현택	그것까지는… 저 신입사원 맞는데…

갑수가 총구로 들고 현택을 민다.
밀려가다 총구와 시체 사이에 끼인 모양이 된 현택.
한 손으로 총을 겨눈 채 다른 손으로 주머니에서 무언가를 꺼내는 갑수.

현택	왜 갑자기 이러세요?

주머니에서 꺼낸 물건을 현택에게 던지는 갑수.
엉겁결에 받은 현택이 자세히 들여다본다.

현택	반지요? 반지… 이게 뭔데요?
갑수	(시체를 가리키며) 쟤가 손가락에 끼고 있더라고.
현택	죽은 사람한테서 빼내신 거예요? 언제요?
갑수	아까. 사진 찍으면서.
현택	언제…
갑수	하여간! 탈주범은 반지 안 끼지? 이런 거는 구치소 가면서 다 빼놓지?
현택	네…

갑수	그럼 애, 죽은 애, 얘는 탈주범이 아니란 얘기네?
현택	그래도…
갑수	탈주범이 어떻게 반지를 끼고 있어? 얘 탈주범 아니지?
현택	그렇게 되네요.
갑수	탈주범이 얘를 죽인 거고.
현택	그래도 탈주범이 죽였다는 얘긴 아니잖아요.
갑수	그럼, 누가 죽여? 너 탈주범하고 친구냐? 왜 감싸고돌아?
현택	아니죠. 그건 아닌데요… 근데 왜 저한테 총을… 왜 이러시는데요?

잠시 현택을 노려보는 갑수.

갑수	그게 무슨 반지인지 아냐?
현택	아니요.
갑수	몰라? 정말 몰라?
현택	(자세히 들여다보고는) 모르겠어요.
갑수	모르겠지. 너는 지방대 심리학과 나왔으니까…
현택	그게 무슨 관계가…
갑수	그거 교통대 졸업 반지야.
현택	교통대요?
갑수	응, 옛날 철도대. 지금은 교통대로 바뀌었어. 재학생들 돈 걷어서 졸업생들 반지 해준다고 말도 좀 나고 그랬는데, 그게 왜 말이 나는지 난 이해가 안 돼. 하여간 요즘엔 내부 단속이 안 돼서… 그런데 중요한 건 그게 아니고… 중요한 건 죽은 저놈, 저놈이 교통대 나왔다는 거지.

긴장하는 현택.

갑수   이상하지 않냐? 신입사원이라는 네놈은 지방대 심리학과
        나오고, 철도에 관해서 하나도 아는 게 없고, 죽은 저놈은
        철도대 반지를 끼고 있는 거…

현택   그래도 그게 사실인데…

갑수   너 탈주범이지? 너 우리 신입 죽이고 걔 행세하는 거지?

현택   아니에요. 절대 아니에요. 그건 제가 설명… 설명할게요.

갑수   어떻게?

현택   네?

갑수   설명. 해 봐.

말을 못 하는 현택.
현택의 코앞에 총구를 들이대는 갑수.
새파랗게 질리는 현택.
방아쇠 공이를 뒤로 젖히는 갑수.

갑수   못 쏠 거 같아? 탈주범 새끼야.

현택   아니에요. 저 정말 아니에요. 믿어주세요.

갑수   탈주범, 맞잖아? 맞지?

현택   아니요, 제 말 좀 들어…

갑수   맞지? 꿇어. 꿇어!

현택   (주저하다가) 반지… 언제 뺐다고요?

갑수   말했잖아. 아까. 사진 찍으면서.

현택   언제요? 나 못 봤는데요. 내가, 제가 어떻게 못 봐요? 계속
        후레시 비추고 있었는데. 말이 안 되죠.

갑수   니가 못 봤다고 사실이 달라져? 우길 걸 우겨! 꿇어!

현택   이 반지, 이거 어디서 나온 거예요? 아니면, 아니면 언제
        뺀 거예요? 저랑 같이 있을 때 뺀 거 아니잖아요! (깨달으
        며) 먼저 봤어요, 시체? 저 오기 전에 시체 먼저 본 거죠?

갑수   개소리 하지 마.

현택   저 오기 전에 시체 본 거죠? 반지 그때 뺀 거죠?

갑수   지랄하네.

현택   근데 왜 모르는 척…

갑수   사진 찍다가 뺐다니까!

현택   그럴 시간이 어디 있었냐고요!

갑수   이 새끼가 꿇으라니까!

갑수가 개머리판으로 현택을 가격한다.
비틀거리는 현택.
다시 한번 후려치는 갑수.
현택이 쓰러진다.

갑수   탈주에, 살인에… 대단하네.

현택   저 아니에요. 그 반지…

갑수   (때리며) 이 살인범 새끼가 어따 대고 자꾸…

현택   나 살인범 아니에요. 아니라고요! 그 반지…

갑수   (마구 때리며) 인정하라고! 인정해! 이렇게 됐으면 인정하라고!

두 팔로 머리를 감싼 채 가격당하는 현택.

현택   (울먹이며) 하지 마요. 나 아니에요. 나 아니에요. 하지 마요…

갑수   야, 이 새끼야, 증거가 딱딱 맞아떨어지는데… 우길 걸 우겨. 너 탈주범 맞고, 니가 쟤 죽인 거 맞아. 그리고 버젓이 쟤 행세하다가… 기회 봐서 나도 죽이려고 했냐? 나도?

현택   (손을 뻗어 그만하라는 시늉을 하며) 맞아요! 맞아요.

현택을 구타하던 갑수가 구타를 멈추고 한발 물러선다.
거친 숨을 내쉬며 현택을 내려다보는 갑수.

갑수   맞지? 너 탈주범 맞지?

현택   (작은 소리로) 네.

갑수   크게 말해, 새끼야.

현택   네. 맞아요. 저 탈주범 맞아요.

갑수   아, 새끼, 이제야 털어놓네. 개새끼… 야, 일어나서 앉아.

현택이 눈치를 보다가 힘겹게 몸을 일으켜 앉는다.

갑수   똑바로.

현택   네?

갑수   꿇어, 이 살인자 새끼야!

현택   저 이 사람 안 죽였어요. 탈주범 맞는데요, 사람은 절대 안 죽였어요.

갑수   (다시 한 대 가격하고) 꿇으라고!

간신히 몸을 일으켜 앉는 현택.
현택은 엉거주춤 손을 올리면서 무릎을 꿇는다.

갑수   내 후임은 왜 죽였어? 안 죽여도 됐잖아!

현택   안 죽였어요!

갑수   내가 전과자 새끼가 하는 말을 믿을 거 같아?

현택   저 전과자 아니에요. 저 상습범도 아니고요, 살인, 이런 것도 아니에요. 강도라고 잡혔는데, 그게 강도 아니거든요. 그냥 제가 받을 돈, 너무 억울해서, 한 달 일한 거, 편의점에서요, 그것만 챙겨 나오려고 했는데…

갑수 뭐가 억울해? 잡힌 게 억울해? 잡히고 나면 다 억울하지.

현택 아니요. 진짜로요. 편의점에요, 취업 준비하는 동안 편의점 알바했거든요… 하루 못 갔어요. 딱 하루.

갑수 나한테 얘기 하지 마!

현택 아뇨, 좀 들어주세요. 보일러가 터졌는데요, 주인 할머니가 안 고쳐준대요. 나보고 물어내라고, 아래층에 물 샌 거… 어떻게 해요? 물은 새고, 난리가 났는데… 편의점 사장님 한테도 연락했어요. 이거 좀 처리하고 가겠다고. 자기가 전화 안 받은 거거든요. 문자도 안 보고… 그냥 자르더라 고요. 가게 비워서 앞에 알바하던 애가 학교 못 갔다고, 그 거 배상한다고 제 알바비 안 준다잖아요. 한 달 일한 거 한 푼도 안 주더라고요, 그래서, 정말 그것만 가져가려고 한 거예요.

갑수 근데 왜 강도야?

현택 새로 온 알바 애가 미친 듯이 반항하더라고요. 지 가게도 아니면서… 그러지 말라고, 내가 막 말렸는데… 애가 막 덤비잖아요.

갑수 죽였어?

현택 아니요. 세 바늘 꿰맸어요.

갑수 그럼 죄가 그것밖에 안 되는데, 호송차 디비졌다고 왜 도 망을 치냐?

현택 저도 몰라요. 그때는 사람들이 막 끌어내고 그래서… 저도 계속 후회해요. 후회한다고요. 저 나쁜 놈 아니에요. (시체를 가리키며) 저 사람, 원래 저렇게 있었어요. 죽어 있었다고요.

갑수 그럼, 역무실에 뛰어와서 알려야지?

현택 저 탈주범이잖아요! (그때가 생각나는 듯) 저도 후회 많이 한다고요. 호송차에서 도망치지 말 걸… 산으로 들어오지 말 걸… 저 사람이 가지고 있던 가방 뒤져보지 말 걸… 옷

바꿔 입지 말 걸… 계속 후회한다고요.

갑수 후회하는데도 계속 거짓말했다? 신입사원 행세 하면서?

현택 오늘 밤이라도 편하게 잘 수 있을 거 같아서…

갑수 그러다가 기회 봐서 나도 없애고? 아예 쭉 있으려고?

현택 아니에요. 그런 거 아니에요. 아까는 너무 추워서요, 정말 죽을 거 같아서… 저요, 믿어주세요, 저 살인 같은 거 못 해요.

가만히 현택을 내려다보는 갑수.

현택 믿어주세요.

갑수 경찰 올 때까지 얌전히 기다릴래?

현택 네! 네! 저 도망자 못 하겠어요. 춥고, 배고프고, 외롭고…

갑수 살인도 순순히 자백하고, 응?

현택 아니라니까요. 정말 아니에요.

틈도 주지 않고 현택을 가격하는 갑수.
그리고 이어지는 무차별 구타.

갑수 (구타하며 / 자기도 무슨 말을 하는지 모르는 듯) 이런 개새끼가. 개새끼. 누가 꼰대야? 이 개새끼야. 잘 난 체는 지들이 다하고, 이런 개새끼들아… 새파랗게 젊은것들이 열심히 일할 생각은 안 하고, 맨날 불평만 해대고, 이런 개새끼들. 니들은 인간도 아니야.

현택 (맞으며) 하지 마요. 하지 말라고… (마침내 견디지 못하고) 하지 말라고!

놀라는 갑수. 구타를 멈춘다.

갑수   이 새끼가 어디다가 소리를…

갑수가 다시 내려치려고 하는데
피하지 않는 현택.
갑수가 내려치지 못하고 멈칫한다.

갑수   뭐야? 안 피해?
현택   때리지 마요.
갑수   개기냐? 개기는 거냐?
현택   때리지 말라고요. 아파요. 아프다고! (총구 앞에 머리를 들이밀며) 그냥 죽일 거면 죽이던지! 왜 자꾸 때리고 지랄이야! 때리지 말라고! 아파. 아프거든!

당황한 갑수. 현택을 구타하지 못한다.
거친 숨을 내쉬며 서로를 노려보는 두 사람.

현택이 천천히 몸을 일으킨다.
갑수가 뒷걸음질을 친다.
현택은 간신히 버티고 서서 갑수를 노려본다.

갑수   뭐야? (총을 겨누며) 객기 부리냐?
현택   쏴. 왜 안 쏴? (진정하고는 / 헛웃음) 총 들면 다 쏠 수 있는 줄 아나…
갑수   어쭈? 어쭈?
현택   어쭈, 뭐요?
갑수   보자고. 경찰 와도 그럴 수 있는지 보자고.
현택   언제 오는데요? 길 막힌 거 같은데요.
갑수   그럼, 뭐… 계속 이러고 있지 뭐. 못 할 거 같냐?

현택이 시체를 돌아 갑수 쪽으로 간다.
갑수가 뒷걸음을 친다.
두 사람은 아웃복싱을 하는 것처럼 원을 그리며 돈다.
서로의 위치가 바뀐다(현택이 역무실 쪽, 갑수가 산 쪽).

현택   못 쏘겠죠? 그죠?

갑수   덤벼보든지.

현택   대놓고 쏘기는 힘들죠… 그죠?

갑수   (잔인한 미소를 지으며) 아니다. 다리만 쏘면 되잖아? 되잖아? 나 죽이려고 덤벼들어서 쐈다고… 쏠 수 있지. 당연히 그건 할 수 있지. 얼굴도 아니고, 가슴도 아니고, 다리만 쏘는 건데… 그지? 그러면 길 뚫리기 전에 죽겠지. 피 질질 흘리다가… 이 추운 날씨에… 그지?

갑수가 총으로 현택의 다리를 겨눈다.
현택이 긴장한다.

갑수   왜 그러냐? 쏘라며? 쏘라고 잘난 체할 땐 언제고…

주위를 둘러보며 방법을 찾는 듯한 현택.

갑수   쫄았냐? 쫄았지? (겨누며) 야, 야, 다리만 쏠 거니까 움직이지 마라. 괜히 움직이다 대가리 날아간다. 진짜로.

이러지도 저러지도 못하는 현택.
진짜로 방아쇠를 당기려는 갑수.
눈을 감으며 고개를 돌리는 현택.

그때, 역무실 안에서 전화벨 소리가 울린다.
깜짝 놀라는 두 사람.

현택 전화 왔어요.

당황하는 갑수.
갑수의 동요를 눈치채는 현택.

현택 안 받아요? 받아야 하는 거 아니에요?
갑수 가만히 있어봐!
현택 기차 지나가는 건지 아닌지…
갑수 가만히 좀 있어 보라니까!
현택 이럴 시간 없는데…
갑수 야, 너 이쪽으로 와.
현택 싫은데요.
갑수 너, 그냥 쏴 버린다.
현택 그러세요, 아저씨.
갑수 못 할 거 같아?

자세를 잡으려고 한 발을 내딛던 갑수가 시체에 걸려 비틀한다.
그 틈을 타 역무실로 달려가는 현택.

갑수가 엽총을 발사한다!
빗나간다.
놀란 표정으로 갑수를 쳐다보는 현택.
갑수도 놀란 듯.

다시 달려 역무실로 들어가는 현택.

다시 발사! 탕! 탕! 탕!
동시에 암전.

장면 전환
어슴푸레 조명이 들어온다.
하얀 천들이 걷히고, 시체가 치워진다.
조명이 꺼진다.

장면 3 - 역무실

어둠 속, 계속 울려대는 전화벨.
어둠 속에서 갑수의 고함이 들린다.

갑수 (소리만) 야, 이 새끼야! 어딨어? 불 켜! 안 켜? 너 이 새끼 죽여 버린다.

갑자기 켜지는 조명.
전화기 너머, 찬장 뒤에 몸을 숨기고 있는 현택의 모습이 보인다.
손에는 역무실에 비치되어 있던 보수 도끼가 들려있다.
몸을 웅크리고 전화기를 내려칠 기세.
전화벨은 계속 울리고 있다.

현택 안 받아요? 받아야죠? 와서 받아 보세요.
갑수 (다가서지 못하며) 도끼 들고 뭐? 나 총 들고 있어.
현택 그러니까요, 와서 전화 받으시라니까.
갑수 이 새끼가 말을 못 알아듣네. 도끼 가지고 뭐 어쩌려고? 던질 거야?

현택   몇 발 남았어요?

멈칫하는 갑수.

현택   네 발 쐈죠?

갑수   니가 뭘 안다고 깝죽대냐?

현택   우리 점장이요, 사냥이 취미였는데요… 밀렵도 많이 다니고 그랬는데요… 그거 다섯 발짜리죠?

갑수   (당황하다가) 한 발 남은 건 총알이 아니냐? 한 발도 맞으면 뒈져!

현택   대신 꼭 맞춰야 되겠네요? 그죠? 못 맞추면… (도끼를 흔들며) 알죠?

분을 삭이는 갑수.
계속 울리는 전화벨.

현택   전화 안 받으세요?

갑수   니가 그러고 있는데 어떻게 받냐?

현택   안 받을 거예요?

갑수   받을까?

현택   받아야 하는 거 아니에요?

갑수   안 받아도 돼. 명퇴하는 마당에…

현택   웬 허세? 받고 싶어서 죽겠잖아요.

갑수   허세 아냐. 안 받아도 돼.

현택   그럼, 전화기 뿌갤까요?

갑수   지가 허세네! 야, 진짜로 기차 지나가면… 너도 좆 돼.

현택   제가요? 알바생이요?

갑수	알바는 무슨… 너 탈주에다가 사고까지 다 덤탱이 써야 하는 거야!
현택	나는요… 사고 나면 튈 건데요? 아저씨는 나 잡으러 올 수 있어요? 사고 난 거 그냥 놔두고?
갑수	어디까지 튀려고? 어디까지 갈 수 있을 거 같은데? (창밖을 흘끔 보더니) 야, 다시 온다, 눈. 어떡하냐?

현택이 대답하지 못한다.
서로 노려보는 두 사람.
시끄럽게 울리는 전화벨.

현택	정말 안 받아요?
갑수	니가 도끼 버리면.
현택	미쳤어요? 그럼… 밖에 총 놓고 와요.
갑수	내가 바보냐?
현택	그럼 받지 말죠.
갑수	안 받으면 돼. 나 명퇴한다고!
현택	난 알바생이거든요!
갑수	개새끼. 뭔 일이 일어나도, 아니, 아무것도 안 일어나도, 넌 내가 죽인다. 그냥 내가 죽일 거야.
현택	한 발 남았다니까요.
갑수	한 발 남은 것도 총알이라고!
현택	그러니까 꼭 맞추라고요!

침묵. 서로 노려보기만 할 뿐.

순간 전화벨이 멈춘다.
두 사람 다 놀란 눈으로 전화기를 쳐다본다.

잠시 기다려보지만, 전화벨은 울리지 않는다.

갑수 야… 끊어졌잖아…

현택 그러니까… 받으라니까요…

갑수 기차 지나가면 어떻게 하나… 기차 지나가면…

현택 받으라고 했잖아요…

갑수 기차 탄 사람들은 어떻게 해? 넌 양심도 없냐? 그 사람들 다 죽으면…

현택 다시 전화해요.

갑수 니가 거기 버티고 있는데?

현택 전화는 하게 해줄게요. 전화하고 나서 다시 원위치. 괜찮죠?

갑수 진짜?

현택 진짜요. 대신 아저씨도 나한테 그거 겨누지 마요.

총구를 내리는 갑수.
전화기 쪽으로 한 걸음 내딛다가
멈춰 서서 총을 겨누며

갑수 니가 해라. 니가 가깝잖아. 전화하는 동안에는 나도 아무 짓 안 할게. 니가 해.

현택 아저씨가 해요.

갑수 니가 해. 니가 후임인 척하고 전화하면 되잖아?

현택 내가 왜요? 아저씨가 해요!

갑수 널 어떻게 믿냐?

현택 그것도 못 믿으면…

말을 멈추는 현택. 생각에 잠긴 듯.

갑수	생각할 거 뭐 있냐? 내가 너 못 믿겠다는 건데.
현택	처음에요…
갑수	처음에?
현택	예. 저 처음에 역무실에 들어왔을 때… 그때 왜 모르는 척 했어요?
갑수	뭘 모르는 척해?
현택	내가 후임 아닌 거 알고 있었잖아요? 그러면서 모르는 척 한 거잖아요?
갑수	내가 뭘 (말을 찾다가) 어떻게 알아, 니가 후임인지 아닌지? 니가 가짜란 거 안 건, 내가 그, 그 반지를 찾았잖아. 그때 안 거지.
현택	웃기지 마요. 그 반지 시체에서 뺀 거 아니잖아요!
갑수	맞다니까!
현택	나보고 후레시 들고 비추라고 했죠?
갑수	…
현택	내가 계속 후레시 비추고 있었는데, 어떻게 그걸 못 봐요?
갑수	…
현택	왜 대답 안 해요? 불리하면 대답 안 해요?
갑수	니가 아무리 우겨도, 그 반지는 아까 사진 찍으면서…
현택	(생각하다가) 그렇게 된 거구나!
갑수	뭐가?
현택	발자국요. 그게 왜 하나밖에 없는지 알겠네.
갑수	니 발자국이라고?
현택	네! 제 거예요, 그 발자국.
갑수	니가 죽이고 역무실로 왔으니까! 하나밖에 없는 거 맞잖아!
현택	그럼 죽은 사람, 아저씨 후임, 그 사람 발자국은 어디 있어요?
갑수	눈 내렸잖아! 눈에 덮여서…

현택 그래요. 눈 내려서 발자국이 다 덮였겠죠. 마지막 발자국은 제 거니까, 죽은 사람 발자국은 눈에 덮여서 없는 거죠. 왜? 한참 전에 죽었으니까! 그다음에 눈 내려서 다 덮이고! 그래서 발자국이 하나밖에 없는 게 맞다고요. 제 거요! 눈 다시 그쳤을 때 올라온 제 거요! (밖을 가리키며) 저 사람, 저 사람은요, 아저씨 후임은요 제가 여기 오기 한참 전에 죽은 거라고요. 내가 안 죽인 거라고요!

말이 없는 갑수.
이윽고 비열한 웃음을 지으며

갑수 사람들이 니 말 믿어줄 거 같아? 탈주범 새끼가 씨부리는 거 들어나 줄 것 같아?

현택 아저씨가 이럴 줄 알았어요. 왜냐? 아저씨가 죽였으니까!

갑수 뭔 개소리야!

현택 누가 있었어요? 내가 오기 전에, 발자국 다 덮을 정도로 눈 내릴 때… 그때 여기 누가 있었냐고요? 산 쪽에 발자국 없죠? 당연하죠. 살인범이 역무실로 돌아왔으니까. 나갈 때 발자국 못 봤다고요? 봤어도 못 봤다고 했겠죠. 당연하죠. 자기 발자국이니까. 반지 주머니에서 꺼냈죠? 당연하죠. 내가 보고 있는데 반지 뺄 수 있어요? 상식적으로? 그러면 언제 뺐겠어요? 아까 전에, 눈 마구 내릴 때! 저 사람 죽일 때! 누가요? 아저씨가요! 아저씨가 후임 죽인 거죠?

갑수 내가 왜 내 후임을 죽여?

현택 왜냐고요?

갑수 그래, 왜! 명퇴하는 마당에 왜 후임을 죽이냐?

현택 (생각하다가) 그렇게 화가 났어요?

갑수 뭐가 화가 나?

현택	짤리는 거요. 인생을 다 바쳤는데, 회사에다 아저씨 인생을 바쳤는데… 짤랐잖아요. 명예롭게 꺼지라고, 추한 꼴 보이지 말고 얌전하게 꺼지라고…
갑수	하지 마.
현택	그게요, 그게 그렇게 못 받아들일 일이에요? 쪽팔려요? 손해 본 거 같아요? 뭔데요? 혹시 아저씨 자존심에…
갑수	자존심 얘기 하지 마!

놀라는 현택.
갑수는 폭발 직전이다.

갑수	니가 내 자존심에 대해 뭘 안다고, 자꾸 자존심, 자존심 그래? 니가… 뭘 알아? 새파랗게 젊은 게 뭘 안다고 지랄이야!
현택	(밖을 가리키며) 지랄을 하든 말든, 저 사람, 아저씨 후임은 무슨 죄가 있어요? 아저씨 자존심이 어떻건 간에 무슨 죄가 있다고 사람을 죽여요?
갑수	사람을 헌신짝 버리듯 해도 유분수지.
현택	저 사람이 버린 거 아니잖아요!
갑수	근데 지가 왜 회사 편을 들어? 지가 회사 대표도 아니고, 왜 감싸고돌아?
현택	그래서 죽였다고요? 그게 말이 돼요?
갑수	니가 뭘 안다고 말이 되니 안 되니, 안 되니…
현택	화풀이하고 싶으면 회사에 가서 총질을 하든지 그래야지, 왜 불쌍한…
갑수	회사에 가서 총질한다고 해서, 회사를 없앨 수 있나? 사장 새끼를 죽인다고 쳐. 바로 딴 놈이 사장으로 와. 회사는 그대로야. 안 죽어. 내가 바보냐? 죽지도 않는 회사 죽이겠다

고 하게? (바깥을 가리키며) 지가, 계약직 주제에 목숨까지 바칠 각오가 돼 있다고, 회사를 위해서, 그랬으니까… 목숨 바친 거야! 회사를 위해서!

침묵.

현택 아저씨가 죽인 거 맞네요.
갑수 증거 있냐?
현택 아저씨가 자기 입으로 얘기했잖아요.
갑수 내가? 언제?

다시 침묵.

갑수 젊은 놈이 영화도 안 보냐? 증거가 있어야지. 증거가 없으면…
현택 말도 안 되는 거 알죠?
갑수 뭐가 말이 안 돼? 증거가 없으면…
현택 그거 말고요.
갑수 그럼 뭐?
현택 저 사람이 왜 회사 대신에 죽어야 하는데요? 아저씨도 같은 처지면서 왜 갈궈요? 왜 회사한테는 안 개기고, 똑같이 불쌍한 사람 못살게 굴어요? 왜 그러는 거예요? 그 알바생, 걔도 그래요. 걔가 왜 그렇게 나한테 덤볐는지 이해가 안 가요. 지 돈도 아니면서… 어차피 짤리거나 그만두거나 할 거면서… 왜 그렇게 덤볐을까요? 그게 이해가 안 돼요, 난…
갑수 모르겠지. 이해가 안 되겠지. 넌 그렇게 살지 않았으니까… 사람들이 왜 그러고 사는지 이해가 안 되겠지… (힘없이) 니가 뭘 아냐? 니가 뭘 알아?

갑수가 의자에 앉는다.
총구를 내리고… 지친 모습이다.
의외라는 표정의 현택.

갑수	지친다. 지쳐.
현택	뭐 하자는 거예요?
갑수	너도 와서 앉아라. 그만하자.
현택	갑자기 뭐 하자고요?
갑수	지친다고. 너도 와서 좀 쉬어.
현택	(갑수를 살펴보다가) 아저씨를 어떻게 믿고요?
갑수	못 믿겠으면… 믿지 마라. 난 좀 앉을게, 그냥 거기서 들어.
현택	뭘 들어요?
갑수	협동하자.
현택	뭐요?
갑수	협동심을 발휘해서 너도 좋고 나도 좋고, 그렇게…
현택	어떻게요?

현택을 쳐다보는 갑수.
시선을 피하지 않는 현택

갑수	너 그냥 가라. (현택을 보며) 파카하고, 후레시하고, 보온병에 따뜻한 물도 담고… 또 필요한 거 있으면 줄 테니까, 너 나가라. 나가서 계속 도망가.
현택	아저씨는요?
갑수	사령실에 전화하고, 선로 비우고… 내가 알아서 할게. 맨날 하던 대로 하는 거니까… 혹시 자수 할 생각 있어?

현택	(생각하다가) 안 해요. 죽어도 도망 다닐 거예요. 지금도 밑바닥인데, 더 밑바닥 할 수는 없어요.
갑수	그럼 살인죄 하나 더 가지고 다녀. 어차피 평생 도망 다닐 거면.
현택	뭐요?
갑수	자수할 거면 모르겠는데… 안 할 거면…
현택	내가 너무 손해 아니에요?
갑수	이러고 있으면 더 손해야. 대신 내가 신고 안 할 거니까… 그건 득 아니냐?
현택	신고 안 한다고 어떻게 믿어요?
갑수	바보냐? 내가 어떻게 신고하냐? (밖을 가리키며) 쟤 물어야 하는데…
현택	안 묻고 신고하면 나만 좆…
갑수	기차! 기차 지나간다고!
현택	…
갑수	오래 생각하지는 마. 시간 없으니까. 그동안 난 눈 좀 붙여야겠다. 나이가 드니까…

총을 안은 채로 눈을 감는 갑수.
반신반의하며 찬장 뒤에서 나오려는 현택.
갑수가 갑자기 눈을 뜨는 바람에 다시 들어간다.

갑수	아, 그리고… 우리 둘은 그런데… 기차 타고 있는 사람들 생각도 하자. 기차 탈선해서 죽고, 다치고 그러면… 그 사람들은 뭐가 되냐? 그 사람들은 다 죽어도 좋아?
현택	혼자 착한 척 하지 마요.
갑수	(다시 눈을 감으며) 그게 아니라, 그냥 그 생각도 해보라고.

다시 눈을 붙이는 갑수.
이번에는 잠깐 졸기도 하는 듯.
현택이 조심스럽게 뒤에서 나온다.
미동도 하지 않는 갑수.
조금 더 나오는 현택.

순간, 벌떡 일어나 총을 겨누는 갑수.
다시 몸을 숨기려다 미끄러지는 현택.

갑수   속았지롱!

간신히 몸을 숨기며 불을 끄는 현택.
동시에 방아쇠를 당기는 갑수.
어둠 속에서 번쩍이는 불꽃과 함께 굉음이 울리는데…

정적.

잠시 후, 조명이 켜진다.
전등 스위치를 켠 것은 갑수.
찬장 뒤에선 아무런 움직임도 없다.

조심조심 다가가는 갑수.
총구를 겨누다가 총알이 없다는 것을 알고는 거꾸로 쥐는 갑수.
찬장 뒤로 돌아가 내려칠 듯이 총을 치켜드는데…
현택의 모습은 보이지 않는다.

갑수   (당황하며) 어, 이 새끼, 안 맞았냐?

그 근처를 이리저리 살펴보지만, 현택을 찾지는 못한다.

순간, 깜빡거리기 시작하는 전등.
천천히 역무실 안을 둘러보는 갑수.
깜빡거리는 불빛 때문에 제대로 살펴보기가 힘들다.
삐거덕거리는 소리.

갑수 이쪽이네… 소리가 들린다… 다 들린다고…

그쪽으로 천천히 다가가는데…
반대편(객석)에서 들리는 삐거덕 소리.
획! 하고 돌아서서 객석을 향해 다가가는 갑수.

갑수 무겁지? 도끼 무겁지? 도끼 휘두르는 거 쉬운 일 아니다.
안 해보면 제대로 찍지를 못해. 한 방에 제대로 못 찍으면
어떻게 되는지… 알지?

소리가 났던 쪽(객석)을 향해 다가가는 갑수.
그 뒤로 어둠 속에서 현택이 모습을 드러낸다.
바로 내리칠 수 있게 도끼를 들고 있다.
현택의 기척을 느끼는 갑수.

갑수 뒤에 있어? 내 뒤에 있어?
현택 꿇어요.
갑수 씨발… 어떻게 한 거야?
현택 뭘 어떻게 해요?
갑수 어떻게 내 뒤에 있냐고?
현택 계속 아저씨 뒤에 있었거든요. 어디 안 갔거든요. 아저씨

가 혼자 갈팡질팡 한 거지… 꿇어요!

엉거주춤 몸을 숙이는 갑수.

현택 꿇으라고! 총 버리고!

갑수 어떻게 하게? 꿇어앉으면 어떻게 하게? 목 치려고? 진짜? 진짜 할 수 있어?

현택 못 할 거 같아요?

갑수 응. 못 할 거 같아. 사람 목을 치는 거야, 참수. 진짜 할 수 있어? 너… 진짜로 살인자 되는 거야. 탈주범에 살인자. (밖을 가리키며) 저기 밖에, 저 새끼도 니가 죽였다고 생각할 걸? 그래도 좋아? 못 하겠지? 못 해. 넌 못 해.

현택 해요. 못하면 내가 죽으니까… 진짜로 못 할 거 같아요?

갑수 그리고, 그… 도끼, 그거 안 쉽다. 안 쉬워.

현택 어떡하죠, 나 장작 패는 알바한 적 있는데….

갑수 진짜?

현택 한 번 쳐 볼까요? 아저씨 목?

갑수 (위축되며) 뭐, 그렇게 알바를 많이 했냐?

현택 다 그래요. 다 그렇게 살아요. 그렇게 안 살면 못 살아요.

갑수 정말 나 죽일 거야?

현택 안 그러려고 했는데요… 이 아저씨가 치사하게 나오네. 왜 그랬어요?

갑수 나도 후회한다. 후회해. 처음부터 그럴 생각은 아니었거든. 진짜로. 내 잘못이야. 나이를 이렇게 먹고도 아직 못 나서… 솔직히 갑자기 욱 하기도 하고, 다 내 수양이 부족해서…

현택 수양 같은 소리 하지 마요. 토 나와요.

갑수 알아. 알아. 근데 이거 하나만 들어 봐.

현택	또 사기 치려고 그러시네.
갑수	아냐, 아냐. (총을 건네며) 다 갖고.
현택	총알도 없잖아요?
갑수	그래도… 어쨌건… 아까 얘기 그거 더 좋게 할게, 너한테.
현택	어떻게요?
갑수	너 여기 계속 있어. 쟤, 죽은 애, 갠인 척하고. 철도 일은 내가 해줄게. 몰래. 나 필요할 거야. 넌 하나도 모르니까. 나 죽으면 여기 며칠 못 있어. 맞지? 금방 뽀록난다고. 내가 계속 있을 수 있게 도와줄게.
현택	아저씨가 도망쳐서 신고하면요?
갑수	시체 옆에 쩽쩽! 그거 있잖아. 그거 니가 숨겨. 거기 내 지문 잔뜩 묻어 있을 거야. 그런 거 생각도 안 했거든. 나중에 묻어버릴 생각만 했지.

골똘히 생각하는 현택.
눈치를 보는 갑수.

현택	괜찮은데요.
갑수	그렇지? 생각해 봐라. 아! 너, 니가 계속 쟤, 쟤 행세해. 쟤인 척하고 새 인생 살아, 계약 끝나면. 새 인생 살라고. 평생 도망 다니는 것보다 낫지 않냐?
현택	오! 굿인데요!
갑수	그지? 내가 생각 잘했지?
현택	정말이죠? 배신 안 하죠?
갑수	그럼! 그렇게 할래? 할래?
현택	생각 좀만 더 하고요.
갑수	뭘 더 생각해? 그렇게 하라고! 결단력 있게!
현택	아저씨한테는 뭐가 좋아요?

갑수	나? 나는… 우선 니가 나 안 죽일 거고… 솔직하지? 그리고 나도 계속 여기 있을 수 있잖아.
현택	집에 안 가요?
갑수	나 집 없어.
현택	가족은요?
갑수	그게, 뭐… 마누라나 자식새끼나 하나 같이… 인간의 도리를 몰라. 나 혼자 살다 혼자 죽을 거야. 미쳤어, 내가 지들한테 기어들어 가게?
현택	아저씨만 이러는 거 아니죠? 가족들도 아저씨 싫어하죠?
갑수	…
현택	(갑수를 쳐다보다가) 좋아요. 그럼 제가요…

순간 다시 전화벨이 울린다.
깜짝 놀라는 두 사람.

갑수	전화 왔다.
현택	받아요!
갑수	결정해!
현택	받고 나서 하면 안 돼요?
갑수	뭐 그리 힘들어? 결정하라고!

갈등하는 현택.
기대하는 표정의 갑수.
현택의 표정이 풀리는 듯 보인다.
안도하는 갑수.

갑수	우리 둘이 힘을 합치면 세상 정도는 금방 속일 수 있어. 세상 한번 속여보자고. 속일 수 있어. 그지?

현택   그래요. 세상을 속일 수 있어요.

갑수   당하기만 하는 것도 못 해 먹겠어. 너도 그렇지 않냐? 존 나 엿 먹여 보자고! 솔직히 마음 같아선 어디 가서 폭탄이 라도 터뜨렸으면 좋겠어. 진짜야. 새끼들, 한 몇백 명 죽이 고 그랬으면 속이 다 시원하겠어. 너도 안 그래? 너도 그 렇지? 그냥 이 좆같은 세상 한 번 뒤집어엎었으면 좋겠지? 잘난 새끼들, 잘 먹고 잘사는 새끼들 다 조져 버렸으면 좋 겠지? 근데 그러지는 않으니까, 우리가 그렇게 막 나가지 는 않으니까, 이거라도 하자고. 속이는 것만 하자고.

생각에 잠긴 채 대답을 하지 않는 현택.

갑수   뭐 이렇게 생각을 오래 해? 맞지? 너도 그렇지?

여전히 대답이 없는 현택.

갑수   나 일어나도 되지?

현택   근데요…

갑수   뭐가 근데요야?

현택   우리 둘 다 여기 있으면요…

갑수   된다니까.

현택   알아요. 그건 좋은데요…

갑수   근데 뭐?

현택   한 사람은 어디서 자요?

두 사람의 시선이 모두 소파로 향한다.
아무도 답을 하지 못한다.

현택 더 좋은 생각이 났어요.

갑수 뭔데? 야, 그냥 이러고 들어? 나 일어나서 들으면 안…

순간, 도끼를 내려치는 현택.
점멸하는 조명.
억! 하는 외마디 비명을 지르며 쓰러지는 갑수.
기어서 피하려는 갑수.

다시 내려치는 현택.
고통스러운 비명!
아직 숨이 끊어지지 않았는지 꿈틀대는데…

마지막 일격을 가하는 현택.
갑수의 몸이 축 늘어진다.
조명의 점멸이 멈춘다.
도끼를 쥔 채 갑수의 시체를 내려다보는 현택.

현택 나 혼자서도… 그거 다 할 수 있을 거 같아요. 나 혼자서도
할 수 있을 거 같다고요. 얘기했죠? 나 알바 많이 했다고.
조금만 해보면 다 하겠더라고요. 세상에 그렇게 어려운 일
없더라고요. 왜 나 말고 다른 사람이 뽑히는지 모르겠더라
고요. 그리고요… 나 아저씨 싫어요. 못 믿겠고, 같이 있기
싫고, 그래요. 그냥 나 혼자 할래요. 아저씨 없어서 안 되
면… 안 돼도 할 수 없어요. 아저씨가 엉겨 붙는 게 싫으니
까… 좀 있으면 나한테도 꼰대 짓 할 거니까… 그냥 나 혼
자 할래요.

현택은 도끼를 내려놓고 소파에 가서 앉는다.

지친 듯한 모습(아까의 갑수처럼).

잠시 숨을 고른 후,
책상으로 가서 수화기를 집어 드는 현택.

현택　네, 청산 역입… 아, 선로 위에 낙석이 있어서요. 그거 치
우느라고… 예? 30분 후요? 예, 통과 가능합니다. 아, 지금
밖에서 마지막 점검하고 계시고요. 저요? 저 이현택이요.
최 과장님께서 이쪽으로 보내셨잖아요? 그럼요, 잘 도착했
고요. 그럼요! 요새 목숨 정도는 걸어야 취직하죠.

현택의 대사가 이어지는 동안 서서히 조명이 어두워진다.
현택의 소리도 점점 작아진다.

암전.

장면 4 - 역무실

이전까지와는 다른 화사한 느낌의 조명.
장면 1의 역무실과 같지만 조금씩 가구 배치나 소품이 달라진
역무실.
MP3플레이어와 연결된 스피커에서 젊은 느낌의 음악이 흘러나
오고 있다.

오래된 역무원 코트와 모자에서 눈을 털며 들어오는 이는…
다름 아닌 현택.
첫 장면의 갑수처럼 들고 있던 빗자루와 삽을 들여놓고, 장화를

벗는다.

문을 잠그고는 역무실로 들어와서는 난롯가에서 손을 녹이는 현택.

시계를 보더니 MP3를 끄고는 책상 앞에 앉아 일지를 기입하기 시작한다.

일지를 기입하는 도중 울리는 전화벨 소리.

의외라는 표정의 현택.

현택   (전화를 받으며) 네, 태백 지선 청산 역, 근무자 이현택입니다. 네? 어디시라고요? 아, 네… 박갑수씨라면 전에 근무하시던… 아, 아드님… 아뇨, 말씀은 못 들었습니다. 업무 인계 하시고 바로 퇴직하셔서요. 글쎄요, 어디로 가셨는지는 제가… 예, 상심하셨을 거예요. 평생을 철도에 바치신 분이니까… 많이 서운하신가 보더라고요. 그 맘은 모르는 게 아닌데, 제가 뭐 할 수 있는 일도 없고… 네, 혹시라도 연락하시면 제가 아드님께 연락하시라고 말씀드릴게요. 네, 네, 들어가세요.

전화를 끊는 현택.

시계를 보고는 다시 수화기를 들고 전화를 건다.

현택   네, 수고하십니다. 태백 지선 청산 역, 일일 보고 합니다. 아, 최 과장님. 오늘 당직이세요? 네, 잘 있어요. 네, 이상도 없고요. 축대 보강 공사는 날 풀리면 바로 시작하겠습니다. 당연히 혼자 할 수 있죠. 인부 보내실 필요 없어요. 그냥 조금 파고 시멘트로 메우는 건데요. 네, 괜찮습니다. 깔끔하게 덮어 놓을게요.

사이.

현택 그러게요. 올해는 정말 눈이 많이 오네요. 내렸다 하면 폭설이고요. 아뇨, 전 이게 좋아요. 전부다 눈으로 덮이면 얼마나 예쁜데요. 깨끗해요. 더러운 게 다 덮여버리니까… 아니요. 또 딴 데 가면 돼요. 걱정하지 마세요. 계약 끝날 때까지 최대한 즐겁게 지내려고요. 네, 네. 수고하십쇼.

전화를 끊는 현택.
잠시 생각을 하는가 싶더니 다시 MP3 플레이어를 튼다.
음악이 나오기 시작한다.
책꽂이에서 낡은 소설을 한 권 꺼내와 읽기 시작하는 현택.
조명이 서서히 꺼진다.

끝

어메이징 그레이스

(2015년 作)

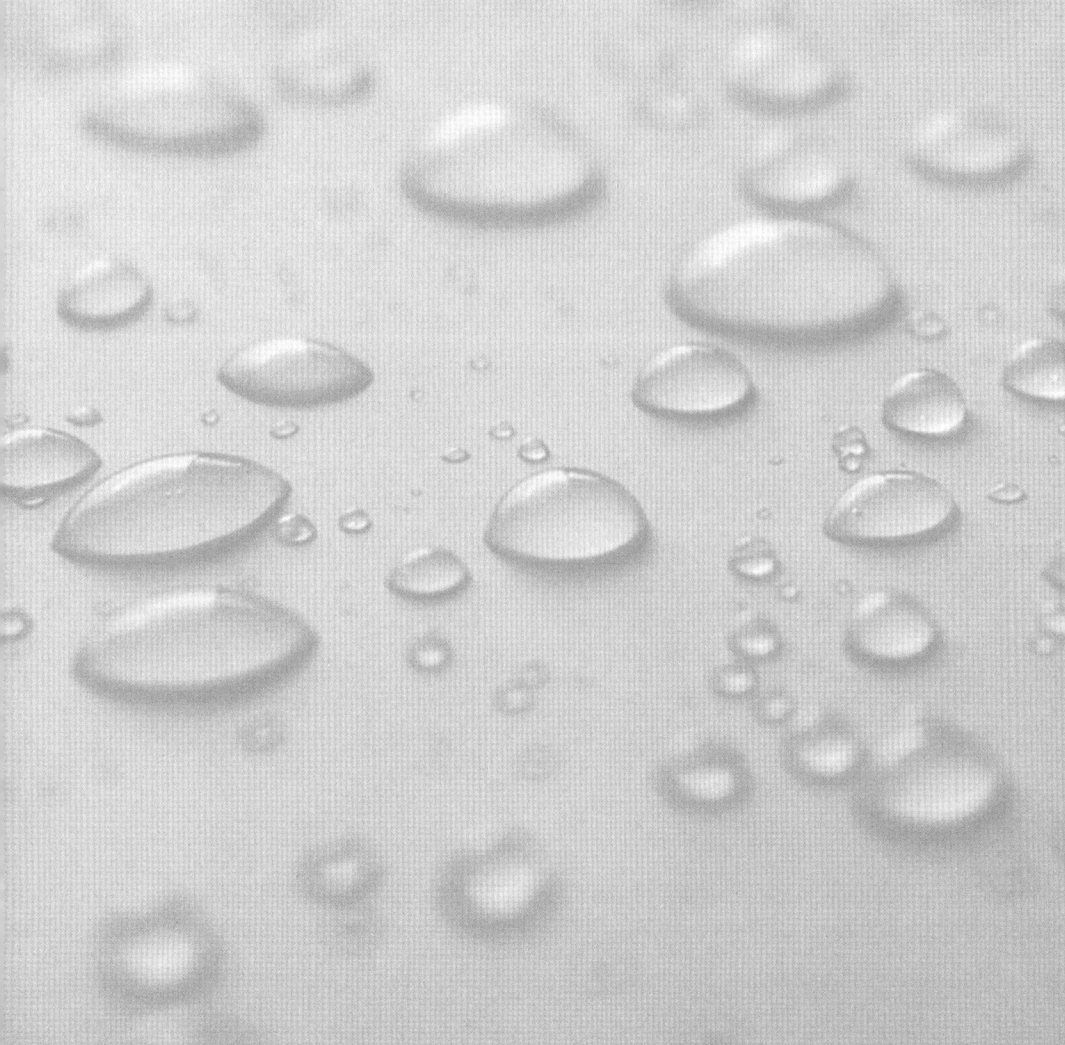

등장인물

그레이스 – 위작을 판매한 혐의로 조사를 받는 미모의 아트딜러
검사/변호사 – 한 명의 남자 배우가 연기

무대배경

무대 중앙 공중에 걸려 있는 커다란 액자 프레임.
의자, 탁자 등

장면 1

조사실.
책상 뒤에 앉아 있는 미모의 여성.
검사가 들어온다.
그는 여자에게는 눈길도 주지 않고 맞은편에 앉아 조서를 보기
시작한다.

잠시 후, 고개도 들지 않고

검사 이름이… 그레이스 최, 맞습니까?

여자는 대답하지 않는다.
검사는 고개를 들어 여자를 쳐다본다.
그는 여자가 자신을 보지 않는 것을 깨닫는다.

검사 이름이, 그레이스 최, 맞죠? 생년월일 일천구백…

여자는 대답하지 않는다.

검사 인적 사항 확인하는 거니까, 미리부터 방어적으로 나올 필
요 없어요. 이건 절차예요, 그냥 절차. 제가 여기서 그냥
내보내 드려도요, 누구를 그냥 내보냈는지 확인은 해주셔
야죠. 그죠? (살펴보다가) 다시 하겠습니다, 이름, 그레이스
최, 맞습니까?

이번에도 대답을 하지 않는 여자.

검사   이해합니다. 여기 처음 오면 다 그래요. 제가 막 어떻게 하
        고 그럴 것 같죠? 적개심부터 일고, 말 한마디 잘못했다가
        다 덤탱이 쓸 것 같고… 아는데요, 저 적 아니에요. 적이 아
        니라, 일종의 협업자? 동지? 이것도 일종의 팀플레이거든
        요. 이거, 검찰 조사도 팀플레이, 서로 협동해서 해 가는 거
        란 말입니다. 협동하려면? 서로 신뢰가 필요하겠죠. 그죠?

        여자의 반응을 기다리다가

검사   일방적으로 협조해 달라 그런 얘기가 아니에요. 저는 법에
        서 정한 범위 안에서 조사를 하고요, 피의자께선 성실하
        게, 사실을, 사실만을, 뜸 들이지 말고, 뜸 들이지 말고, 응?
        대답해 주시면 되는 거고요. 팀플레이. 이해되시죠? (다시)
        그레이스 최. 피의자 이름이 맞습니까?

        여자는 대답하지 않는다.

검사   (참으며) 이름이 그레이스 최. 맞습니까?

        이번에도 대답을 하지 않는 여자.

검사   이름 확인한다고 죄를 인정하는 거 아니에요.
그레이스   죄지은 거 없어요.

        그레이스가 입을 열자 놀라서 쳐다보는 검사.

검사   목소리 예쁘시네. 네, 잘하셨어요. 우리 이제 첫걸음을 뗀
        겁니다. 저희들도 사람이에요. 기소하고 그래도, 조사할

때, 아, 이 사람은 괜찮은 사람이구나, 괜찮은 사람인데 한 순간 잘못해서 여기 와 있는 거구나, 이런 생각이 들면요, 다르다니까요. 사람이면 다 그렇지 않나요? 피의자 분이 사람을 죽인 것도 아니고, 반인도적 범죄를 저지르신 게 아니잖아요? 협조해 주시고, 형량 잘 받아서 빨리 사회로 복귀하셔야죠?

그레이스 복귀라니요? 여기는 사회 아닌가요, 검사님?

검사 여기까지는 사흰데, 조금만 더 나가시면 사회가 아닌 곳으로 갈 수도 있죠.

그레이스 감옥이요?

검사 굳이 말로 하지면 그렇죠. 사회 속에 있는데 사회가 아닌 곳.

그레이스 저는 죄지은 게 없는데요?

인내심을 발휘하여 진정하는 검사.

검사 네, 네, 네. 그걸 알아보자는 겁니다. 빨리 시작하자고요. 그러기 위해선, 일단 신원 확인을 하고, 신원 확인. 이거 별 거 아니에요. 그냥 조서상의 이름이 맞는지 서로 확인하는 거예요. 이걸 빨리 시작해야…

그레이스 저는 죄지은 거 없어요.

검사 알겠어요. 알겠으니까, 진짜 그런지 알아보자고요. 진짜 죄지은 게 없으면, 이거 빨리 끝내고 나가고 싶지 않으세요? 그렇잖아요? 빨리 시작하자고요. 신원 확인, 자, 이름 그레이스 최, 맞습니까?

대답하지 않는 그레이스.
검사, 갓등을 그레이스를 향해 비춘다.

검사 내가 충고 하나 할게요. 아니, 두 개. 첫 번째는 나, 만만한 사람 아니에요. 나 조폭 수사하다 왔거든요. 무슨 말인지 알죠? 설명 더 안 할게요. 그리고 두 번째는… 여기까지 왔으면 인정하는 게 좋아요. 마음속으로, 내가 잘못했구나, 그래서 여기까지 왔구나, 앞으로는 죄짓지 말자… 인정하는 게 좋아요.

그레이스 저 정말 죄지은 게 없어요.

검사 없다고요? 확실합니까?

그레이스 딱 하나 있긴 있어요.

검사 좋아요.

그레이스 근데 그건 검사님하고는 상관없는 거예요. 나한테 지은 죄니까요.

검사 혐의 사실을 부인하시는 겁니까, 그레이스 최씨? 자기한테 지은 죄? 그게 뭔지는 몰라도, 그게 나랑 상관없다면, 그건 뭐 형법상의 범죄가 아니라는 거고, 그럼 나도 관심 없어요. 없는데… 그것 말고는 죄지은 게 없다, 이거에요? 내가 아까 충고했잖아요? 잊었어요?

그레이스는 대답하지 않는다.

검사 몰라? 알려줘? 당신이 여기서 조사받는 거는 당신이…

그레이스 나는 지은 죄가 없어요.

검사 (책상을 내리치며) 야!

암전.

장면 2

클래식 음악이 흐르는 가운데
무대 앞쪽에 그레이스가 서 있다.
자신감과 매력이 넘치는 아트딜러인 그녀.

그레이스 (가상의 경매 참가자들을 둘러보며) 일억 천만 원! 일억 천만 원? 급하실 것 없습니다. 한 번만 더 부를게요. 일억 천만 원? 낙찰. 축하드립니다.

지리를 옮겨서

그레이스 이쪽 사모님은 좀 이상하신가 보다. 그렇죠? 보통 경매에 가면 막 빠르게 진행되는데, 인정사정 안 봐주고… 여긴 안 그러니까 이상하시죠? (반응을 보고는) 그렇죠. 사모님들이 경매꾼도 아니시고, 막 아귀다툼하고 그런 거, 제가 더 싫어요. 돈 몇 푼 벌자고 하시는 것도 아니잖아요? 그래서 제가, 저 그레이스 최가 이런 소수정예 경매, 최고급 환경에서 편하게 즐기는 경매, 오로지 미술품만 보면서, 그 작품이 나에게 말을 걸기를 기다리는 경매, 바로 글램핑 경매를 시작한 이유입니다.

미소를 지어 보이고는

그레이스 자, 그러면 '그레이스 최의 글램핑 경매' 이어가도록 하겠습니다. 오늘의 하이라이트! 다들 이 작품 때문에 오신 거죠? 13번 품목, 소문대로 파란 블라우스를 입은 소녀가 보이네요. 박홍용 화백의 1991년 작 '소녀'입니다.

그레이스 너머로 조명이 켜진다.
무대 중앙 공중에 매달려 있는 화려한 액자가 모습을 드러낸다.
캔버스가 있어야 할 곳은 텅 빈 채, 프레임만 허공에 걸려 있다.

다시 가상의 경매 참가자들을 향해 돌아서서

그레이스 진짜로 이 그림을 보게 될 거라곤 상상도 못 하셨죠? 저
도 제 눈앞에 박홍용의 '소녀'가 걸려 있다는 게 믿기지 않
네요. 전설 속의 그 작품! 있다, 없다, 가지고도 말이 많았
잖아요? 여기 있네요. 제가, 저 그레이스 최가 이렇게, 여
러분들 앞에, 대한민국 최고의 컬렉터들만 모인 이 자리에
서, 이렇게 공개합니다.

사이.

그레이스 대한민국에서 이 그림을 본 사람이 몇 명이나 될까요? 이
작품이 91년도 작품인데요, 박홍용 작가가 세상을 등지고
은둔하기 시작한 게 90년이잖아요? 그러니까 그때는 아직
그려지기 전인 거고… 그리고 나서 처음으로 이 그림이 존
재한다는 이야기가 나온 것이 94년, 그때 박 화백이 경남
통영에서 농가를 빌려서 살고 있었는데, 이웃 사람들이 신
고했어요. 저 집 사람이 좀 이상하다, (누군가가 이야기 사이
에 끼어들었다는 듯) 아니죠, 94년도에 고독사, 그런 말이 어
디 있었어요? 그땐 간첩인 줄 알고 신고한 거죠. (웃음) 그
때 박 화백의 농가를 찾아갔던 지서 순경이 처음 보았다는
거죠. 한 구석에 파란 블라우스를 입은 소녀를 그린 그림이
있는 것을 보고 화가인 줄 알았다. 나중에 그게 박 화백이
었다는 게 알려져서 난리가 났을 때, 경향신문 기자랑 인터

뷰한 순경이 그렇게 말한 거죠. 그러니까 한 명 본 거고…

손가락 하나를 펼쳐 보인다.

그레이스 그러다가 이 그림이 한번, 딱 한 번 다시 나타나죠? 잘 아시네요. 전주의 한 갤러리에 딱 하루 전시된 적이 있었어요. 서울 아니라, 부산도 아니고, 전주요. 아무도 몰랐죠. 심지어 가명으로 냈어요. 왜 그랬을까요?

음악이 흐른다.

그레이스 조슈아 벨이라고 세계적인 바이올리니스트, 아시죠? 네, 지금 이 음악을 연주한 사람입니다. 그 조슈아 벨이 후줄근하게 입고, 거리의 악사를 한 거예요. 스트라디바리우스 들고, 35억짜리. 세계적인 연주자가 세계적인 악기를 들고, 뉴욕 거리에서 연주를 했어요. 안 알리고. 재밌죠?

사이.

그레이스 그렇게 해서 번 돈이 32달러. 35억짜리 바이올린 들고 하루에 32달러 벌었대요. 뭐 그런가 보다 할 수 있겠죠. 사람들이 조슈아 벨인 것도 몰랐을 거고, 오며 가며 다들 사는 게 바쁘니깐. 근데 웃긴 건요, 그냥 평범한 거리의 악사들도, 평범한, 재능 없는 거리의 악사들도 32달러보다는 더 번대요. 길 가던 사람들이 듣기에 조슈아 벨의 연주가 다른 악사들보다 별로였던 걸까요? 이게 뭐죠? 예술은 아무것도 모르는 사람들에게도 감동을 주는 거 아니었나요? 아무리 문외한이라도 보면, 들으면, 무언가 느끼고, 감동받고, 그런 게 예술 아니었나요? 저는 박 작가가 같은 실험을 했다고 생각합니다. 자신의 그림은, 만약에 이름 지우고, 허름한 갤러리에 갖다 놓으면 얼마나 많은 사람이 알아볼까? 얼마나 알아봤을까요?

사이.

그레이스 참, 전설 같은 이야깁니다. 그날 갤러리에 있었던 사람이 화랑 주인까지 다 합해서 한 열댓 명 됐다고 해요. 중국집 배달 아저씨 포함해서요. 그러니까 지금까지 한 스무 명? 대한민국에서, 아니 전 세계에서 스무 명도 안 되는 사람들만 봤던 겁니다. 그리고 오늘 여러분들이 계시죠. 오늘, 이 경험은, 박흥용의 '소녀'를 보는 경험은 그런 겁니다. 자, 와인 한 모금 머금으시고, 이 순간을 즐기세요.

사이.

그레이스 아, 제가 박흥용 작가를 개인적으로 안다는 거 말씀드렸나요? 저희 아버지 친구분이셨어요. 네, 저희 아빠도 화가셨거든요. 무명 화가요. 수다가 너무 길죠? 그림 얘기할게요.

액자 앞으로 이동한다.
잠시 말없이 그림을 보다가

그레이스 파란 블라우스의 소녀. 누굴 그린 걸까요? 표정이 아주 당돌하다고 해야 할까, 아무튼 설명하기가 쉽지 않네요. 소녀가 있는 곳은 학교 교실인가요? 우리나라. 70년대? 80년대? 그리고 눈에 띄는 게, 저거 갑옷이죠? 중세 기사들이 입었던 갑옷이네요. 짐작하시겠지만 그림 속에 그려진 인물은 잔 다르크입니다. 1337년 시작된 백년전쟁, 영국하고 프랑스하고 싸운 건데요. 프랑스가 속수무책으로 밀리죠. 바로 그때, 프랑스 군대를 이끌고 영국군을 물리친 것이 바로 이 소녀, 전쟁은커녕 연애도 한번 해보지 않았을 것 같은 어린 소녀 잔 다르크입니다. 지극히 한국적인 초상화와 서양의 역사화가 과격하게 하나의 캔버스 안에서 충돌하고 있는 그림. 머리로는 풀어낼 수 없는 묘한 자극, 해석하려는 시도를 다 바보짓으로 만드는 작가의 상상력, 내 안의 나에게 직접 다가오는 그림… 이런 걸 걸작이라고 하는 거겠죠? 근데 왜 잔 다르크일까요? 저 소녀는 뭐죠? 작가는 도대체 어떤 인물을 그리고자 했던 걸까요?

앞으로 나온다.

그레이스 감상하시는 동안 한 말씀만 더 드릴게요. 뭐냐면요, 오늘 경매를 준비하다가요, 그런 생각이 들더라고요. 예술은 돈으로 환산될 수… 있다! 그래서 너무 좋다. 왜냐고요? 정직하잖아요. 공정하다고요. 예술의 가치를 어떻게 평가해요? 근데 평가하죠? 가격으로요. 더 많은 사람이 갖고 싶어 하는 예술. 가격이 올라가요. 버블이다, 과열이다 하지만 거래가 이루어지는 순간 거품은 사라지는 겁니다. 누군가가 그 그림을 원하면, 그래서 그만큼 돈을 내면! 그게 아무리 터무니없는 가격이라도, 그게 그 그림 가격이 되는 겁니다. 그게 자본주의죠? 예술품은 경매해야 한다고요. 투자? 당연히 투자적인 측면도 있죠? 근데요 돈 벌고 싶으면, 아니 돈 버실 필요가 있으세요?

사이.

그레이스 공연이나 연극 같은 거요, 그건 내가 그 공연을 너무 좋아해도 남들보다 두 배, 세 배, 이렇게 돈을 낼 수 있는 게 아니잖아요? 다 똑같이 내요. 엠 분의 일이에요. 완전히 공산당이라고요. 근데 미술은? 여러 사람이 보고서 돈을 나눠 내는 게 아니잖아요? 최고가에 천만 원만 더 내면, 어떻게되죠? 그냥 내 것이 되죠? 오롯~이 내 것이 된다는 거죠. 그럼 타이틀이 붙어요. 어디 어디 소장. 개인 소장. 미술품은요, 그걸 소장하는 사람에게 타이틀을 준다니까요. 소장자. 왜 그러겠어요? 미술품을 소장한다는 거, 그 자체가 예술 행위라는 거예요.

액자 옆에 서서

그레이스 자, 이제 경매에 들어가겠습니다. 제13번 품목. 박홍용 작가의 1991년 작 '소녀'! 시작하겠습니다. 10억! 오! 바로 20억 갑니다! 23억! 25억! 30억! 33억! 38억!

경매가가 계속 올라간다.
그에 맞춰 배경 음악이 커진다.
서서히 조명이 사라진다.

장면 3

검사가 무대 앞쪽으로 등장한다.
그에게 플래시 라이트가 쏟아진다.

검사 기자 분들 많이 오셨네요, 네, 찍으세요. 네, 네, 찍으세요. 계속 찍으세요, 지금 마음껏 찍으세요. 다 찍으셨죠? 네, 그럼 그만 찍겠습니다. 네네, 감사합니다.

검사 책상에 서류를 놓고 브리핑을 준비한다.

검사 브리핑을 시작하도록 하겠습니다. 음… 사건명 '재벌가 미술품 사기 사건!' 재밌죠? 사건은 이렇습니다. 그레이스 최라는 여자가, 그 바닥에서는 유명한 아트딜러라고 하는데, 아트딜러, 화상이요, 그림 장사꾼. 하여간 그 여자가 재벌가만 상대한다너라고요. 그게 사날라고 주문 들어오면 외국 가서 사다주는 거…가 아니라 사모님들만 모아 놓고 소규모로 경매를 했습니다. 이른바 이게 글램핑 경매에요. 예, 특별화랑이나 호텔이나 이런데 모셔 놓고 경매를 했어요. 고급 와인들 마셔 가면서. 근데 이게 왜 잘 됐냐면요, 사모님들끼리 삥 둘러앉아서 서로 이렇게 마주 보면서 경매를 하거든요. 그러니까 경쟁심이 안 생기겠습니까? 그렇잖아요? 예를 들면, 저쪽에서 일억 불러. 내가 좀 전에 구천 불렀는데. 어라? 일억 오천을 부르면 저쪽이 또 삼억을 불러? 쌍! 이렇게 되잖아요? 그죠? 경쟁심이 안 생기겠냐고요. 내가 저 여자한테 질 수 있나? 남편 회사 재계 서열이 밀린다고 나까지 서열 낮은 여자냐? 아니라 이거죠. 네, 이게 하루 거래금액이 수십억. 대박이 났습니다.

사이.

그레이스 근데요, 이 여자가, 이 그레이스 최라는 여자가 사고를 쳤습니다. 대형 사고를 쳤어요. 가짜를 팔아먹었어요. 짝통.

가짜. 위작! 뭐냐면요, 박흥용이라고 한때 날리다가 은둔한 괴짜 같은 작간데, 이 화가의 91년도 작품을 가지고 나와서 판 겁니다. 이 그림 가격이 비공식 한국 신기록. (입으로 수십억 단위의 금액을 말하는 시늉을 하고는) 네, 어마어마하죠? 그러니 아무리 쉬쉬해도 소문이 났을 거 아닙니까? 방송국에서 작가 생애를 다큐멘터리로 찍었습니다. 그랬더니… 90년에 죽었답니다. 그림 그려지기 전에 작가가 죽었다고요! 이해되시죠? 어디서? 미국에서. 통영에서 은둔했다, 전주에서 그림을 전시했다, 다 낭설이더라 이겁니다. 85년에 미국 넘어가서 90년에 죽었대요! 박흥용 작가는 91년도에 그림을 그릴 수 없었다는 얘기죠!

사이.

검사 네, 전 국민 앞에서 뽀록이 났습니다. 난리가 났어요, 난리가. 어떻게 됩니까? 우리 사모님들만 완전히 바보 됐죠? 그렇잖아요. 예술품 어쩌고 잘난 체하다가 이렇게 된 거 아닙니까. 우리 이 잘나신 사모님들께서 어떻게 하셨겠어요? 정치권, 공무원, 개검, 아니, 아니, 검찰 다 동원해서 바로 이 여자 잡아내라고! 잡아서 족치라고! 그래서 우리 검찰에서도 내사 시작하고, 또 기레기들 시켜서, 아이고, 기자님들이 신상 털기 들어갔는데… 근데 그레이스 최, 이 여자가 교포도 아니고, 대학도 안 나왔고, 외국 갤러리, 박물관 이런 데서 근무한 사실도 없고… 완전히 사기꾼이더라 이겁니다. 그런데요 이 여자가 뭐, 대학교수가 된 것도 아니고, 비엔날레 감독이 된 것도 아니라서, 경력 위조, 학력 위조, 이런 걸로는 처벌할 수가 없는 거예요. 그럼 남는 게 위조품 거래, 사기! 이걸로 넣어야 하는데… 나 참, 이번엔 사모님들 쪽에서 뻑이 났어요, 뻑. 뭐냐면요, 누군가는 나서서 나 저년한테 사기당했어, 고소를 하든, 증언을 하든, 해야 하잖아요? 근데 아무도 안 나서요. 지금 박흥용의 '소녀', 그거 샀다는 사람이 없어요. 피해자가 없다고요. 사람은 잡아 놨는데, 매일 톱뉴스로 나가는데, 프랑스 감정업체 못 믿겠다고 해서 독일 감정업체 계약해 놨는데. 어떻게 해? 그래서 제가 투입된 거죠.

사이.

검사　지검에서 묵묵히 일하던 사기 범죄 전문 검사! 라서가 아니라, 그냥 연줄 없는 흙수저, 저보고 독박 쓰라는 거죠. 원래 담당 검사님이 저 위쪽 라인이라고 하더라고요. 벌써 조용히 퇴장 하셨습니다. 다시 들어오겠다는 검사는 없고, 그래서 바로 저. 경상도 아닌, 전라도 아닌, 서울대도 아니고 고대도 아니고, 그냥 흙수저! 저보고 독박 쓰라 이겁니다. 좋아! 좋다고. 내가 독박 쓴다고. 근데… 막판에 로티플 뜨면? 로얄 스트레이트 플러쉬, 줄임말이에요. 대박. 로티플 뜨면… 내가 혼자 다 먹겠다! 나 그런 놈이에요. 제가 인생이 언제 쉬었겠습니까. 막판 반전을 기대하는 인생입니다. 꿈 커요, 야망 크다구요.

획하고 뒤로 돌아서며 어두운 무대 뒤쪽을 향해 손가락을 뻗는다.

검사　그래서 너!

장면 4

확! 하고 조명이 켜진다.
무대는 다시 취조실.
책상 너머에 앉아 있는 그레이스.

검사   니가 내 대신 좀 죽어 줘야겠다.

그레이스   검사님의 야망을 위해서요?

검사   그래, 내 야망을 위해서.

그레이스   왜 나예요? 왜 내가 검사님의 야망 때문에 희생되어야 하는 건데요?

검사   니가 아니면 안 되는 이유는 뭡니까? 범죄자님, 인생을 선택하고 싶었으면요, 죄를 짓지 말았어야지. 선택권이 없다, 넌.

그레이스   난 죄지은 거 없는데요?

검사   이미 드러난 것만 봐도 죄가 많아. 경력 위조, 학력 위조!

그레이스   그래서 뭐요?

검사   그게 죄라고, 경력 위조, 학력 위조가!

그레이스   그래서 피해 본 사람은요?

검사   너를 믿고, 너한테서 그림을 산 선량한 시민들이 피해를 봤지! 넌 부당하게 이득을 취했고. 그게 죄야. 범죄.

그레이스   어떤 피해를 봤는데요? 저 때문에 좋은 그림 샀는데요? 그 그림 중에 가짜라도 있었다는 얘기에요?

검사   없었단 얘긴가요?

그레이스   있으면 보여주세요, 가짜.

사이.

검사	하, 참… (물끄러미 그레이스를 쳐다보다가) 화이팅이 좋네. 화이팅이 좋아!

마치 미술품을 감상하는 것처럼
검사는 그레이스를 쳐다보며 주위를 한 바퀴 돈다.

그레이스	뭐 하시는 거예요, 검사님?
검사	상상!
그레이스	무슨 상상이요?
검사	무슨 상상이냐면…
그레이스	담배 좀 피울 수 있어요?
검사	아니. 금연 건물. 전체가 다. 담배 피우려면 나가서, 오른쪽으로 쭉 가면 엘리베이터 있거든? 엘리베이터 타고 1층에 가서…

그레이스가 일어나려 하자

검사	그냥 앉아 있어!

그레이스의 의자를 챙겨주려는 검사.
그레이스는 무시하고 책상에 가서 앉는다.
검사, 어이없는 듯 다시 그녀의 앞으로 간다.

검사	내가 무슨 상상했는지 궁금하지?
그레이스	아니.
검사	뭐야? 반말하기로 했니?
그레이스	응.
검사	내가 담배 못 피우게 해서?

그레이스 응.

검사 그럼 다시 피우게 해주면 존댓말 할래?

그레이스 아니.

검사 왜?

그레이스 나 담배 안 피우거든.

검사 (어이가 없다) 좋아. 니가 그렇게 나오니까 내가 막 의욕이 솟구친다, 야. 아, 내가 무슨 상상을 했냐면…

그레이스 나 벗기면 어떻게 생겼을까? 한 번 해볼까?

검사 당황한 듯 슬쩍 CCTV를 쳐다본다.

검사 어떻게 알았어?

그레이스 조폭 수사하던 버릇인가?

검사 (능글대며) 그런가 봐.

그레이스 나쁜 새끼.

검사 (미소를 지으며) 씨발 년.

그레이스가 검사를 노려본다.
검사는 아무 일도 없었다는 듯 책상에 앉아 서류를 펼친다.

검사 조사를 다시 시작하겠습니다. 자리에 좀 앉으시죠. 거기 앉으세요.

그레이스가 의자에 앉는다.
사무적으로 돌변해서

검사 네, 좋아요. 저는 담당 검사 김 검사, 김종빈 검사라고 합니다. 변호사가 동석하지 않는다는 얘기는 들었습니다. 잘하신 거예요. 그냥 솔직하게 이야기합시다. 사실대로만 말하면 손해 보는 거 없어요. 변호사보다 더 확실한 변론은 진실입니다. 진실은… 항상 승리하죠. 아, 이거. 이 조사는 모두 녹화되고 있어요. 그러니까 가혹행위 같은 거 걱정하실 필요는 없고요… 저 오기 전에 설명 들으셨죠? 네?

그레이스는 대답하지 않는다.

검사   설명 들었다고 알고 있는데… 맞죠?

이번에도 대답하지 않는 그레이스.
검사가 그녀를 노려본다.
마음을 가라앉히고는

검사   또 대답 안 할 거예요? 서로 좋게, 좋게 합시다. 이런 걸로 기 싸움해봤자 서로 피곤하기만 해요. 그쪽도 손해라고요. 아시겠어요? 좋아요. 대답하기 싫은 건 알겠는데… 이것만 좀 하면 안 될까요? 신원 확인. 간단해요. 이것만 좀… (슬쩍 쳐다보고는) 부탁할게요. 피의자 이름, 그레이스 최… 맞습니까? 생년월일이 천구백…

그레이스는 대답하지 않는다.

검사   그레이스 최 맞나요?
그레이스   …
검사   이름이 그레이스 최 맞습니까?
그레이스   …
검사   한 번만 더 묻겠습니다. 이름이 그레이스 최 맞습니까?

그레이스 …

검사 (CCTV를 가리키며) 야, 저거 꺼!

검사는 달려들 듯 그레이스에게 다가간다.

그레이스 건드리기만 해 봐?

검사 (머리채를 낚아채며) 어쩔 건데? 이쁘다. 참 예쁘게 생겼어.

그레이스 뭐 하는 거야?

검사 여기서 나가면 나 만나줄래? 만나주면 빼준다는 게 아니라, 진짜로 그냥 술이라도 한잔하면 안 될까? 만약에 징역을 살게 되면… 내가 면회 갈게.

그레이스 지금 무슨…

검사 무슨 상상했는지 말해줄게. 너 피의자라고 막 성추행하고 그런 거? 나 나쁜 사람 아니야. 무슨 상상했냐면… 우리 이런 데서 안 만났으면 참 좋았겠다. 그런 상상했어. 어쩌면 우리 잘 어울렸을 지도 모르겠다는… 그런 상상.

그레이스 미쳤어?

검사 그런가 봐. 넌 그런 생각 안 해봤어? 어쩌면 우리가 되게 비슷한 사람일지도 모른다는 생각. 너무나 비슷해서 진짜로 날 알아줄 사람은 너밖에 없고, 널 알아줄 사람은 나밖에 없고.

그레이스 가짜 인생을 살고 계시나요? 그래서 허무하세요, 검사님?

검사 글쎄? 뭐가 진짜지?

그레이스 진짜 꿈이 뭐였어요? 어떤 인생을 살고 싶었어요?

검사 몰라. 하여간 너한테 끌리네.

그레이스를 쳐다보는 검사.
그의 시선을 피하지 않는 그레이스.

야릇한 분위기.

그레이스 결혼 안 했어?

순간 김이 샌다.

검사 했지!
그레이스 헛소리 하지 말고 하던 거나 계속해.
검사 니가 대답을 안 하는데 어떻게 계속해?
그레이스 할게.
검사 진짜?
그레이스 응.
검사 진짜로 대답하기다.
그레이스 알았다니까.

검사가 다시 자리로 돌아간다.

검사 해도 돼?
그레이스 응.
검사 약속했다.
그레이스 알았다니까.
검사 (다시 한번 눈치를 본 뒤) 자, 그럼… 우선 일단 절차 좀 밟아
        가자고요. 신원 확인, 이게 뭐가 그렇게 싫어요?
그레이스 싫다고 한 적 없어요, 검사님.
검사 아니, 그럼 뭡니까?
그레이스 저 죄지은 거 없어요, 검사님.
검사 아니, 아니. 신원 확인 먼저…
그레이스 난 죄지은 거 없다고!

검사	제발 신원 확인…
그레이스	나 죄지은 거 없어!

크게 한숨을 쉬는 검사.

검사	알았어요. 알았어요. 그거부터 합니다. 죄가 없다고요?
그레이스	네, 없어요.
검사	가짜 그림을 판 적이 없다고요?
그레이스	네, 없어요.
검사	박홍용 화백은 91년도에 그림을 그릴 수 없었는데요? 90년에 죽었어요.
그레이스	안 됐네요.
검사	아니, 그게 아니라. 당신이 판 그림, 그게 가짜라고요, 그거 몰랐다고 할 건 아니죠?
그레이스	가짜 맞아요?
검사	가짜 맞아요.
그레이스	그 가짜 그림 어디 있어요? 보여주세요.
검사	에이, 그렇게 나올 거예요? 지금 사모님들, 아무도 안 나서는 거 알고 그러는 거죠? 치사하시네.
그레이스	제가 보면 왜 진짠지 알려드릴 수 있어요. 90년에 죽었다는 사람, 박홍용 화백이 확실해요? 방송에서 나온 거, 그건 확실한 건가요?
검사	그런 것까지 물고 늘어지기에요?
그레이스	검사님은 박홍용 화백이 1990년에 미국에서 죽었다는 걸 믿으시는 건가요?
검사	안 믿으면? 우리도 확인할 만큼 확인했어요. 보니까, 방송국 사람들이 철저하게 조사했더라고요. 미국에서 사망 증명서도 확인했어요. 그런데 안 믿어요?

그레이스   그 사람이 그 사람 맞아요?

검사   뭐 하자는 겁니까?

그레이스   박홍용이 90년에 죽은 게 맞냐고 묻잖아!

검사   맞아. 맞다니까! 니가 판 그림이 가짜고! 니 경력이 가짜고! 그 사람이 그때 거기서 죽은 건 진짜라고! 사망신고서 확인했어. 뭘 더 어떻게 확인해? 이게 다 절차가 있어, 절차가. 다 정해져 있다고! 이 사회가 다 정해놨어. 그냥 하란 대로 하면 되는 거야. 야! 너 누구야? 저 홍길동이요. 이게 뭐가 그렇게 어려워?

사이.

그레이스   진짜는 그렇게 확인하면 되는데… 그럼 가짜는 어떻게 증명해요?

검사   뭔… 뭔 소리야? 뭘 증명을 해? 가짜가 진짜라고?

그레이스   아니요. 가짜는 자기가 가짜라는 걸 어떻게 증명하냐고요?

검사   그걸 왜 증명을 해? 야, 너 바보야? 가짜가 가짜라는 걸 왜…

그레이스   화내지 마시고요.

검사   그럼 너도 헛소리 하지 마!

그레이스   검사님이 화내시는 건 이해가 가요.

검사   니가 헛소리 하니까.

그레이스   증명할 수 없으니까. 자기 능력을 벗어나는 일이니까.

검사   야, 너 요새 수사기법이 얼마나 발전했는지 모르는구나? 에이, 완전 구식 사기꾼이네? 외국에 널린 게 감정업체고…

그레이스   그 업체들 믿으시나요?

검사   왜 안 믿어?

그레이스   지난번엔 안 믿던데요?

검사   지난번? 뭐?

그레이스   천경자 화백…

검사   그래, 그러니까 이번엔 독일 감정업체에다가 계약했다잖아.

그레이스   그럼 독일 업체가 박흥용의 '소녀'가 진짜라고 하면 믿으시겠네요?

검사   뭐야? 너 로비했니? 독일 감정업체… 준비했어?

그레이스   아니요. 감정서는 경매할 때 준비한 걸로 충분해요. 제가 지금 하고 싶은 이야기는요, 가짜는 자기가 가짜라는 걸 증명 못 한다는 이야기에요.

검사   아니, 자꾸, 그게 뭔 소리야?

그레이스   또 할까요? 가짜는 가짜라는 걸 증명 못 한다니까요.

검사   왜?

그레이스   완벽하니까요.

정적.

그레이스   가짜는 증명할 수가 없어요. 완벽하니까. 진짜는 완벽할 수가 없어요. 그래서 자기가 진짜라고 증명하려고 애를 써야 하죠. 이런저런 결함이 있는데, 믿어주라, 나는 진짜다. 근데 완벽한 건요, 이야기할 게 없어요. 고로 완벽한 건, 즉 가짜는… 자기가 가짜라는 걸 증명할 수가 없다는 거죠.

검사   그게 말이 됩니까? 진짜는 증명해야 하고, 가짜는 증명할 수가 없다? 그게 말이 돼요?

그레이스   이해가 안 되세요?

검사   이해하면 미친 거 아닙니까?

그레이스   현대 예술이라는 게 그런 겁니다, 검사님. 완벽이라는 개념 자체가 없어요. 작가들이 창조해 낸 진짜들의 세상… 거기에는 완벽이라는 개념 자체가 없어요. 왜냐, 완벽이라는 거는 가짜들의 세상에서 쓰는 말이거든요.

아무리 이해하려 해도 이해가 안 된다는 표정의 검사.

그레이스   설명 더 해볼까요?

검사   그래요. 네, 한번 들어봅시다.

검사, 객석 쪽으로 가서 앉는다.
그레이스 객석 향해 강의하듯 설명한다.

그레이스   자, 예를 들면 이런 거잖아요. (구두를 벗어 책상 위에 올리고 / 한 구두를 가리키며) 이 그림을 완벽하게 베꼈다. 그런 말을 하려면 (그 구두를 가리키며) 이게, 원본이, 오리지날이 있어야, (다른 구두를 가리키며) 이 그림을, 베낀 그림을 보고 완벽하게 베꼈다, 이렇게 이야기 할 수 있겠죠? 맞죠? 완벽하다는 그럴 때 쓰는 말이죠.

구두를 들어 다시 비교하는 시늉을 하는 그레이스.
검사는 빨리 다음 이야기를 하라고 손짓한다.

그레이스   근데 진짜는요, 진짜는 세상에 하나밖에 없잖아요? 비교할 게 없는데 뭘 보고 완벽하냐 아니냐 이야기할 수 있냐는 거죠. 지금, 지금 제가 무슨 말 하는지 아시겠죠?

검사   그럼… 완벽하면 가짜다?

그레이스   그렇죠.

검사   그러면요… 피의자께서 판 그림은요, '소녀'요, 그건 박홍용 작가가 그린 걸 누군가 베낀 게 아니잖아요? 진품 자체가 없잖아요? 그건 어떻게 돼요?

그레이스 세상에 하나밖에 없는 그림은… 가짜라는 게 있을 수 없지 않겠어요?

검사 90년에 죽은 화가가 91년에 그렸다는 데도요?

그레이스 그건 이야기죠! 그림이 아니라 이야기! 그림은 그게 오리지날이죠.

검사 이야기가 아니라 팩트죠! 그건 그렇고, 정말 말씀 잘하셨네. 잘하셨어. 그래요, 그 그림 있잖아요, 오리지날이라고 하는 그 그림, 그 가치도 없는 그 그림. 그걸 엄청난 가격에 판 건 사기예요. 법에 어긋나는 거 맞죠.

그레이스 그 그림이 가치가 없나요? 누가 그래요?

검사 그 그림 값이 그만큼은 아니잖아요!

그레이스 얼마가 됐든 그건 시장에서 그네들이 형성시킨 겁니다. 우리나라 자유 시장 경제 아니었나요?

검사 진품인 줄 알았으니까 그 돈을 냈지…

그레이스 하나밖에 없는 게 진품이 아니면 뭐가 진품이라는 겁니까?

검사 자기가 그림을 판 건 인정하시는 거네요?

그레이스 아뇨. 현대 회화엔 위작이란 게 없다는 얘기에요.

검사 그게 말이 됩니까? 다른 사람이 그리고 작가 서명 넣으면 그게 위작 아니에요?

그레이스 피카소가요, 피카소 아세요? 예, 예. 설마 아시겠지. 하여간 피카소가… 위작이 많았겠죠? 피카소가 그랬대요. 정말 잘된 위작을 가져오면 자기가 서명해 주겠다고.

검사 그런 거 본 적 있어요?

그레이스 현대 예술이란 게 그런 겁니다, 검사님. 위작이라는 개념 자체가 성립하지 않아요. 예술이라는 행위가, 범위가 어디까지인지 아무도 몰라요.

검사 위작까지도 예술이라는 그, 그 잘난 범위에 들어갈 수 있다?

자기 자리로 돌아간다.
서류를 정리하며

검사 다른 사람들이 다 바보 같아요? 바보 같죠? 자기만 잘 난 거 같죠? 그래서 이러는 거죠? 그만합시다. 난 진심으로 대해줬어요. 피의자께서 나한테 이런저런 궤변을 늘어놓아도 난 다 성심껏 받아줬다고요. 난 피의자께서 솔직하게 대해줬으면 하고 기대했는데, 이걸로 끝입니다. 대답하기 싫으면 안 해도 돼요. 내가 알아서 합니다. 나중에 가서 후회 마음껏 하세요.

그레이스 너는 나를 저벌하지 못해. 멉이든 뭐든 나를 처벌하신 못해.

검사 (무시하고) 알았어요. 알았으니까… 제발 이거 좀, 네? 신원 확인, 이거 좀 합니다. 네? 이름이 그레이스 최 맞나요?

그레이스 …

검사 니 이름이 그레이스 최가 아니라고? 응?

그레이스 …

검사 이거 심문하는 거 아니야. 그냥 조서상에 적힌 거, 이거, 신원 확인하는 거라고. 너 유죄입니까도 아니고, 저 사람 죽였습니까도 아니고, 그냥 네 이름이 그레이스 최가 맞냐고 묻는 거야! 야, 너 지금 묵비권 행사하는 거야? 쓸 데가 그렇게 없어서 신원 확인하는 데에 묵비권 쓰냐고! 그래, 니 마음대로 해! 니 마음대로!

검사 조사실 나가려다가 다시 돌아와서

검사 (CCTV를 향해) 저거 다시 꺼.

검사가 달려들어 그레이스의 목을 조르기 시작한다.

미처 피하지 못하는 그레이스.

검사   야, 나, 나 너 죽일 수 있어. 너 죽일 수 있어. 너 같은 사기꾼 정말 싫어. 나는 말이야, 협박하는 게 아니라 정말로 널 죽일 수 있다는 거야. 그래, 그래. 죄지을 수 있다. 살다 보면 죄지을 수 있지. 그럼 뭐? 벌 받으면 되는 거야. 그럼 쿨하게 끝난다고. 근데 법을 조롱하냐? 조롱해? 그건 용납할 수가 없어. 내가 왜 사기꾼을 제일 싫어하는지 알아? 사기는 말이야, 어떤 미꾸라지 새끼가 사기를 치면 말이야, 보통 사람들이, 선량한 시민들이 한순간도 마음 놓고 살지를 못 해요. 사기당한 건지 아닌지, 누가 날 등쳐먹지나 않을지, 항상 두려워해야 해. 아무도 못 믿어. 그게 사는 거야? 난 그래서 살인범보다도 사기꾼이 더 싫어!

그레이스   넌 날 못 죽여.

검사   볼까? 두고 볼까? 너 같은 미꾸라지가 물을 흐리고 다니는 거 봐 줄 수가 없어. 니가 뭔데 나랑 내 마누라랑 내 새끼들이 잘살고 있는 세상을 망가뜨리려고 해? 흙탕물 되면 내 새끼들이 먼저 죽어. 나 그거 용납 못 해. 내가 너 죽여. 기억해라. 나다. 내가 죽이는 거야.

그레이스   그 이야기, 변호사 앞에서 다시 해 봐.

놀라는 검사.
그는 그레이스를 놓아준다.

검사   변호사 선임 안 한다며?

그레이스   하는 게 좋을 것 같네…요, 검사님. 진작 변호사 썼으면 이 꼴도 안 당했겠네.

검사   너 지금 요리조리 피해 가려고…

그레이스 변호사 온 다음에 얘기하시죠.

검사 좋아. 좋아요, 피의자님. 한 번 해봅시다.

헛웃음을 터뜨리는 검사.

퇴장한다.

조명이 어두워진다.

장면 5

어눅어눅한 부대.

일어서서 액자 프레임으로 다가가는 그레이스.

액자 프레임이 거울이라도 되는 듯 얼굴을 비춰본다.

얼굴이 상했는지 살펴보는 듯하다가,

스스로를 불쌍하게 여기는 듯하다가,

마치 낯선 사람을 보기라도 한 듯 깜짝 놀라기도 하다가…

이해할 수 없는 행동을 하는 것처럼 보이는 그레이스.

그 정적을 뚫고

우렁찬 목소리가 들리며 변호사가 등장한다.

변호사 안녕하세요, 안녕하세요. 저는 승률 백 퍼센트를 자랑하는 소정인 변호사, 줄여서 소변입니다!

변호사는 앞에서 검사를 연기했던 배우이다.

구겨진 코르덴(코듀로이) 재킷에 부스스한 머리,

무언가 잔뜩 들어있는 낡은 서류 가방을 들고 나타난 그는
전혀 다른 사람처럼 보인다.

변호사   다시 한번 소개하겠습니다. 소변입니다.

그레이스   저 안 웃겨 주셔도 돼요.

변호사   제 이름 때문에 그러시는 겁니까? 김 변호사는 김변, 박 변호사는 박변, 이 변호사는 이변, 왜 소 변호사는 소변이 되면 안 되는 겁니까?

그레이스   죄송해요. 그냥 장난치시는 줄 알고…

변호사   지금 내가 장난하는 걸로 보입니까? 당연히 장난이죠! 소변, 말이 됩니까? 지가 소씨면 소씨지 소변이라고 굳이 줄여 부르는 이유는 뭡니까? 대변을 생각해 보라, 뭐 그런 뜻입니까? 도대체 이유가 뭐냐고요!

그레이스   제가 안 그랬는데요.

변호사   틀렸어! 그건 당신이 할 대답이 아니야. 내가 내 자신을 소변으로 칭하는 것은 이 사회의 위선에 똥침을 놓기 위함이야. 소 변호사가 소변이 되는 게 웃겨? 웃기지. 왜? 무식해서? 한자를 몰라서? 당나라 장군 소정방을 몰라서? 아니지. 그건 당신이 이 사회의 위선의 그늘에서 아직 벗어나지 못했기 때문이야. 안타깝군. (태도를 바꿔) 자신 있게 저를 소변이라고 부를 수 있어야 합니다. 당신은 그래야만 합니다.

그레이스   절 누구라고 생각하시는 거예요? 제대로 찾아오신 것 맞아요?

변호사   그럼요. 당신은 잔 다르크입니다. 이 시대의 미스 다르크!

그레이스   제가요? 제가 왜 여기 들어와 있는지 알고 오신 거 맞아요? 저는 변호사님이 얘기하신 그, 그렇게 대단한…

변호사   당신이 저지른 일, 부유한 상류층에게 가짜 그림을 팔아치

운 일, 그 행위의 현대사적, 인류사적 의미가 무엇이라고 생각하십니까? 그것은 마치 잔 다르크가 영국군에 맞서…

그레이스 무슨 말씀이세요? 그렇게까지는 생각해 본 적이…

변호사 당신은 이 사회의 위선에 똥침을 놓았습니다. (손가락으로 모양을 만들어) 꽉 쪼여진 똥고 한가운데를 뚫고 쑥! 팬티가 끼니까 어려운데도 여기까지 이렇게…

더럽다는 표정의 그레이스.
변호사는 다가와 그녀의 손을 덥석 잡는다.

변호사 동지. 그레이스 동지. 우리 함께 싸웁시다. 제 눈에 비친 당신은 아름다운 소녀 전사, 잔 다르크입니다. 당신은 우리 사회의 허영, 그 심장을 찔렀습니다. 똥침을 놓았습니다. 하지만 그 똥침을 놓은 대가는 가혹하기만 했습니다. 그러나 봄은 멀지 않습니다. 다만 저 차가운 눈에 덮여 그 푸른 싹이 보이지 않을 뿐… 제가 여기 있습니다. 당신을 돕고 싶습니다.

마치 춤을 추러 가듯 그레이스의 손을 잡아 일으키는 변호사.
그는 그레이스를 책상 위에 앉힌다.

그레이스 (돌변하여 / 신파조로) 당신은 날 도울 수 없어요. 저는 당신이 생각하시는 것처럼 그렇게 순결한 처녀가 아니에요.

변호사 도울 수 있어요. 도와야만 합니다. 그게 이 소변의 소명입니다.

그레이스 (계속 신파조로) 정 그러시다면… 도와주세요. 다 맡길게요.

변호사 (자신도 신파조로) 전부 다 맡기셔야 합니다. 완전히 저에게 의지해야 합니다.

그레이스   그럴게요. 저를 전부 다 맡길게요. 하지만⋯ 제가 어떤 여자인지 알게 되시면 저를 싫어하실 거예요.

변호사   저는 살인자도 감싸고도는, 잊으셨습니까? 저는 변호사입니다!

변호사는 품에서 마이크를 꺼낸다.
그는 마이크를 그레이스에게 건넨다.
그레이스가 쭈뼛대며 마이크를 받아 든다.

변호사   먼저 저를 감동시켜 주세요. 그럼 저는 세상을 감동시키겠습니다. 아, 시대는 바야흐로 스토리텔링의 시대. 당신의 이야기는 세상을 감동시킬 겁니다.

그레이스   어디부터요?

변호사   어릴 때부터요.

그레이스   어릴 때요? 얼마나 어릴 때요?

변호사   아주 어릴 때.

음악이 흘러나오기 시작한다.
아주 감상적이고 서글픈 곡조의 음악.
그레이스가 감정을 잡기 시작한다.

변호사   좋아요, 좋아. 그 감정 그대로⋯ 액션.

그레이스   어릴 때 저는 울보였어요.

모든 조명이 사라지고 그녀에게 스포트라이트가 비춘다.
그레이스는 마치 최면에 걸린 듯 이야기를 한다.

그레이스   엄마가 사주신 분홍 장화에 구멍이 뚫려서 빗물이 들어갈 때도 울었고, 잡고 있던 풍선을 놓쳐서, 풍선이 하늘 높이 날아갈 때도 울었어요. 파란 풍선은 구름 한 점 없는 파란 하늘에 섞여 버렸어요. 어디로 날아갔는지 몰라서 따라갈 수가 없었어요. 그래서 울었어요. 어릴 때 저는 울보였어요.

변호사 (부드러운 목소리로) 아버님이 화가셨다고요?

그레이스 네, 아버님은 화가셨어요. 원래는 서울대 법대에 들어갔는데… 들어가기는 들어갔는데, 너무 그림이 그리고 싶어서 학교를 그만두셨대요. 학교 다니는 척하고 그 돈으로 미술 공부하고… 엄마는 화구 가게 점원이셨는데, 돈이 없어서 마음껏 화구를 사지 못하는 아빠한테 주인 몰래 붓이랑 물감이랑 심어주셨나 봐요.

변호사 그러다가 결혼하신 모양이군요?

그레이스 도망쳐서요. 한강 변에서 둘만의 결혼식을 올리고… 엄마가 화구 가게에서 일하면서 번 돈으로 먹고살고, 아빠는 쉬지 않고 그림을 그리셨대요. 그러다가 저도 태어났고요. 엄마는 일찍 돌아가셨어요. 젊은 여자는 암세포도 젊어서 빨리 죽는대요.

변호사 박홍용 화백 이야기를 해보죠. 아버님 친구셨다고요?

그레이스 아빠는 전혀 인정받지 못했어요. 매번 출품했지만, 예선도 통과 못 하고… 그때 아빠 그림을 알아준 사람이 박홍용 화백이었다고 해요.

변호사 박 화백은 한국을 대표하는 화가가 되었는데, 아버님은…

그레이스 여전히 무명 화가였죠. 박홍용 아저씨가 화랑을 소개해 줘도 아무도 아빠 그림은 좋아하지 않으니까… 그랬는데…

변호사 무슨 일이 있었던 거죠?

그레이스 어느 날 박홍용 아저씨가 집에 찾아왔어요. 원래는 손님이 오거나 그러면 제가 아빠한테 먼저 알려줘야 하는데, 아빠가 그러라고 했거든요. 그랬는데 그날은 제가 아빠가 새로

사주신 원피스를 입고 있었거든요. 파란 블라우스였는데 아이스크림을 먹다가 흘려서… 우느라고 박흥용 아저씨가 오는 걸 보고도 그냥 울기만 했어요.

변호사   아버님이 그림 그리는 걸 남한테 보이고 싶어 하지 않으셨나 봐요?

그레이스   박흥용 아저씨 그림을 그리고 있었으니까요.

변호사   위작을 만들고 계셨던 건가요?

그레이스   네. 박흥용 아저씨는 바로 알아챘어요. 그런 소문이 있었 대요. 아저씨 그림에 가짜가 나돌기 시작했다는 그런 소문 요. 아저씨는 막 아빠를 욕했어요. 친구를 배신한 파렴치 한이라고… 아빠는 용서해달라고 했어요. 딸한테 새 옷을 사주고 싶었다고. 하지만 박흥용 아저씨는 아빠를 용서하 지 않았어요. 그 뒤로 계속 용서를 구하던 아빠는… 결국 자살을 했어요. 박흥용 아저씨도 충격을 받았나 봐요. 그 때부터 그림을 그리지 않고 미국으로 건너갔으니까요.

변호사   그러면 이번에 문제가 된 박 화백의 그림은…

그레이스   그때 아빠가 그린 거예요.

정적.

변호사   혹시… 박흥용 화백 그림만 위작을 판매한 이유가 있나요?

그레이스   아빠가 그린 위작 중에 박 화백이 위작이라고 지목하지 않 은 작품들이 몇 개 있어요. 박 화백의 대표작 중에 상당수 가, 특히 최고의 평가를 받았던 작품들은 대부분 아빠가 그린 위작이었거든요. 박 화백은 침묵했어요.

변호사   박 화백의 위작을 판 건 아빠를 위한 복수인가요?

그레이스   아니요. 두 분 다 돌아가셨는데 누구한테 복수를 해요? 아 빠를 위로하고 싶었어요. 아빠, 봤어? 봤지? 다 봤지? 아빠 이름으로는 팔 수 없었지만, 아빠가 그린 그림이 우리나라에서 제일 비싼 그림이래. 아빠 그림이 가장 위대한 그림이래…

음악이 잦아든다.
무대는 원래의 조사실로 돌아간다.

변호사   감동적인 이야깁니다. 이 이야기로 세상을 울릴 수 있습니다. 그레이스, 당신은 범죄자가 아닙니다. 이 시대의 희생자, 당신도 피해자입니다. 돕겠습니다. 제가 당신을 구하겠습니다.

그레이스   난 피해자 아닌데요.

변호사   아닙니다. 당신이야말로 피해잡니다. 예술에도 등수를 매기는, 이 저열한 물질만능의 경쟁 사회에서 외면받은 불운한 예술가의 딸. 누가 당신에게 돌을 던지겠습니까?

그레이스   예술에 등수는 없지만 가격은 있어요. 난 이 저열한 물질만능의 경쟁 사회가 좋아요. 끊임없이 창의력을 요구하거든요.

변호사   그렇습니다. 창의력! 당신은 이 사회의 방법으로, 저들이 하는 방식을 그대로 써서 이 사회에 엿을 먹인 겁니다. 이것은 새로운 혁명입니다. 당신은 투사입니다. 우리의 횃불입니다. 하지만 이 사건으로 아트딜러로서의 경력은 끝난 거죠.

그레이스   그렇게 보이세요? 너무 성급하신 거 아녜요?

변호사   재판까지 가게 되면 끝나는 거 맞습니다. (그레이스의 손을 잡으며) 저와 손을 맞잡읍시다. 당신은 혼자가 아닙니다. 혁명의 투사로서 새로운 인생을 시작하는 겁니다.

변호사가 손을 놓고 일어선다.

먼 산 보기 포즈를 취하며 비장한 어조로 말하는 변호사.

변호사   우리는 이겨야 합니다. 패배는 시대의 부름을 외면하는 짓입니다. 하지만 이기는 방법에는 여러 가지가 있습니다. 옛말에 싸우지 않고 이기는 것이 최상이라 하였습니다. 저의 제안은 이겁니다. 합의! 거래! 승리의 길은 그것뿐입니다.

그레이스   합의요? 거래요? 저는 죄를 짓지 않았는데요? 저는 합의할 게 없어요.

변호사   제가 승률 일백 퍼센트를 자랑하는 비법이 뭔 줄 아십니까? 변호사가 되고 처음 두 판을 내리 이겼습니다. 순간 저는 생각했죠. 자만하지 말자. 누구도 계속 이기기만 할 수는 없다. 그래서! 저는 다시는 재판에 나가지 않았습니다. 그래서! 통산전적 2승 무패. 승률 백 퍼센트가 된 것입니다. 들어오는 사건마다 무조건 합의! 거래! 저는 최고의 합의 전문 변호사였던 것입니다!

그레이스   싫어요. 싸우겠어요. 재판에 가서 무죄라는 걸 밝히겠어요.

변호사   그것은 잘못된 생각. 가련합니다. 당신 같은 사람도 법을 모르는군요. 안타깝습니다. 영화를 너무 많이 본 탓일까요? 국내 재판에서 나온 말을 예로 들어보겠습니다. 재판부가 증인 신청을 거절하고 그 이유를 이렇게 댑니다. XXX, 문제의 소지가 있어서 이렇게 쓰겠습니다, XXX의 인간됨을 보면 그의 말을 전혀 믿을 수가 없다. 실체적 진실을 발견하는 데 무의미하다. 들어보지도 않았습니다! 아예 증인 신청을 불허했습니다! 전에 거짓말을 했다는, 그것도 법정이 아니라, 다른 데서 했다는 것 때문에 증언할 기회도 주지 않았습니다. 아시겠죠? 의뢰인께서는 사기죄 용의잡니다. 거짓말쟁이. 맞죠? 거짓말쟁이 이코르 인간됨이 나쁜 사람. 판사가 의뢰인의 말을 얼마나 신뢰하겠습니까? 합의로 가야 합니다.

그레이스 저는 죄가 없다고 하셨잖아요? 필요 없어요. 나가세요. 전 절 믿어주지 않는 변호사는 안 쓸래요! 나 혼자라도 진실을 밝히겠어요.

변호사 진실은 그닥 중요한 게 아닙니다. 만약에 굳이 재판까지 가시겠다면, 그렇다면 잘못했다고 뉘우치는 시늉이라도 하셔야 합니다.

그레이스 시늉이라뇨? 가짜로요?

변호사 제 전문적인 경력에 비춰보았을 때, 가짜가 더 효과적입니다. 진짜 뉘우치는 감정은 불순물이 많이 섞여 있어요. 보는 사람들을 혼란스럽게 합니다. 하지만 가짜에는 그런 게 없어요. 순수하죠. 사람들이 더 믿어줍니다.

그레이스 절 보고 거짓말을 하라고요? 안 해요. 전 잘못한 게 없어요.

변호사 그럼 여기서 구치소로, 그리고 교도소로 가는 여정을 시작하시든지요. 명심하세요. 당신을 사회로 돌아오게 해줄 유일한 통로는 저, 소변밖에 없습니다. 저 소변은 이 사회가 내미는 오직 하나뿐인 구원의 손길입니다.

그레이스 당신 방식으론 절 도울 수 없어요. 그냥 돌아가세요. 전 변호사 안 쓸래요.

변호사 이러시면 안 됩니다. 당신을 위해 싸워줄 사람은 저 소변밖에 없습니다.

그레이스 웃기지 마세요. 당신도 아까 그 인간이랑 똑같아.

변호사 검사요? 검사랑 제가요? 무슨 소릴 하십니까? 전 그런 인간이랑은 종자가 다릅니다.

그레이스 똑같은 놈이야. 걔가 너고 니가 걔야.

변호사 아니, 그런 말도 안 되는 소리를… 그 자식은 생긴 것부터가 토 나오게 생겼잖습니까? 그런 기생오라비 같은 권력의 멍멍이랑 저를 어떻게…

그레이스　오라고 해 봐요.

변호사　네?

그레이스　검사 오라고 하라니까요!

변호사　지금 당장요?

그레이스　네! 지금 당장!

변호사　아이, 참.

그레이스　아니면 그냥 가시고요. 제가 불러달라고 할게요.

변호사　네. 집에 갈게요. 하지만 이 말은 하고 가겠습니다. 저는 당신을 이해합니다. 저는 당신을 정말로 사…

고개를 젓는 그레이스.

변호사　(포기한다 / 사무적으로) 검사님 불러드리겠습니다.

변호사 퇴장과 동시에 검사 옷으로 갈아입는다.

장면 6

남자의 고함이 들린다.

검사　잘난 체 하지 말란 말이야!

깜짝 놀라 돌아보는 그레이스.
퇴장하지 않고 검사로 변신한 남자 배우.

그레이스　아니, 어느새?

검사   아이, 씨발, 바쁘다. 바빠.

그레이스 그러게요.

검사   그건 그렇고, 니케 알아? 니케? 정의의 여신.

그레이스는 대답 대신 검사를 노려본다.

검사   니케 아냐고? 니케.

그레이스 그건 승리의 여신 아냐? 나이키!

검사   아? 아! 디케다, 디케! 알아?

그레이스 그냥 하고 싶은 말 있으면 해!

검사   아냐고, 모르냐고!

그레이스 변호사님 부를까요?

검사   안돼! 되게 바빠서 말이야…

그레이스 그럼 그냥 말해.

검사   알았어. 알았어. 이 디케가, 정의의 여신, 알지? 눈 가리고
     저울 들고 칼 들고, 법원 앞에 그러고 있잖아? 알아, 몰라?

그레이스 안다. 왜?

검사   그게 무슨 말이겠어? 눈 가리는 거. 그게 무슨 뜻이야?

그레이스 그냥 하고 싶은 말 있으면 하라니까.

검사   아이, 좀, 맞장구쳐주면 안 돼?

그레이스 변호사 부를까?

검사   아니요. 할게요. 잘 들어. 눈으로 보는 건 편견에 사로잡힐
     수도 있다는 거 아냐? 귀로 듣고, 뭐야? 언어, 논리, 그것만
     가지고 판결하겠다는 거 아냐? 맞지?

그레이스 그래서 뭐?

검사   근데 우리는 어떻게 해? 가짜 그림이 있어. 근데 눈 가리고
     뭘 어떻게 해? 논리? 감정서? 너 말 가지고 사람들 다 속
     인 거잖아. 근데 말만 듣고 뭘 어떻게 하냐고?

그레이스   그럼 눈가리개 하지 말든지.

검사   내 말이 그 말이야! 이 사건은, 우리가 두 눈 똑바로 뜨고 하나하나 거짓을 짚어 나가야 하는 거야. 그래야 너, 너 같은 사기꾼을 감방에 처넣을 수 있다는 거지.

그레이스   지금까지 그거 생각하고 왔어?

아니라는 듯 손가락을 흔들어 보이는 검사.
그레이스 반대편으로 돌아와서는

검사   증인이 없어. 아무도 안 나선다고.

그레이스   당연한 거 아냐?

검사   잘난 체 좀 그만하고. 솔직히 아주 힘들어. 참고인도 없고, 증인도 없고, 어이없게도 피해자도 없어. 그리고 너. 너 신원 확인도 거부했잖아? 너 교포 아닌 것 같은데, 민증을 못 찾으니… 여권은 어디다 숨겼는지 못 찾겠고. 나 힘들겠지?

그레이스   그럼 끝난 거네.

검사   끝까지 좀 들어. 근데 하나 건졌어. 딱 하나. 니 미국 주소.

그레이스가 긴장한 표정으로 검사를 노려본다.

검사   미국에 사는 그레이스 최! 라는 재미 교포의 주소!

검사가 고소해 죽겠다는 듯 쪼갠다.

검사   내가 알아낸 거라고라고라고라. 대사관에 연락했어. 미국 법무부에서 협조해 준단다. 사회보장 번호랑 뭐 깡그리 쏟아져 들어올 거야. 오고 있어. 커밍 순!

그레이스   그래서?

검사　　　 궁금하냐? 궁금하겠지. 너, 그레이스 최를 기소할 신분 증명이 된 거라고. 니 사진 떡 하니 박혀 있는 서류가 넘어오면 니가 예스라고 하든 노라고 하든, 그레이스 최는 소장에 이름이 박히는 거라고.

그레이스　 이름만 쓰고 나머진 빈칸으로 남겨놓게?

검사　　　 그래, 그게 문제야. 니가 사기를 너무 잘 쳐 놔서 뭐 입증할 방법이 없더라고. 근데… 기가 막힌 아이디어가 떠오른 거야. 널 잡아 처넣을 수 있겠더라고. 그래서 소장을 다 써 버렸어, 벌써.

그레이스　 (일어서며) 헛소리도 조금만 들으면 보약이라는데… 나 가도 되지?

검사　　　 못 들었어? 니 소장 다 썼다고!

그레이스　 내 혐의 사실을 입증도 못하고 소장을 썼다고?

검사　　　 응.

그레이스　 죄도 없는데?

검사　　　 그깟 죄야 만들면 그만이지. 나도 사기 치면 되지 않겠어? 세상을 상대로.

멈춰 서는 그레이스.
돌아본다.

검사　　　 너도 치는데 난 왜 못 쳐? 난 정의의 편인데… 나쁜 년은 사기 치고 다니는데, 왜 정의의 사도는 사기 치면 안 돼? 좋은 일 하는 건데, 그렇지? 니 수법으로 널 엿 먹이면 정말 안 되는 걸까?

그레이스　 뭘 사기 친다는 거야?

검사　　　 참고인, 증인, 피해자. 꼭 박홍용의 '소녀', 그 그림 가지고 널 잡아야 하는 건 아니잖아? 한 건만 있으면 되거든, 뭐든지. 별건이라고 하는 건데⋯ 어쨌든! 그래서 다 만들어냈지. 참고인, 증인, 피해자.

그레이스 그런 게 통할 것 같아?

검사 안 될 것 같냐? 안 될 것 같아?

그레이스 들통나면 검사님, 너 좆 돼.

검사 누가 들통 내는데? 누가? 니 편이 누가 있어? 너 감옥 가고, 좀 지나면 물타기 기사 나올 거고, 몇 달만 지나면 기사 한 줄 안 날 거야. 그럼 관심 뚝.

그레이스 근데 왜 나한테 말해줘? 내가 다 불면 어떻게 하려고?

검사 불어? 어디서? 판사 앞에서?

사이.

검사 다 생각해 뒀지. 이것도 잘 들어 봐. 리슨 케어풀리 해라. 만약에 니가 아무것도 모르고 있다가 법정에서 알게 됐다고 치자. 그러면 니가 막 발악하고 그럴 거 아냐? 소장에 적힌 건 다 가짜예요! 모든 게 거짓입니다! 그럼 니 모습에서 진정성이 느껴지겠니? 안 느껴지겠니? 느껴지겠지? 왜? 진짜니까. 그럼 누구 하나는 그걸 볼지도 몰라. 요즘 1인 언론, 탐사 보도, 유튜버, 그런 거 너무 많아. 귀찮아 죽겠어. 근데 니가 알고 있으면? 내가 다 말해줘서 법정에 서기 전에 니가 알고 있으면? 니가 검찰 측 증인은 다 조작된 겁니다, 이렇게 말할 때, 뭔가 좀 다르지 않겠어. 왜? 알고 있었으니까. 그동안 막 짱구 굴리고 그랬을 테니까. 그때 처음 듣는 것처럼 쇼해야 되니까. 가짜니까! 그럼 사람들이 널 믿어줄까?

노려보는 그레이스.

그레이스 넌 니가 무슨 짓을 하는지 몰라. 모르니까 이러는 거야.

검사 그거 니가 지어낸 말이야?

그레이스 아니, 어디서 들은 말이야.

검사 상상력 참 빈곤하시네.

그레이스 (태도를 바꿔) 변호사 불러주세요.

검사 어쭈 존댓말?

그레이스 변호사!

검사 넵.

검사는 안경과 정장 재킷을 벗고는 허겁지겁 코르덴 자켓을 걸친다.
뒤늦게 머리가 단정하다는 것을 깨달은 그는 일부러 머리를 헝클어뜨린다. 그는 이제 '변호사'이다.

변호사 헥, 헥~ 절 보자고, 아이고~ 하셨다면서요?

그레이스 왜 이렇게 늦게 오셨어요? 저 변호 안 하실 거예요?

변호사 죄송합니다. 다른 일을 좀 하느라…

그레이스 검사가 절 함정에 빠뜨렸어요. 도와주세요.

변호사 싫은데요. 저 짤린 거 아니었나요?

그레이스 오해예요.

변호사 그런 걸 오해할 수 있나요? 내가 바보도 아니고…

그레이스 도와주세요. 내 편이잖아요?

그레이스가 변호사의 팔을 붙잡는다.
변호사는 조심스럽게 그녀의 손을 떼어내고는 한 걸음 물러선다.

변호사 잘 모르시는 것 같은데… 정확히 말해서, 변호사는 범죄자의 편이 아닙니다. 변호사는 그 범죄자가 정당한 재판을 받을 수 있도록 법률 서비스를 하는 사람인 거죠. 네, 맞습니다. 변호사는 서비스업에 종사하는 사람입니다. 어떻게 살인자를 변호할 수 있냐고요? 당연히 할 수 있죠. 편을 드는 게 아니니까. 그가 정당한 재판을 받을 수 있도록 최선을 다해 법률 서비스를 제공하는 거, 그건 당연히 해야 하는 겁니다. 그래야 살인자를 골로 보내도 나중에 뒷말이 안 나오거든요. 그렇습니다. 변호사는 범죄자가 합법적으로 처벌을 받도록 하는 일등 공신인 겁니다. 변호사 욕하지 마세요. 저희들 덕분에 이 사회가 마음 놓고 죄인을 처벌할 수 있는 겁니다.

그레이스 다 한통속이야. 나만 빼고 다 같은 편이지? 그놈이 네 놈이고, 네 놈이 그놈이지?

변호사 그레이스, 당신 같은 사기꾼을 싫어하는 건 나도 검사랑 똑같아. 죄짓는 건, 뭐 그럴 수도 있지. 그건 그럴 수 있다고 생각해. 근데 사회를 조롱하면 안 되지. 근간을 흔들면 안 된다고! 당신은 선을 넘었어. 아니면… 미친 건가? 난 그렇게 생각해. 넌 미친년이야! (태도를 바꿔) 그럼 전 이만.

천둥이 치는 것 같은 효과음.
그레이스가 무너진다.
변호사는 퇴장한다.

그레이스 누가 나보고 미쳤다고 그래?

조명이 어두워진다.

장면 7

어스름 속에서 서서히 일어나 일어서서 액자로 다가가는 그레이스.
거울이라도 되는 듯 얼굴을 비춰보는 그녀.

그레이스 누가 나 보고 미쳤다고 그러냐고, 누가… 내가 누군지 말할 수 있는 사람이 있어? 나도 내가 누군지 말을 못하겠는데. 넌 니가 누군지 알아? 정말로 알아? 근데 누가 나보고 미쳤다고 그래? 나 미친 거 아니야. 미친 게 아니라 니들이 싫어하는 짓을 하는 여자일 뿐이지. 맞지? 내가 하는 짓이 마음에 안 드니까 나보고 미친년이라고 하는 거지. 내가 그렇게 불편해? 내가 무섭니?

사이.

그레이스 무섭구나? 무서우니까 그러는구나? 잘살고 있는데, 내가 비집고 들어와서 막 휘저어 놓고 나갈까 봐 겁이 나는 거지? 맞아. 내가 그럴 거야. 니들이 잘살고 있는 그 인생 마구 흔들어 놓을 거야. 난 그래도 돼. 아무것도 가진 게 없으니까. 잃을 게 없으니까. 미꾸라지 한 마리가 물을 흐린다고? 그게 누구한테 안 좋은 건데? 미꾸라지한테는 좋아. 그러니까 마음껏 싫어하고, 미워하고, 욕하고… 미친년이라고 그래.

사이.

그레이스 그래도 겁나면, 진짜로 무서우면 잘 봐. 내 얼굴을 보라고.

내가 진짜로 미친 건지 아닌지 알아야 하지 않겠어? 날 봐
봐. 나 진짜로 미친 거 같아?

검사　　(목소리) 미친년이 지 입으로 미쳤다고 하는 거 봤니?

　　　　마법이 깨진다. 그레이스가 깜짝 놀라 쳐다본다.
　　　　검사로 변한 남자 배우가 활기찬 걸음으로 등장한다.
　　　　그의 손에 서류봉투가 들려있다.
　　　　검사는 그레이스에게 자리로 돌아와 앉으라는 손짓을 한다.
　　　　그레이스는 그의 지시를 따른다.

검사　　내가 하려던 말은 어떤 한 년이 미쳤느냐 미치지 않았느냐
　　　　판단하는 건… 그년이 하는 게 아니라는 거지. 그년 빼고,
　　　　다른 사람이 하는 거라는 얘기야.
그레이스　그게 말이 되는 소리에요? 내가 미쳤는지 안 미쳤는지 내가
　　　　제일 잘 알아요. 근데 나를 빼요? 누가 그런 걸 정했어요?
검사　　찬란하게 발전한 인류 문명이 정한 거지. 니가 살고 있는
　　　　이 사회가 정한 거라고. 그걸 받아들여야 안 미친 거고.
그레이스　그럼 그 사회가 이상한 거죠. 내가 미친 게 아니라요.

　　　　서류봉투를 들어 보이며

검사　　즐거운 논쟁이 되겠지만, 이거 때문에 스톱.
그레이스　그게 뭔데?
검사　　국제 특송으로 태평양을 건너온 서류. 바로 너의 모든 인
　　　　적 사항이 담겨 있는 메이드 인 유에스에이 문서. 그 지긋
　　　　지긋한 신원 확인을 한 방에 끝낼 수 있는 나의 필살기.
그레이스　그게 어떻게 나를 증명해?

검사　　그래, 계속 떠들어라.

그레이스　그건 내가 누군지 아무것도 증명해 주지 못해.

검사　　설마 너 이거 가지고 진짜네 가짜네, 이러면서 나 또 헷갈리게 하려고 그러니? 그러면… 미국 정부에 소송 걸어. 한 십 년 걸릴 테니까. 그동안은 미국 감옥에 가 계시고. 응?

그레이스　…

검사　　대꾸를 안 하시네. (봉투를 뜯으며) 그래, 진짜 네가 어떤 년인지 한번 보자.

검사는 서류봉투를 열고 두툼한 서류를 꺼낸다.

그레이스　보지 마… 보지 마…

첫 장을 넘기다가 놀라는 검사.
뚫어지라 서류를 쳐다본다.
그레이스가 핸드백을 챙겨 자리에서 일어선다.

그레이스　좀 일찍 보내지. 괜히 바보 같은 놈들이랑 시간 때웠잖아. 그러기에 내 말 좀 듣지, 검사님? 내가 그렇게 말씀을 드렸는데요, 나 아니라고.

검사　　이 할머니 누구야? 니가 왜 일흔여덟 살이야?

그레이스　나 아니라니까.

검사　　(얼이 빠진 채로) 뭐가?

그레이스　나! 나요 그레이스 최 아니라고요.

검사　　그게, 이런 얘기였어? 너 그레이스 최 맞잖아?

그레이스　아니라고! 몇 번을 말해?

검사　　너 아버지가 무명 화가…

그레이스　나 고안데? (돌아서려다) 근데 변호사랑 한 얘기 엿들었어?

그래도 되는 거야?

검사   그럼 그레이스 최는 누구야?

그레이스 (서류를 들여다보며) 그레이스 할머니가 이런 사람이셨구나. 어머, 돌아가셨네? 기소할 거야? 돌아가셨는데?

그레이스는 우아한 걸음걸이로 무대 밖을 향해 걸음을 옮긴다.

검사   야…

그레이스가 걸음을 멈춘다.

검사   그럼 넌 누구야?

그레이스 글쎄. 나 누굴까?

멍하니 그레이스를 쳐다보는 검사.
그레이스는 검사를 남겨두고 퇴장한다.

암전.

장면 8

조명이 켜지면 남자 배우는 '변호사'로 변해 있다.

변호사 결국 그녀는 석방되었습니다. 그녀가 어떤 명목으로 나왔는지 확인할 길은 없었습니다. 검찰 관련 기록은 이미 사라진 것으로 보입니다. 오랜 시간이 흐른 뒤 그녀는 역사의 미스터리로 기억되겠지요. 그녀가 그레이스 최라는 아트딜러였는지, 박흥용 화백의 친구였던 무명 화가의 딸이었는지, 심지어는 글램핑 경매라는 게 있었던 건지… 어느 것 하나 분명한 게 없었습니다. 그녀의 말이, 행동이, 그녀라는 존재가! 거짓이었다는 증거도 없었죠.

사이.

변호사 물론 검사는 그레이스의 신원을 확인하기 위해 안간힘을 썼죠. 반드시 밝혀내겠다며 미국 법무부에 재차 의뢰해서 답변을 받았지만, 이번엔 미국에 살고 있는 그레이스 최가 너무 많았다는 게 문제였습니다. 아무도 해결하길 바라지 않는 사건을 풀고자 그 많은 사람을 일일이 조사할 수는 없는 노릇 아니겠습니까? 네, 아무도 진실을 알아내고 싶어 하지 않는 것 같았습니다. 그레이스 최의 사기 사건은 없었던 일, 일어났다는 것을 인정하고 싶지 않은 그런 일인 것 같았습니다. 그녀의 적들이, 아니 우리 모두가 고개를 돌리고 있는 사이 그녀는 유유히 사라졌습니다.

사이.

변호사 여러분들은 잠시 후 제가 찾아낸 그녀의 마지막 육성 녹음을 듣게 되실 겁니다. 이 녹음 이후로 그녀를 보았다거나, 그녀와 만났다고 주장하는 사람은 더 이상 나타나지 않았습니다. 그녀는 어디로 간 걸까요? 그녀는 언젠가 우리 앞에 다시 모습을 드러낼까요? 그녀는 도대체 누구였을까요? (사이) 자, 그레이스의 마지막 육성입니다.

녹음된 소리가 흘러나오기 시작한다.

그레이스의 목소리가 나오면서 변호사는 퇴장한다.

그레이스 (목소리. 거친 잡음에 섞여) 일억 천만 원! 일억 천만 원? 한 번만 더 부를게요. 일억 천만 원? 낙찰입니다. 축하드립니다. 자, 오늘의 하이라이트. 13번 품목, 박홍용 화백의 1991년작 '소녀'입니다.

녹음된 소리가 잦아들면서 그레이스가 등장한다.

그레이스 저 소녀의 시선을 자세히 보세요. 무엇이 보이시나요? 평론가들은 저 시선을 보고 천사의 계시를 받아 황홀경에 빠진 눈빛이라고 했어요. 잔 다르크니까 그럴듯하죠? 근데 저는요, 저는… 저는 다른 게 보여요. 욕망이라고 할까? 무시무시한 욕망! 아무것도 가진 것 없는 보잘것없는 소녀, 그 어린 계집아이가 가진 무시무시한 욕망이요. 천사가 프랑스 편만 들었다는 거 이상하지 않으세요? 영국이나 프랑스나 똑같이 예수 믿는 나라 아니었나요? 그런데 왜 천사가 프랑스 편만 들었을까요? 설마 저 소녀… 거짓말을 한 걸까요? 정말 당돌한… 사기꾼은 아니었을까요?

사이.

그레이스 찢어지게 가난한 소작농의 딸. 가진 건 당연히 없고, 배운 것도, 본 것도 없는, 진짜로 자기 건 아무것도 없는 여자아이. 그 아이한테 허락된 건 무엇이었을까요? 돼지처럼 살다가, 자기처럼 돼지같이 살던 청년하고 결혼하고, 새끼 돼지들을 줄줄이 낳고… 그러다가 병들고 배고픈 돼지로 죽는 거? 그게 싫으면요? 죽기보다 싫었으면요? 그 여자

아이한테 너, 니 분수를 알고 돼지우리로 돌아가! 이렇게 말할 수 있나요?

긴 침묵 후에

그레이스 아무것도 가진 게 없는 젊은 여자는, 갤러리 카페에서 일하던 젊은 알바생은 열심히 돈을 모으고, 저기, 카페에 식자재를 납품하는 늙다리 총각하고 결혼하는 걸 꿈꿔야 하는 건가요? 그것밖에 욕망할 수 없는 거예요? 왜 아트딜러가 되는 걸 욕망하면 안 되나요? 재벌가 사모님들만 상대하는, 왜 그런 사람이면 안 되는 거죠? 선부 사싸라노, 아니 가짜라서 더 매력적인 인생을 살면 안 되나요?

그림을 보며

그레이스 잔 다르크는 너무도 허황되게도 나라를 구한 영웅이 되기로 한 거죠. 자기가 가지지 못한 것을 욕망하는 걸로 끝난 게 아니라, 남들도 가지지 못한 걸 욕망한 거예요. 명품 백 들고 수입차 타는 건 욕망이 아니에요. 그건 변명이에요. 사실은 나 잘살고 있어, 이걸 봐봐. 나 잘살고 있는 것 같지? 그런 변명이라고요! 진짜 욕망은 관습적인 것을 원하지 않아요! 진짜 욕망은 현실의 꿈 따위는 꾸지도 않는다고요!

다시 차분하게

그레이스 화가는 말입니다, 소녀의 욕망을 너무도 생생하게 포착하고 있지요. 그것도 미숙함이라고는 조금도 찾아볼 수 없는, 한순간도 주저하지 않는 확신에 찬 선으로 말이죠. 완벽하죠? (단호하게) 이 그림은 위작입니다!

사람들의 시선을 아랑곳하지 않고

그레이스 위작과 진품의 차이가 뭔지 아십니까? 작가만의 터치가 어쩌고저쩌고… 그런 말 듣지 마세요. 작가만의 터치만큼 흉내 내기 쉬운 것도 없어요. 그걸 처음 하는 게 어려운 거지, 한번 해 놓으면 누구라도 따라 할 수 있는 거예요. 그럼 뭐냐? 진품의 선들은 언제나, 백 프로, 주저한 흔적을 남겨요. 진품에는요, 그 그림을 그리던 그때, 화가가 내려야 했던 고뇌의 흔적이, 갈등의 자국이 남아 있습니다. 가짜를 그릴 때는 그런 고뇌가 필요한가요? 예술적 갈등이 가능한가요? 그냥 잘 베끼면 되는 거 아닌가요? 하지만 위작은 그렇지 않죠. 고뇌가 없어요. 갈등이 없다고요. 그러니까 위작은 아무런 결점이 없는 완벽한 작품이 나올 수 있는 거예요. 이 그림처럼 말이죠.

앞으로 나오며 객석을 정면으로 응시한다.

그레이스 인생도 그래요. 매 순간 결정을 내리느라 주저하는 것이 진짜 인생 아니겠어요? 가짜는 그럴 필요가 없죠. 고민할 필요가 없어요. 베낀 대로 따라가면 되잖아요?

무언가 질문을 받은 듯

그레이스 제 인생이요? 어떠세요? 보셨잖아요? 제가 매 순간 선택의 기로에서 머뭇거렸나요? 아니면 한 치의 주저함도 없이 나가던가요? 저는 진짜가요, 가짠가요?

조명이 어두워지며 허공에 걸린 액자 프레임에 스포트라이트.
그레이스가 그 액자 프레임 안으로 들어간다.

그녀는 그림이 된다.

끝

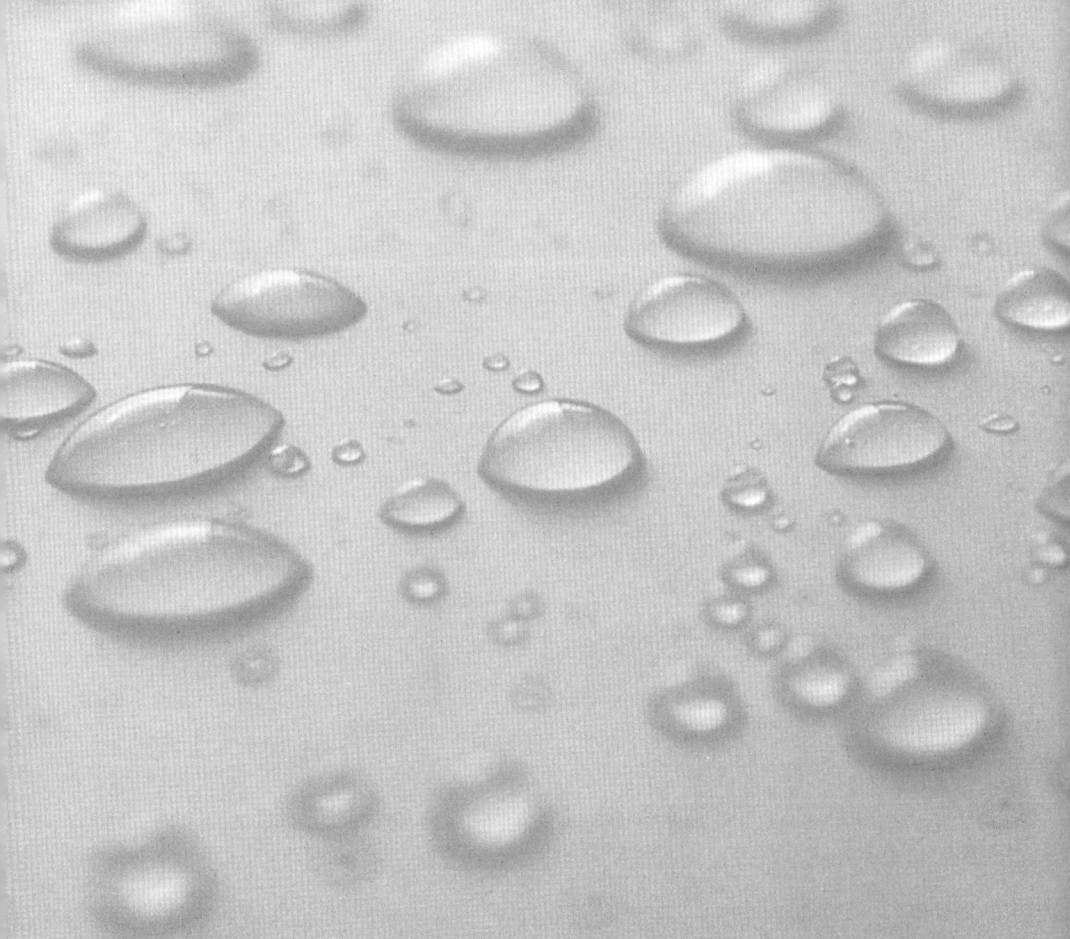

남작부인

(2020년 作)

등장인물

로사 - 독거노인 생활 관리사. 자신도 곧 독거노인이 되는.
남작부인 - 독거노인. 정신증이 의심되는.

무대배경

로사의 방
남작부인의 집
전신 거울(테만 있는 타원형의)

장면 1 - 로사의 방

어둠 속에서
들리는 로사의 목소리. 통화 중이다.

로사   (목소리) 왜 그렇게 약 먹는 거 싫어하세요? 평생 드시는 게
뭐요? 뭐 어때서요? 밥도 평생 먹는데… 평생 아픈 것보다
낫잖아요? 물 하고 약 가지고 오세요. 안 끊고 기다릴 거니
까 가지고 오세요.

(로사의 내사 통안) **조명이 켜진다.**

그녀 주위로 그녀의 방이 모습을 드러낸다.
자질구레한 물건들이 가득 쌓인, 마치 폐품으로 벽을 쌓은 듯한
그녀의 방.
낡은 실내용 가운 차림으로, 역시 낡은 탁자에 앉아 있는 로사.
흘러내리지 않게만 대충 묶어 둔, 헝클어진 머리카락들.

로사   (전화기에 귀를 기울여 듣다가) 드신 거죠? 드신 거 확인했으
니까 저는 이만… 안 돼요. 또 전화 돌려야 되거든요. 어르
신들한테 전화 싹 돌려야 된다고요. 네, 네, 주무세요. 네~

전화를 끊는 로사.
잠시 머뭇거리더니 구석(부엌)으로 들어가 뭔가를 한다.
다시 돌아온 그녀는 핸드폰 속 연락처를 찾아 어디론가 전화를
건다.

로사   (전화기에 대고) 네, 저예요, 로사. 박, 로, 사. 독, 거, 노, 인,

생, 활, 관, 리, 사. 노, 인, 복, 지, 관! 왜긴요? 아버님 식사
제때 하시는지 검사해야죠. 반찬 아직 남아있죠? (한숨) 그
거 일주일 동안 나눠 드셔야지… (이유를 깨닫는다) 술 드셨
죠? 술 안주하느라 남은 거 한꺼번에 다 드신 거죠?

그러는 동안 전자레인지 조리가 끝났다는 '띵'하는 소리가 들
린다.
로사는 통화를 이어가며 구석(부엌)으로 사라진다.

로사   이틀 만에 다 드시면… 그러니까 그다음엔 굶으시잖아요?
저요? 저는 잘 해 먹죠. 그럼요, 저는 아주 잘 해 먹어요.

(통화를 하며) 다시 돌아온 그녀의 손엔 편의점 도시락이 들려
있다.
탁자 위에 도시락을 놓고 젓가락을 집어 드는데,
메시지가 도착했다는 핸드폰 알림음이 울린다.
반대편 벽에 메시지 내용이 영사된다.
로사가 핸드폰을 귀에서 떼고 들여다보면

핸드폰 화면 마테오 신부
자매님… 주무세요?
저랑 말씀 좀 하세요.

(젓가락을 내려놓고) 물끄러미 핸드폰을 내려다보기만 하는 로사.

로사   (정신을 차리고 서둘러 핸드폰을 귀에 대고는 / 벽에 영사되었던
메시지는 사라진다) 네? 아, 네. 아뇨, 들었어요. 제가, 응, 그
러니까… 근데 술 먹을 돈은 어디서 나는 거예요?

다시 메시지 알림음 소리.
벽에 다시 메시지가 영사된다.

핸드폰 화면 마테오 신부
자매님… 언제까지 저 피하실 거예요?

메시지를 보다가, 서둘러 핸드폰을 귀에 대고는

로사 아니, 아니, 됐고요. 오늘은 일단 주무세요. 그 얘긴 내일 들을게요. 아, 아뇨, 주무세요. 네, 내일 얘기해요.

전화를 끊는 로사.
다시 한번 핸드폰을 들여다보며 고민하다가
핸드폰을 조작하기 시작하는 로사.
벽에 영사되던 화면이 이리저리 바뀌다가

핸드폰 화면 이 발신자 차단

고민하는 로사.
하지만 차마 차단 버튼을 누르지 못한다.
로사가 핸드폰을 끄고는 탁자 위에 엎어 놓는다.
(벽에 영사되던 화면도 사라진다.)

다시 젓가락을 집어 들지만
이미 먹고 싶은 마음이 사라진 그녀.
멍하니 편의점 도시락을 내려다보기만 한다.
그러다가 핸드폰을 돌려보면
(벽에 핸드폰 화면이 영사된다)

핸드폰 화면 11시 57분

일어나 구석으로 가는 로사.
돌아온 그녀의 손에는 소주병과 머그잔이 들려있다.

소주 한 모금을 마시고 밥을 먹으려는데,
다시 울리는 메시지 도착 알림음.

무시하고 소주와 도시락을 먹는데
계속 울리는 알림음.
무시하려고 애를 쓰다가
결국 무시하지 못하고 핸드폰을 집어 드는 로사.
(동시에 벽에 핸드폰 화면이 영사된다.)

핸드폰 화면 정 실장

언니 안 자죠? 자겠다고 술 먹지 마요. 그건 그렇고요, 괜찮은 자리가 있어서요. 개인 간호. 말이 간호지 그냥 시중 들어주고 말동무 해주는 거예요. 그 할머니 담당한테는 좀 더 드려요. 관리사들마다 몇 달 못 하고 그만둬서요. 전화로 얘기해요.

젓가락을 내려놓고
전화를 거는 로사.

로사 (전화기에 대고) 응, 나야. 어떤 노인넨데? (사이) 괴팍한 건 괜찮아. 혼자 죽을 날 기다리는 사람들인데 괴팍하기라도 해야지. 얼마 주는데? 많이 주네. 해. 할게. 이 기회에 돈 좀 모아 놔야지. 좀 있으면 이것도 못 할 텐데… 웃기지 않냐?

내가, 독거노인 생활 관리사라는 사람이 좀 있으면 내가 독거노인 된다. 응. 고마워. 주소 찍어 줘. 그래. 잘 자.

전화를 끊는 로사.
다시 소주에 도시락을 먹으려는데
그녀의 시선이 전신 거울에 가 닿는다.
(뻥 뚫린) 거울을 통해 쳐다보는 로사의 무표정한 얼굴이 보인다.

로사가 도시락과 소주를 들고 일어선다.
그녀의 방에 조명이 (천천히) 꺼진다.
동시에 (무대 반대편) 남작부인의 집에 조명이 켜신다. (로사는 퇴장한다)

장면 2 - 남작부인의 집

온통 하얀색 벽으로 둘러싸인 남작부인의 집.
중앙에 유럽 고전 스타일의 의자와 협탁이 놓여있다.
어디선가 오래된 축음기에서 나오는 듯한 음악이 흘러나오기 시작한다.
(개화기/식민지시기의 조선 혹은 일본의 레코딩)

잠시 후 편한 외출복에 짐을 잔뜩 넣은 숄더백을 둘러맨 로사가 들어온다.
아무도 없는 집 그리고 빈 의자를 발견하는 그녀.
멍하니 의자를 쳐다보는데

남작부인 (목소리) 누구신가?

화들짝 놀라는 로사.

돌아보면 (계단이 있으면 계단 위에) 화려한 드레스 차림의 여인
이 서 있다.

과장되게 치켜올린 머리와 과장된 화장.

그리고 클리셰처럼 손에 들린 부채.

남작부인의 모습에 로사는 할 말을 찾지 못한다. (음악 FADE
OUT)

남작부인 누구시냐고.

남작부인이 다가온다.

로사는 엉거주춤 의자에서 떨어져 나와 뒤로 물러선다.

로사　　아… 노인복지관 정 실장 소개로 왔어요. 사람을 구하신다
　　　　고…

남작부인 하녀.

로사　　네?

남작부인 사람이 아니라 하녀를 구한다고.

로사　　네?

남작부인 아… 그렇게 운영되는 건가? 노인, 노인…

로사　　복지관이요. 노인복지관.

남작부인 그래, 거기에다 등록해 놓으면 하녀 자리가 났을 때 소개
　　　　해 주고… (로사를 훑어보고는) 넌 아직 노인이라고 하기에
　　　　는 좀 젊은데?

로사　　아뇨. 거기에 등록돼 있는 건 제가 아니라요…

남작부인 안다, 알아. 너희들도 다 살아가는 법이 있겠지.

로사　　아뇨. 그게 아니라요…

남작부인 그래, 하녀 생활은 얼마나 했느냐? 전에 모시던 분은 누구

시고?

로사   저… 어머님…

남작부인 어머님? (로사를 노려보고는) 니가 내 딸이라고? 내가 어디선가 낳고 버린 딸이 하녀 일을 하며 어렵게 살다가 우연히 나한테까지 오게 되었다고?

로사   아뇨. 그런 게 아니라요, 어머님…

남작부인 아니면 그렇게 부르지 마! 난 한 번도 엄마인 적이 없었어.

로사   아… 그럼 부양해 줄 자녀분은 없다는 거네요.

남작부인 (무시하고 / 상념에 잠긴 듯) 엄마… 내가 가져보지 못한 이름이었지. 수많은 이름을 가진 나였지만 그 이름만은… 어땠을까? 행복이었을까? 나는 좋은 엄마가 될 수 있었을까? (로사에게) 너는 엄마인 적이 있었니?

로사가 머뭇거리는 사이

남작부인 내가 아픈 데를 건드렸니? 미안하다, 애.

로사   저기요…

남작부인 저기? 주인 될 사람한테 저기? 그런 식으로 날 부르면 경을 칠 것이야.

로사   저는요 정 실장, 노인복지관 정 실장 소개로 왔다고요.

남작부인 혹시 너 아이만 못 가진 게 아니라… 결혼은 했니? 남편은 뭐해?

로사   (답을 할지 말지 생각하다가) 이혼했는데요.

로사를 뚫어져라 쳐다보는 남작부인.

로사   하여간 제가 온 이유는요…

남작부인 가엾어라. 너희 계층이 버거운 삶을 산다는 거… 잘 안다.

그래도 한 번 더 생각해 보지 그랬니? 여자가 홀몸으로 산다는 게 그리 녹녹한 일은 아니란다. 물론 그래서 하녀 일도 하고 그러겠지만…

로사　제 얘기는 그만하시고요…

남작부인　(말을 자르며) 남작부인.

로사가 영문을 모르겠다는 표정으로 남작부인을 바라본다.

남작부인　처음이니까 얘기해줄게. 대신 이번 한 번뿐이란 걸 명심해야 한다. 남작부인. 어머님도 아니고, 저기도 아니고, 남작부인.

로사는 남작부인의 상태가 의심스럽다고 생각하기 시작한다.

남작부인　부를 때는 그냥 마님이라고 해도 좋지만, 부인이라고 불러주면 좋겠구나. 마님은 너무 사극 보는 거 같아서… 하여간 네 주인의 작위는 정확하게 알고 있어야 할 거 아니냐? 혹시 작위라는 게 무슨 말인지 모르는 건 아니겠지?

로사　알아요. 근데 정말…

남작부인　남작이 어떤 지위에 있는지는 안단 말이지?

로사　예, 뭐… 알겠는데요…

남작부인　네 주인은 남작부인이다. 알겠니?

로사　아뇨, 제 말은요…

남작부인　나는 남작부인이야.

남작부인의 말에서 느껴지는 이해할 수 없는 위엄.
로사는 입을 다문다.

남작부인은 비어있던 의자에 앉는다.

남작부인 오늘 바로 일을 시작하는 거니? 그래 주면 고맙겠구나. 하녀가 없으니 오후 티타임을 못해서… 차 한 잔 끓여올래?

로사 저…

남작부인 난 얼 그레이만 마신단다. 실론이나 다질링 같은 건 입에 대지도 않아. 차엔 강렬함이 있단다. 차를 마신다는 건 그 강렬함을 마시는 거지. 그 강렬함을 깎아서 무디게 만들어서 마시라고 하면 난 정말 참을 수가… 하여간, 잘 알아두렴. (로사를 보다가) 혹시 차 끓일 줄 모르는 거니?

로사 아뇨. 그런 게 아니라…

남작부인 그럼? 왜 그렇게 뻗대는 거지? 이유가 뭐냐?

남작부인이 로사를 빤히 쳐다본다.
로사는 바로 입을 열지 않는다.

남작부인 말해봐라. 나 그렇게 꽉 막힌 사람 아니야. 하녀들도 말할 권리가 있다는 것쯤은 안다고. 얘기해 봐.

여전히 입을 열지 않는 로사.

남작부인 말하라고!

위엄과 박력을 갖춘 목소리.
압도당하는 로사.
눈앞에 있는 인물이 정말로 남작부인인 것처럼 보인다.

정신을 차리는 로사.

로사 다니시는 병원은 어딘지 제가 알아야…

남작부인 그게 무슨 소리냐?

바로 답을 하지 않고 남작부인을 응시하는 로사.

남작부인 무슨 소리냐고.

이번에도 대답하지 않자

남작부인 넌 묻는 말에 대답하지 않는 버릇이 있구나. 건방진 하
녀… 자존심이 세구나. 쉽지 않았겠어. 세상 살기 쉽지 않
았을 거야.

로사 정말 제가 하녀로 보이세요?

남작부인 그 건방진 말투는 뭐니?

로사 이거 장난치시는 건가요?

남작부인 무슨 장난? 니가 건방진 하녀 역할 하는 거?

로사 (노려보면서) 제가요?

남작부인 알았다. 알았어. 하녀라고 함부로 대하지 않으마. 네게도
하늘이 주신 존엄이 있지. 됐지? 어서 차나 끓여주면 좋겠
구나.

사이.

남작부인 차 끓여오라고.

로사 올해가 몇 년이에요?

남작부인 뭐?

로사 연도요. 올해가 몇 년이냐고요.

남작부인 니가 날 시험하는 거냐?

로사   죄송한데요, 대답해 주시면 안 돼요? 간단하잖아요? 올해
가 몇 년이에요?

로사를 노려보며 답을 하지 않는 남작부인.

로사   그냥 저 봐주시는 셈 치고 한 번만 대답해 주세요. 올해가
몇 년도예요?

답을 기다리다가…
포기하는 로사.
돌아서서는, 한숨을 쉬고, 나가려는데

남작부인   2020년[1]

돌아서는 로사.
이해되지 않는다는 표정.

로사   몇 년이요?
남작부인 넌 내가 미쳤다고 생각하니?

로사는 대답하지 못한다.

남작부인 내가 모를 줄 아니? 왜 다들 못 견디고 도망갔는지 내가
모를 줄 알아?
로사   올해가 2020년이라는 거 아세요?
남작부인 말했잖아.
로사   근데… 왜…

---

1) 항상 현재의 연도, 즉 공연하는 해당 연도를 말한다.

남작부인 근데 뭐?

로사 근데 왜…

로사를 노려보는 남작부인.
대답해 달라고 애원하듯 쳐다보는 로사.
팽팽한 긴장감이 흐르다가

로사 왜 이렇게…

남작부인 왜 안 되니?

로사 (깨어나듯) 네?

남작부인 (차분하게) 왜 안 되냐고.

로사 왜 안 되다뇨? 올해가 몇 년인지도 정확히 아시면서… 그럼… 아니, 그럼… 남작부인이란 거는요?

남작부인 남작부인이야, 내가.

로사 2020년에, 맞죠? 그거는 정확히 아시죠? 지금이 1920년이 아니라 2020년인 거 아신다고 분명히 그랬죠? 그럼요 2020년에, 우리나라에… 남작부인 같은 거 없잖아요? 그죠?

남작부인 내가 있잖아.

로사 아니요~

남작부인 그럼 난 뭐냐고!

로사 아니, 아니! 그런 거, 귀족, 신분, 그런 거 옛날에 다 없어졌… 혹시 이런 거예요? 부모님이 예전에 귀족… 옛날에 있었잖아요? 일제한테 작위 받아서, 귀족 되고… 혹시 그런 건데, 세상이 바뀌고, 집안이 몰락하고 그래서, 옛날 생각에, 그걸 놓지 못해서…

남작부인 아니.

로사 네?

남작부인 아니라고! 우리 부모님은 농사꾼, 일자무식 농사꾼이었어. 내가 남작님이랑 결혼해서 남작부인이 된 거야!

로사 아, 그럼 남편 분이… 잠깐만요! 잘 생각해 보세요. 일제시대 때 결혼하신 거 아니죠? 그렇게 나이 드신 건 아니잖아요? 그죠? 그럼 남작이니 뭐니 그런 거 다 없어졌을 때…

남작부인 나는 남작부인이야. 내가 남작부인이라고!

대꾸하지 않고 남작부인을 쳐다보는 로사.

남작부인 목이 마르구나. 차를 끓여오너라.

여전히 대답하지 않고, 한숨만 내쉬는 로사.

남작부인 차를 끓여오라고 하지 않았느냐?

로사 저기요.

남작부인 나는 네 태도가 마음에 들지 않는다.

로사 아, 예, 알았어요. 아는데요, 제 말씀은…

남작부인 넌 (쳐다보고는) 하녀가 될 수는 없겠구나. 안타깝지만… 안 될 거야. 짐 싸서 고향 가렴. 고향 가서 공장에서 일하든 몸을 팔든 그건 내 알 바가 아니다. 돌아가는 길은 알고 있지?

로사 네. 그럴 건데요. 제가 공장에서 일하든 몸을 팔… (피식 웃고는) 나이 먹어서 그건 안 될 거 같고요. 여튼 신경 안 쓰셔도 되는데요…

남작부인 그럼 꾸물대지 말고 어서 가거라.

로사 (진심을 담아) 치료… 받으셔야 돼요.

휙! 하고 돌아보는 남작부인.

그녀의 눈이 분노로 이글대고 있다.

로사 저는 가는데요, 전 가요. 그래도… 치료받으셔야 한다고요.
제가 정 실장한테 얘기해 놓을게요. 치료받으세요.

남작부인 (차분하게) 다시 묻겠다. 넌 내가 미쳤다고 생각하니?

사이.

남작부인 내가 미쳤다고 생각하냐고.

로사 (고민하다가 / 단호하게) 네.

계속 로사를 노려보는 남작부인.

로사 지금 정신 맑으시죠? 가끔 맑은 정신이 돌아올 때가 있죠?
그거 다들 그러는 거거든요. 꼭 기억하세요. 어머님은 치
료받으셔야 해요. 나중에 복지관에서 사람 나오면, 지금
제 말 잘 기억해 두셨다가 하라는 대로 하세요. 전 더 이상
관여 안 해요. 아셨죠, 어머님?

대답하지 않고, 시선을 돌리는 남작부인.

로사 듣기 싫으시다는 거… 알아요. 다들 그러거든요. 그래도…
계속 이렇게 살기는 싫으시죠? 세상하고 담쌓고, 혼자 늙
어 가면서…

반응을 살피면서

로사 밖에 나가서 바람도 맞고, 세상이 이렇게 달라졌구나, 신

기해도 하고… 사람들하고, 세상 사람들하고 어울리기도
하고…

여전히 남작부인은 아무런 대꾸도 하지 않는다.

로사   전 가요. 기억하세요. 어머님, 정상으로 살고 싶으시면, 제
            말씀 꼭…

마침내 포기하는 로사.
그녀는 발걸음을 돌려 나간다.

남작부인   난 니 에미가 아니다.

돌아서서 남작부인을 쳐다보는 로사.
지친다는 듯한 표정.

남작부인   말했잖니? 난 남작부인이야.

길게 한숨을 내쉬는 로사.

로사   알겠습니다. 계속하세요. 전 가요.

체념하고는 밖으로 나간다.

혼자 남은 남작부인.
다시 음악이 흐르기 시작한다.

남작부인은 부채를 무릎에 내려놓고, 찻잔을 들어 마시는 시늉

을 한다.

남작부인 (객석을 향해) 난 얼 그레이만 마셔요. 실론이나 다질링 같
은 건 입에 대지도 않죠. 차엔 강렬함이 있어요. 차를 마
신다는 건 그 강렬함을 마시는 거죠. (교태를 부리듯 / 안쓰
럽게 보이는) 이렇게 울적한 날에는 그이 생각이 난답니다.
절 너무도 사랑해 주던 그이… 그이랑 같이 있으면요, 5분
만 같이 있어도 아실 거예요. 진짜 귀족이란 이런 거구나.
피가 다르구나… 그이와 결혼했을 때 나도 귀족이 되었죠.
제가 남작부인이 된 거예요. (한숨) 그이는 이제 죽고 없지
만… 나에게 이 이름을 물려주었어요.

찻잔을 내려놓는 시늉을 하고,
부채를 펴고는

남작부인 난 남작부인이에요.

음악이 커진다.
암전.

장면 3 – 로사의 방

방에 들어오는 로사.
지친 기색이 역력하다.
가방을 대충 탁자 위에 던져 놓고,
핸드폰을 꺼내 문자를 보낸다.

핸드폰 화면 나

정 실장, 미안한데 그 집은 다른 사람 알아봐. 난 못 하겠어.

핸드폰을 던져 놓고 의자에 앉는 로사.
깊고 긴 한숨을 내쉰다.
그러다가 다시 핸드폰을 집어서 문자를 보낸다.

핸드폰 화면 나

그 여자 치료 받아야 돼. 알지?

나시 핸느폰을 내려놓고 한숨을 쉬는 로사.
그녀는 외출복들을 벗기 시작한다.
외출복을 모두 벗고 속옷(혹은 잠옷) 차림이 되는 로사.
전신 거울에 비친 자신의 모습을 흘끔 보지만 이내 시선을 돌려
버린다.

그때 울리는 메시지 수신 알림음.
탁자로 가 핸드폰을 들어보면

핸드폰 화면 마테오 신부

저랑 얘기 좀 하세요.

로사는 문자를 무시하고 핸드폰을 내려놓는다.
돌아서려는데… 다시 알림음.

핸드폰 화면 마테오 신부

모르는 척한다고 문제가 없어지는 게 아니에요. 아시잖
아요?

돌아서는 로사.
이번엔 벽에 영사된 메시지를 응시한다.
결국 로사는 탁자 위에 놓여있던 핸드폰을 집어 든다.
고민하다가 메시지를 타이핑하기 시작하는 그녀.

핸드폰 화면 나

끝까지 모르는 척하면 돼. 죽을 때까지.

메시지를 보내고 짧은 탄식을 내뱉는 로사.
다시 울리는 알림음.
짧게 끊어진 문장 수만큼 계속 울려댄다.

핸드폰 화면 마테오 신부

죽은 다음엔요?
그다음에
주님 앞에 섰을 때
주님께서 물어보시지 않을까요?
넌 왜 나를 모른 척했느냐고.

이번에는 로사가 썼다 지우기를 반복한다.

핸드폰 화면 나

나도 물어볼 거 많…

다 지우고

핸드폰 화면 나

그쪽에서 먼저 날 피할 것 같…

위 문장을 타이핑할 때 로사의 얼굴에 웃음기가 스친다.
다시 다 지우고

핸드폰 화면 나

난 이제 신자가 아니…

이것 역시 다 지우고…
끝내 아무 말도 쓰지 못하는 로사.
다시 알림음.

핸드폰 화면 마테오 신부

자매님?

로사는 핸드폰을 내려다볼 뿐 답은 하지 않는다.

핸드폰 화면 마테오 신부

하시고 싶으신 말이 있으면 하세요. 괜찮아요.

계속 아무런 답을 하지 않는 로사.
그러자

핸드폰 화면 마테오 신부

엄마…

띵! 하고 효과음이 울린다.
로사가 화들짝 놀라며 벽에 영사된 화면을 쳐다본다.
로사의 몸이 부들부들 떨리기 시작한다.
그녀는 갑자기 저주를 퍼붓듯 말을 쏟아낸다.

로사   엄마? 엄마? 인제 와서 엄마?

로사가 거친 숨을 몰아쉬는 동안

핸드폰 화면 마테오 신부
누나 그렇게 된 것도 다 주님의 뜻이라는 거… 그거 인정
해야 해. 그걸 인정하지 않는 거… 그게 교만이야. 엄마.

그 메시지를 보고는 미친 듯이 분노하는 로사.

로사   엄마라고 부르지 마! 니가 먼저 도망쳤잖아! 나 혼자 버려
놓고, 니 누나랑 나랑 둘이서만 피똥 싸고 있을 때… 너 혼
자 도망갔잖아! 진짜 아버지를 찾았다며? 하늘에 계신 아
버지가 진짜 아버지라며? 마리아가 니 엄마라며? 로사, 이
교만한 년 박로사가 아니라 막달라 마리아가 니 엄마라
며! 그러니까 엄마라고 부르지 말라고! 내가 교만하든 말
든, 죽어서 지옥 불에 영원히 타든 말든… 엄마라고 부르
지 말라고!

다시 메시지 알림음이 나며

핸드폰 화면 마테오 신부
엄마… 보고 싶어.

그 메시지에 다시 고함을 치려다가
거울에 비친 자신의 모습을 발견하는 로사.
남작부인의 집에서 나오던 옛 음악 소리가 들리기 시작한다.
로사는 이끌리듯 거울로 다가간다.

로사 (거울을 보며) 뭐가 겁이 나? 그래, 거기 너! 죽은 다음에 받을 질문이 두려워? 그게 왜 두려워? 우리한테 죽는 게 두려운 거는… 죽는 게 미래의 일이라서 그런 거야. 어떻게 될지 모르니까. 근데 생각해 봐. 죽은 다음에… 미래가 어디 있어? 어떻게 될지 알건 모르건, 그게 무슨 상관이야? 죽었는데? 그러니까… 겁낼 게 뭐가 있겠어?

싸늘한 미소를 지으며

로사 너, 그래, 거울 속의 너! 넌 시간을 느끼는구나. 오직 늙은 이들만 시간을 느끼지. 무속하니까. 반대로 얘기해서… 시간을 느끼니까… 넌 늙은 여자구나. 그래, 너, 넌 늙은 여자야. 거울 속에 있는 늙은 여자야… 넌 뭐가 겁나는 거니?

잠시 더 거울을 들여다보다가
고개를 떨구는 로사.

잠시 후, 천천히 고개를 든다.
생각이 명확해진 듯한 얼굴.

이제는 완벽하게 평소의 모습으로 돌아온 듯한 그녀.
그녀는 서둘러 핸드폰을 들어 정 실장에게 메시지를 보낸다.

핸드폰 화면 나
정 실장, 아까 문자 다 취소. 나 할 거야. 나 해.

뒤이어 바로 답이 온다.

핸드폰 화면 정 실장

쏘리. 문자 지금 봤어. 언니, 꼭 안 해도 돼.

로사가 서둘러 답을 한다.

핸드폰 화면 나

아니야. 나 해. 한다고.

정 실장의 메시지가 도착하는데,
무시하고 다른 대화창으로 넘어가는 로사.
서둘러 마테오 신부에게 메시지를 보낸다.

핸드폰 화면 나

진짜 교만이 뭔지 보여줄게.
그 여자 내가 고쳐 놓을 거야.

바로 마테오 신부로부터 답이 온다.

핸드폰 화면 마테오 신부

그 여자가 누군데요? 이게 무슨 말이에요?

여전히 긴장된 손길로 서둘러 핸드폰을 조작하는 로사.
(로사가 조작하는 대로) 계속 화면이 변하다가,
마침내

핸드폰 화면 이 발신자 차단

로사는 주저하지 않고 버튼을 누른다.

암전.

장면4 - 남작부인의 집

어둠 속에서
오래된 녹음의 왈츠 혹은 오페라 아리아가 흘러나온다.

조명이 켜지면
남작부인이 등장한다.
느레스는 앞에서와 같으나 목에 신수 목걸이를 하고 있다.
그녀는 전신 거울 앞에 서서 자신의 모습을 비추어 본다.

남작부인 (옆에 누가 있는 듯이) 정말 아름답지 않아요? 전 그 어떤 화
려한 보석보다도 진주를 사랑한답니다. 진주란 게, 속이
안 들여다보이는 보석이잖아요? 다이아몬드랑은 다르죠.
그죠? 근데 그게, 안에 뭐가 있는지 감추고 있는 게, 저는
그게 아름다워요. 그럼요. 행복하죠. 오늘 밤 무도회도 정
말 기대가 되고요. 여러분들도 다 오실 거죠? 아이, 좋아
라. 전 이렇게 살아요. 매일매일 기대에 부풀어서, 오늘은
또 어떤 재미난 일이 있을까 잔뜩 기대하면서요.

자지러지게 웃으며 거울 앞을 벗어나는 남작부인.
그녀는 우아한 걸음걸이로 의자를 향해 간다.

남작부인이 의자에 앉는다.
다시 한번 자지러지게 웃고 나서는

남작부인 매일매일 기대한다는 게, 음… 저는 그게 예술인 것 같아요. 그러니까 전 예술가이고요. 제 삶을 가지고 매일 새로운 작품을 만드는 거예요. 세상에 없는 새로운 걸 만드는… 그럼 예술가 아닌가요? 아! 보통 예술가라고 하면요, 물감을 가지고 그림을 그리거나, 악기를 가지고 음악을 연주하거나, 말을 가지고 글을 쓰거나, 그러는 거잖아요? 근데요, 그건 다 진짜 삶을 가지고 하는 게 아니잖아요? 그렇다면… 인생을 재료로 하는 예술! 그게 진짜 예술 아닌가요? (누군가의 이야기를 듣다가) 맞죠. 그런 게 진짜 예술이라면 그건 신만이 할 수 있는 거겠죠. 이 세상을 만든 조물주만이… 하지만 그러면… 예술가는 신에게 도전하는 사람이겠네요? 맞죠? 그래요! 예술가는 신에게 도전하는 거예요! 예술가만이 신에게 도전할 수 있어요! 하지만 조건이 있죠. 예술가가 신이 되려면 붓에 물감을 묻혀서는 안 돼요. 피아노의 건반을 두드리면 안 된다고요. 소리를 내어 노래해서도 안 되고요. 오로지 진짜 인생을 가지고…

밖에서 로사의 목소리가 들린다.

로사 부인! 부인, 저 로사에요.

확! 얼굴이 굳는 남작부인.

로사 계시죠? 들어갈게요.

이윽고 로사가 들어온다.
어깨엔 언제나 그렇듯이 커다란 숄더백을 메고 있다.

로사   누구 손님 오셨어요? 얘기 소리가 들리던데…

남작부인 (화가 난 목소리로) 다신 안 온다고 하지 않았니? 그러구서
          간 거 아니냐?

로사   아, 네, 그랬죠. 그랬는데… 근데 손님 계셨던 거 아니에요?

남작부인 갔어. 다들 갔다.

로사   방금까지 얘기 소리 나던데요?

남작부인 니가 그렇게 무례하게 들어와서, 다 같이 예술을 논하고
          있었는데, 니가 무례하게 막 밀고 들어와서, 흥이 확 깨져
          서… 다들 갔어. 내 말을 못 믿겠다는 거니? 손님들이 어디
          숨어있기라도 한다는 거야?

로사   (상황을 파악하고는) 아, 예. 죄송해요.

          꼬리를 내리는 로사의 모습을 보다가
          거만하게 시선을 돌리는 남작부인.
          그녀의 눈치를 보며 가방을 내려놓고, 재킷을 벗는 로사.

로사   차 끓여올까요?

          대답하지 않고 반대편으로 고개를 돌리고 있는 남작부인.
          로사는 가방을 뒤져 차가 든 캔을 꺼낸다.

로사   사실 저 차 한 통 가져왔거든요. 얼 그레이만 드신다고 해
          서… 전 잘 모르지만 비싼 거래요. 어머님, 아니, 부인께서
          좋아하실 것 같아서…

          여전히 고개를 돌리고 있는 남작부인.
          로사는 (무대 뒤쪽으로) 걸음을 옮긴다.

로사　차 끓여올게요.

남작부인　왜 돌아왔니?

걸음을 멈추는 로사.

로사　아니, 뭐, 특별한 이유는 없고요⋯

남작부인　사는 게 힘드니?

로사　네?

남작부인　이러면 니 문제가 해결되니?

긴장한 표정으로 남작부인을 쳐다보기만 하는 로사.

남작부인　자존심하고는. 얼마나 어렵게 살길래 나한테 다 돌아왔냐
고. 돈이 그렇게 궁해?

로사　(안도하며) 아⋯ 네. 저 돈 벌어야 해요. 벌어야죠. 저도 늙
어 가니까⋯ 차 끓여올게요.

남작부인　아니다. 차는 손님들하고 마셨어. 그보다도⋯

로사　네. 뭐 필요하세요?

남작부인　난 널 하녀로 두겠다고 한 적 없다. 그깟 싸구려 차로⋯ 아
니지. 너한텐 큰돈이 들었겠지만⋯ 그걸로 내 환심을 사겠
다는 거냐?

로사　안 될까요?

로사는 남작부인을 향해 애처롭게 미소를 짓는다.

남작부인　내가 만만해 보이니?

로사　아니요.

남작부인　날 천박한 여자로 생각하는 게지. 날 업신여긴 게야.

로사	아니에요. 절대 아니에요.
남작부인	뇌물 갖다 바치면 될 거라 생각하는 게 그런 뜻 아니냐?
로사	아니요. 죄송해요. 제가 천해서 그래요. 부인이 아니라 제가.

고개를 돌리는 남작부인.
로사가 그녀 앞에 무릎을 꿇는다.

로사	죄송합니다, 부인. 제가 생각이 짧았어요. 저 이 일 꼭 해야 해요. 제발⋯

곁눈실로 로사를 보고는

남작부인	그렇게 궁하니?
로사	네. 부탁드립니다.

사이.

남작부인	너 내가 미쳤다고 생각하니?

이번에는 로사가 대답하지 못하고 남작부인을 쳐다보기만 한다.

남작부인	솔직히⋯ 그래서 돌아온 거 아니야? 미친 할망구 치료하려고? 맞지? 돈이 아니라, 뭐, 돈도 필요하겠지만⋯ 나 병원 보내려고 돌아온 거 아니냐고. 맞지?
로사	네.

사이.

로사   죄송해요. 죄송한데요. 그래도 이건 사실대로 말씀드리는
        게…
남작부인 너는 진실을 말하는 입을 가졌구나.
로사   네?

쳐다보면 남작부인의 입가에 미소가 감돈다.

남작부인 아무도 안 그랬는데… 넌 솔직하네? 나 미쳤다고 하는 걸
        보고… 사실 나 좀 감동했다.
로사   아… 네. 근데… 아무도 말 안 했다고요? 아무도요?
남작부인 그래. 아무도 안 그랬어. 뭐, 이해는 가지. 미친년 눈 똑바
        로 보면서 너 미쳤어, 너 같은 년은 정신병원에 가둬야 돼!
        그러는 거 쉽지 않지.
로사   그게 꼭 그래서 그런 건 아니고요…
남작부인 안다.
로사   아니요. 좀 들어보세요. 부인 같은 병이 있는 분들은 자
        기 증상을 부인하려는 경향이, 부인만 그러신 게 아니라
        다 그러는 건데요… (반응을 살피며) 복잡한 얘기는 다 빼
        고요… 부인께서는 정상이 아니세요. 그건 확실한데, 근데
        그게요, 좀 이상한 방식으로… 저도 어떻게 해야 할지 좀
        난감한데요… 아마 그래서 다들…
남작부인 쉽게 말해. 미친 건 미쳤는데, 좀 이상한 방식으로 미쳤다?
로사   부인 같은 경우는 처음 봐요. 그래도 제가 확실히 알겠는
        거는요, 부인, 부인께선 일단 진료를 받으셔야 한다는 거
        예요. 진단이 나와야…
남작부인 뭐가 어떻게 잘못됐는지도 모르겠다며?
로사   그러니까 병원에 가야죠. 병원에 가셔요. 진심이에요. 저
        그래서 돌아왔어요.

남작부인은 시선을 돌린 채 꼼짝도 하지 않는다.

둘 사이에 침묵이 흐른다.

로사가 입을 열려는 순간

남작부인 안다.

로사 아세요? 병원에 가셔야 한다는 거…

남작부인 그거 말고. 나 미쳤다는 거.

로사 그럼… 병원에 가셔야 한다는 건요?

남작부인 안 가.

로사 왜요?

남작부인 내가 왜 가야 되니?

로사 왜라뇨? 치료를 받으셔야죠. 나아야죠.

남작부인 왜?

로사 네?

남작부인 왜 나아야 하냐고!

로사 왜라뇨? 아프면 당연히 치료받고… 나아야죠.

남작부인 그게 왜 당연한데?

로사 당연한 거 아니에요?

남작부인 그건 니 생각이고.

로사 제 생각이 아니라 당연한 거라고요.

남작부인 뭐가 당연해? 니 생각은 다 당연해?

로사 누가 그렇대요? 아니, 길을 막고 물어보세요. 열이면 열…

남작부인 고작 열 명 가지고.

로사 아니, 열 명만 그러는 게 아니라요…

남작부인 그래, 좋다. 다시 말하마. 그건 니들 생각이고!

로사 니들이요? 누가 니들이에요?

남작부인 누가 니들이긴? 니들!

로사 니들이 아니라, 다 그렇게 생각한다고요. 다! 세상 사람들

전부 다요!

남작부인 그러니까! 니들. 니들 다!

말문이 막히는 로사.
마음을 다잡고

로사 부인께는 아프면 치료받는 게 당연한 게 아니에요?

남작부인 그건 내 맘이지. 당연한 게 아니라 내 맘이지.

로사 아픈 채로 사는 게 더 좋으세요? 아픈데요? 아프다고요.

남작부인 그래서 치료받아야 한다고?

로사 그럼요. 안 아프게 만들어야죠. 나아야죠.

남작부인 그건 니가 하고 싶은 거잖아! 니가, 니들이 나 치료하고 싶
은 거잖아! 내가 나 치료하고 싶은 게 아니라. 니 맘대로
나 고치려는 거잖아!

로사 고치는 게… 병을 고치는 거죠, 부인이 아니라!

남작부인 병도 나야. 내가 병이야.

사이.

로사 네?

남작부인 내가 병이라고. 어쩔 건데? 병 고치자고 나도 고쳐버려?

로사 부인께서 왜 병이에요? 병은요, 여기 부인이 계시고, 병은
밖에서 들어와서, 원래 정상이던 부인을 아프게 만드는 거
라고요.

남작부인 난 안 아파. 하나도 안 아파. 니들이 왜 날 자꾸 아프다고
하는지 이해가 안 돼. 치료? 니들이 하고 싶은 거지, 나는
싫다고! 설마… 니들도 아픈 거야? 아니, 아니. 니들이 아
픈 거야?

사이.

남작부인 그래, 그럴 수도 있겠구나. 니들이 아프니까 멀쩡한 사람
병자로 몰아서…

로사 말도 안 되는 소리 하지 마시고요. (차분하게) 병이 있는데
요, 치료를 안 하면요… 죽어요. 다 죽는 건 아니지만, 죽을
수도 있어요. 그건 아시죠? 정신의 병이라고 해서 안 죽는
거 아니에요. 정신에 병이 들면, 정신이 죽어요. 정신이 죽
으면 몸이 죽은 거랑 똑같고요. 어쩌면 더 나쁘고요.

남작부인 (망상에 빠져들며) 나도 니들처럼 아프게 만들려고… 이거
당연한 거라고 나 꼬셔서… (핵! 하고 로사를 돌아보며) 솔직
히 말해 봐. 너… 아프니?

로사 제 얘기하지 마시고요! 지금 제 얘기를 왜 해요? 아픈 건
부인인데 왜 제 얘기를 하냐고요!

사이.

로사 (진정하고) 제가 왜 돌아왔냐면요, 정말 돌아오기 싫었는데
왜 돌아왔냐면요… 사람이 죽는데, 내 눈앞에서 사람이 죽
어가는데, 그거 그냥 보고 있을 수 있어요? 그냥 모른 척 내
버려둘 수 있어요? 뭐라도 해봐야 하는 거 아니에요? 사람
이면 그래야 하는 거잖아요! 신은, 하나님이든 부처님이든,
알라신이든, 신이라는 것들은 사람들 죽는 거 그냥 내버려
둬요. 원래 지가 그렇게 만들었으니까. 죽어야 영생을 얻는
대요. 죽으면 다시 태어날 수 있대요. 그럴 거면, 그냥 처음
부터 안 죽이면 되잖아요? 근데 난요, 난 말이죠, 난 사람이
거든요. 사람! 죽어가는 거 보면서 그냥 내버려둘 수가 없
어요. 뭐라도 해야 한다고요! 사람은 그래야 한다고요!

거친 숨을 몰아쉬는 로사.
심각한 표정의 남작부인.

로사   부인, 소리쳐서 죄송해요. 죄송한데요, 제 말 들으시고…
남작부인   니 얘기에, 니가 막 흥분해서 소리치고 그럴 때… 난 어디
           있니? 들어보니까 너랑 신밖에 없는 거 같은데? 난 어디
           있냐고.
로사   (당황한다) 네? 그렇게 보지 마시고…
남작부인   그렇게 보는 게 아니라, 보이는데?
로사   얘기 복잡하게 해서 죄송해요. 다 집어치우고… 부인께서
           는, 지금, 아프시거든요. 아프시니까…
남작부인   그렇게 니들끼리 나 가지고 이러니저러니, 그러는 게 싫
           다고. 끼워 달라는 게 아니라, 빼달라고. 니들 문제는 니들
           끼리 아옹다옹하라고. 난 빼고. 그 말이 그렇게 이해가 안
           되니?
로사   다 나으면 생각이 달라지실 거예요.
남작부인   그래?
로사   그럼요! 완전히 달라져요!
남작부인   나으면, 달라지면… 너처럼 되는 거야?
로사   '저처럼'이 아니라… 정상적인 사람들처럼 되는 거죠.
남작부인   정상?
로사   네, 정상이요.

           사이.

남작부인   근데… 왜 넌 아니야?
로사   네? 뭐가요?
남작부인   니가 그랬잖아? 너처럼이 아니라… 정상적인 사람들처

럼… 넌 왜 아닌데?

로사　아니요. 제가 아니란 게 아니라요, 지금 부인 얘기하고 있잖아요!

남작부인　혹시 니들…이라고 하면 거부감 드니? '니들'이라고 묶이는 게 싫어? 혹시 너도 다른 사람들하고 달라?

대답하지 않는 로사.
남작부인을 노려보기만 한다.

남작부인　다르다는 건 나쁜 게 아니란다. 어쩌면 더 좋은 걸 수도 있어. 나 봐라. 남들하고 다르다는 건…

로사　(소리친다) 다른 게 아니라 미쳤다고! 아픈 거라고! 그냥 놔두면 죽는다고!

씩씩거리며 남작부인을 노려보는 로사.
얼어붙은 듯 꼼짝도 못 하다가,
숨이 막히는 듯 가슴을 움켜쥐는 남작부인.
정신을 차린 로사.
남작부인에게 달려가 부축한다.

로사　괜찮으세요? 심호흡하세요. 심호흡. 괜찮으세요?

간신히 호흡을 진정시키는 남작부인.
걱정하는 로사를 뿌리친다.
로사는 몇 걸음 물러선다.

로사　죄송합니다. 죄송해요.

남작부인은 로사를 외면한다.

의자 옆에 무릎을 꿇고 앉아서

로사   저… 솔직히 말씀드릴게요. 다른 사람한테는 한 번도 안
          했던 얘긴데요…

남작부인   숨겨둔 인생의 비밀 같은 거니?

로사   네.

남작부인   내가 니 인생 시시콜콜 다 알아야 하니?

로사   조금만 들어보세요.

남작부인   건방지구나. 정말 건방져.

로사   딸이 있었는데요… 큰애가 딸이었는데요, 둘째는 아들이
          고요…

남작부인   내가 왜 니 딸년 얘기까지…

로사   죽었어요. 딸이 있었는데… 죽었어요.

          반응을 살피고는

로사   개도 소리를 들었어요. 좀 전에 부인께서 그러셨던 것처럼
          없는 사람 목소리를 들었다고요. 개도 부인처럼 허공에다
          대고 이야기도 하고…

          날카로운 시선으로 로사를 쏘아보는 남작부인.

로사   이혼한 거는… 말씀드렸죠? 이혼해서, 저도 일 해야 해서,
          동네 마트에서 캐셔 했었는데요…

남작부인   하녀일 하기 전에?

로사   (허탈하게 웃으며) 네. 하녀 되기 전에요. 하루는 교대하고
          집에 오니까, 애가 지 방에 없는 거예요. 핸드폰은 침대에

있는데… 그래서 다시 나가서 보니까… 아파트 복도에서 저 아래 놀이터가 보이더라고요. 놀이터에 노는 애들은 없고, 거기 (숨을 쉬고는) 거기 우리 애가 있더라고요. 혼자서 그네에 앉아서… 근데… 좀 이상한 게요, 옆에, 옆 그네에, 비어있는데, 마치 누가 있는 것처럼… 빈 그네에다 대고 말도 하고, 귀를 기울이고 듣다가, 그러다가 깔깔거리며 웃기도 하고…

로사의 말을 듣는 남작부인의 표정이 많이 누그러진다.

로사 　 널컥했쥬. 막 뛰어 내려갔어요. 가서 애 붙잡고 물어봤어요. 다 봤으니까 솔직하게 얘기하라고, 누구하고 얘기했냐고…

남작부인 　 대답 안 하려고 하지…

로사 　 (힘없이 미소를 지으며) 네, 아시네요. 대답 안 하려고 그러더라고요. 자기 미친년 취급할 거라면서…

남작부인 　 나도 그게 싫더라고. 그럴 거면 애당초 왜 물어봐?

남작부인은 마찬가지로 힘없는 미소를 지으며 로사를 올려다본다.
로사는 차분한 시선으로 남작부인을 응시한다.

남작부인 　 그래서? 끝까지 대답 안 했어?

로사 　 대답했어요. 제가 끝까지 안 놔주니까…

남작부인 　 누구랑 얘기했대?

사이.

남작부인 누군데?

한숨을 쉬고는

로사 토끼요.

남작부인 토끼?

로사 네. 양복 입은 토끼랑 얘기했대요. 줄무늬 셔츠에 곤색 양복을 입고, 나비넥타이까지 매고…

남작부인 흥미롭구나.

로사 세상의 중심을 찾아다니는 토끼래요. 세상의 중심을 찾으러 가는 길에 자기를 만나러 온 거래요. 같이 여행을 떠나자면서… 같이 가고 싶었는데, 엄마 생각나서 같이 못 간다고 했대요. 저 혼자 사는 거 생각하면 불쌍하다고. 아주 진지하게 그랬어요. 자긴 정말 내 생각해서 못 떠난 거다. 정말, 진짜로 심각하게… 저 그냥… 놀이터에 앉아서 울어버렸어요.

침묵.

로사 (힘을 내어) 조현병이라고 들어보셨죠? 옛날엔 정신 분열이라고 했던 거… 처음부터 그렇게 심각했던 건 아니에요. 처음엔, 지금 돌아보면 그때가 초기였던 것 같은데… 사춘기 있잖아요? 그런 건 줄 알았어요. 그냥 학교에 적응 못하는 건 줄 알았죠. 요즘 그런 애들 많으니까… 근데 그게 점점 심해지더니 학교도 안 가고, 검정고시 보겠다고 그러다가, 흐지부지되고…

남작부인 딸한테는 치료… 받으라고 안 했어? 뭐라고 하는 게 아니라… 궁금해서…

로사   했죠. 했는데… 입원은 못 시키겠더라고요. 애도 싫어하고
      저도 겁나고… 그래서 집에 있자고, 무슨 수를 쓰더라도
      집에서 해보자고… 처음에는 아들내미도, 둘째요, 걔도 많
      이 도와줬어요. 집에 남자는 걔 하나뿐이니까… 그러다 보
      니까 걔도 자꾸 학교 빠지게 되고… 걔도 아무것도 못 했
      죠. 그래도 불평 한마디 안 하고… 그랬는데…

      로사가 다음 말을 잇지 못한다.

남작부인 그랬는데? 어떻게 됐어?

      대답하지 않는 로사.

남작부인 딸… 병 고쳤어?

      여전히 대답하지 않는 로사.
      남작부인이 다시 물어보려는 순간
      로사의 눈에서 눈물이 떨어진다.
      심각한 얼굴로 바라보는 남작부인.

      로사는 갑자기 숄더백을 들고 나가버린다.
      남작부인은 손을 뻗어보지만 차마 로사를 부르지 못한다.

장면 5 – 남작부인의 집 + 로사의 방

      천천히 뻗었던 손을 끌어들이는 남작부인.
      로사의 아픔에 공감하는 듯 슬픈 표정.

낡은 레코딩 소리가 시작된다. (윤심덕의) '사의 찬미'이다.
남작부인은 흥얼거리며 노래를 따라 부른다.

남작부인 광막한 황야에 달리는 인생아,
        너의 가는 곳 그 어데냐?
        쓸쓸한 세상 험악한 고해에
        너는 무엇을 찾으러 가느냐.

        음악은 계속해서 흐르지만…
        남작부인은 흥얼거림을 멈춘다.

        로사의 방으로 로사가 들어온다.
        숄더백을 탁자 위에 올려놓고 의자에 앉는다.
        '사의 찬미'가 계속 흘러나온다.

레코딩
웃는 저 꽃과 우는 저 새들이
그 운명이 모두 다 같구나.

삶에 열중한 가련한 인생아,
너는 칼 위에 춤추는 자로다.

        로사가 일어나 옷을 벗어 대충 의자에 던져 놓다가
        거울을 바라보는 로사.
        속옷 차림의 삶에 지친 중년 여자의 모습.

        남작부인도 거울을 쳐다본다.

남작부인	가련한 것.
로사	불쌍한 여자.
남작부인	너만 그런 건 아니지만
로사	살다 보면 그렇게 되지.
남작부인	그건 사는 게 아니지.
로사	자기를 속이는 게 말이 돼?
남작부인	넌 아직도 모르는구나?
로사	설마 모르는 건 아니지?
남작부인	한 번 사는 건데
로사	그게 사는 거야?
남작부인	왜 안 돼?
로사	그럼, 그게 되니?

거울을 통해 서로를 보는 두 사람.
그들은 물러서려 하지 않는다.

로사	두고 봐. 보여줄게, 진짜 교만이 뭔지.

속옷(혹은 잠옷) 위에 겉옷만 걸치고는 달려 나가는 로사.

암전.

장면 6 - 남작부인의 집

어둠 속에서

로사	(목소리) 저예요, 로사. 들어갈게요!

조명이 켜지면
달려 들어오는 로사.
남작부인의 집에는 빈 의자만 놓여있다.

로사 아직 안 주무시죠? 안 주무시는 거 알아요! 아까 하던 얘기, 마저 할게요. 궁금해하셨던 거 대답할게요!

하지만 아무런 인기척이 나지 않는다.
숨을 가다듬고는

로사 그럼 그냥 들으세요. 들리죠? (기다리다가) 제 딸은요, 걔는… 아니, 아들 얘기부터 할게요. 둘째요. 걔는, 걔는 도망갔어요. 저랑 지 누나 내버려두고 도망갔다고요! 수능 끝내고, 어느 날 오더니… 신부가 되겠대요. 내일 들어가는데, 들어가면 몇 년간 못 나온다고, 연락도 안 될 거라고… 나 혼자서 니 누나 어떻게 보니, 너 없으면 나 혼자서 어떻게… 자기는 이제 어쩔 수 없대요. 지금까지 버틴 건 다 신앙의 힘이었대요. 근데 이제는 그거마저 무너질 것 같다고. 그래서… 어떻게 그럴 수가 있어? 어떻게 너만, 우리만 놔두고 너만… 도망갈 수가 있어?

남작부인 (목소리) 딸은?

흠칫 놀라며 돌아보면,
어둠 속에서 남작부인이 걸어 나온다(혹은 계단을 내려온다).
헝클어진 머리에 잠옷 차림의 남작부인.
그제야 정신을 차리는 로사.

로사 죄송해요. 소란 떨어서…

남작부인 딸은 어떻게 됐는데? 그거 얘기해주러 온 거 아니냐?

로사 네. 맞아요.

남작부인 그럼 해봐.

가다듬고는

로사 제 딸은… 죽었어요.

남작부인 그건 들었다.

로사 자살로요.

그때의 기억이 되살아나는시,
울음을 터뜨리는 로사.

간신히 울음을 멈추자
손을 내밀어 의자를 가리키는 남작부인.

남작부인 앉아라.

로사 아뇨. 저는…

남작부인 주인이 앉으라고 하면 앉는 거야.

로사는 남작부인의 의자에 가서 앉는다.

남작부인 차라도 끓여줄까?

로사 아닙니다. 괜찮아요.

남작부인 좀 진정이 되니? 그럼… 더 할 얘기가 있니?

로사 네.

남작부인 마저 하고 싶니?

로사 네.

고개를 돌려 남작부인을 올려다보는 로사.
남작부인이 고개를 끄덕인다.

로사   (정면을 보며) 저랑 딸만 남게 되니까⋯ 그때부턴 지옥이었
         어요. 일주일에 한 번 병원 데리고 가는 것도 힘들고, 그때
         마다 근무 빼기도 힘들고⋯ 애는 약 남은 거 있다고, 한 주
         빼먹어도 괜찮다고 그랬는데⋯ 그때부터였던 거 같아요,
         애가 약을 안 먹기 시작한 게⋯

남작부인 힘들면 끝까지 안 해도 된다.

고민하다가

로사   아뇨. 할래요. 끝까지 다 할래요.

심호흡을 하고는

로사   마트에서 일하고 있는데, 애한테서 전화가 왔어요. 엄마
         일할때는 전화 안 하는데⋯ 이상하네, 그러면서 받아보니
         까⋯ 딸이 그래요. 지금 정신 맑다고, 너무 맑다고. 그래서,
         언제 또 이렇게 정신이 맑아질지, 다시는 안 맑아질 수도
         있으니까⋯ 죽을 거라고. 맑은 정신으로 죽고 싶다고, 미
         친년으론 죽기 싫다고⋯ 그 말 듣고 다 팽개치고 뛰어갔어
         요, 집으로요.

간신히, 정말 간신히
울음을 참는 로사.

남작부인 니가⋯ 발견했니?

로사 아니요. 119가요. 가면서 119에 신고했는데, 그래서 바로 출동했는데… 애가 문 비밀번호도 바꾸고, 체인도 걸고, 그래서 오래 걸렸대요. 내가 알려준 번호랑 달라서… 간신히 창문, 창살 뜯고 들어갔는데 그때는 벌써… 가면서 계속 애랑 통화했어요. 엄마 갈 때까지만 기다리라고. 근데 애가 그러더라고요, 정신이 드니까, 오랜만에 정신이 맑아지니까… 감정이, 머릿속이 막 복잡하대요. 뭐가 뭔지 분명하지 않대요. 정신이 맑아지면 세상이 또렷하게 보일 줄 알았는데, 감정이 복잡하지 않을 줄 알았는데, 그게 아니래요. 알겠대요. 이런 게 정상인 거구나. 복잡하고, 혼란스럽고, 그런 게 정상이라는 거구나. 이런 게 정상인 거면… 자기는 자신 없다고. 안 하는 게 좋겠다고… 애가 전화 끊기 전에 뭐라고 했는 줄 아세요? 의자에 올라가서 보니까, 창밖에 아파트만 보인대요. 건너편 아파트만, 다닥다닥 붙은 아파트만 보인대요. 하늘도, 땅도… 안 보인대요.

잠시 정적이 흐른다.
그러다가
모든 것을 다 쏟아내듯
오열하기 시작하는 로사.
남작부인은 로사를 다독인다.

잠시 후,
스스로를 추스르는 로사.
숄더백에서 수건을 꺼내 눈물을 닦는다.
그러는 동안에도 계속 로사를 다독이는 남작부인.

로사가 평정을 되찾자

남작부인 그렇게 날 고치고 싶니? 이런 이야기까지 해 가면서?

로사 네.

다시 고개를 돌려 올려다보며

로사 미친 채로 죽으면 안 돼요. 언제 죽을지 몰라도, 죽을 때 죽 더라도… 말짱한 정신으로… 죽어야 해요. 살아있을 때는 요, 미쳐서 살아도 돼요. 짐승처럼 살아도 되고, 그건 그래 도 되는데, 죽을 때는요… 죽을 때는 정신 차리고, 사람처 럼, 사람으로 죽어야 해요. 그래야죠. 그래야… 사람이니까.

남작부인의 얼굴에 온화한 표정이 감돈다.

로사 치료받으세요. 네? 제발요.

로사가 손을 뻗어 남작부인의 손을 잡는다.
남작부인도 로사의 손을 잡아준다.
로사의 눈에 눈물이 글썽인다.

그런데…

남작부인이 손에 힘을 주기 시작한다.
이상함을 느낀 로사가 손을 빼려 하지만 남작부인의 완력을 이 기지 못한다.
이제는 분명하게 남작부인의 손아귀에서 빠져나오려고 버둥대 는 로사.

로사 왜 이러세요? 아파요.

남작부인 죽을 때… 두 눈 똑바로 뜨고… 뭘 보는데?

로사 네? 이거 손 좀…

남작부인 죽을 때 맞서야 하는 게 뭔데? 너 누구랑 싸우는 건데?

로사 아파요.

남작부인 대답해! 너 누구랑 싸우고 있냐고!

로사 전, 저는…

남작부인은 손을 놓으며 로사를 밀어버린다.
의자 앞에 무릎을 꿇으며 두 손으로 땅을 짚는 로사.
남작부인이 다가와 그녀 뒤에 위엄있게 선다.

남작부인 너 니 딸이 약 안 먹는 거 알았지?

로사 아뇨. 몰랐어요. 아뇨. 아예 몰랐던 건 아니고… 그냥 짐작
은 했는데…

남작부인 약 끊으면, 그러면 정신이 맑아지니까, 언젠가 정신이 맑
아져서, 그 지긋지긋한 삶이 꼴 보기도 싫다는 거 깨닫고,
그래서 자기 손으로… 그럴 수 있다고 생각했지?

로사 설마요. 어느 엄마가 그러겠어요?

남작부인 그럼 꿈에도 몰랐다고, 상상도 못 했다고 니 입으로 말해.

로사 저도 엄마라고요.

남작부인 엄마란 이름 뒤에 숨지 마!

로사는 손을 짚고 무릎을 꿇은 채로 허공을 응시한다.
남작부인이 로사의 뒤로 바짝 다가온다.
로사의 귀에 대고

남작부인 상상해 봤어, 안 해봤어?

대답하지 못하는 로사.

남작부인 그건 죄가 아니야. 머릿속에 떠오르는데 그걸 무슨 수로 막아?

여전히 대답하지 못하는 로사.

남작부인 상상해 봤지? 해봤을 거야. 사람은 상상하지 않고는 못 배기거든.

떨기 시작하는 로사.

남작부인 근데 무서운 건… 자꾸 상상하면, 그게 막 자세해져. 말도 안 되게 작은 것까지 마구 자세해진다고. 상상하던 게, 처음엔 되게 허술했는데, 자꾸 상상하고, 마구 자세해지면… 세상이 꽉 차. 허술한 구석이 없어져. 그러면 그땐 자기가 그만두고 싶다고 그만둘 수 있는 게 아니야. 아무 소리도 안 들리고, 시간 가는 줄도 모르고 상상만 하게 되지. 맞지?

사이.

남작부인 근데 그렇게, 자기도 모르게 막 상상하다가, 그 상상에 막 끌리다가… 갑자기 확 깨면, 소리가 들리고, 시간 가는 거 알겠고, 자기가 이렇게 무서운 생각을 하는 인간이었나 깜짝 놀라고, 그러면 막 창피해지고. 남들은 아무도 모르는데 너 혼자 창피하고… 아, 창피한 게 아니야. 겁 나는 거지, 자기한테. 맞지?

박차고 일어나는 로사.

물러서는 남작부인.

로사는 몇 걸음 떨어진 구석으로 가서 멈추어 선다.

잠시 후, 로사는 고개를 돌려 남작부인을 쳐다본다.

남작부인을 쳐다보는 로사의 시선에 적개심이 가득하다.

로사   (짐승이 으르렁거리듯) 니가 뭘 알아? 니가 뭘 안다고 그래?

남작부인 뭘 더 알아야 해?

로사   니가 날 알아?

남작부인 뭘 더 알아야 되냐고!

로사   잘 모르면서 함부로 말하지 마!

남작부인 함부로… 말해야 하는 거 아니니? 한 번 사는 인생인데, 영생 같은 거 붙잡으려고 버둥대는 것보단, 그냥 함부로 말하는 게 더 낫지 않겠니? 왜 안 돼? 누가 정했어? 누가 함부로래? 그건 누가 정했어? 아, 니들이 정한 거니? 니가 끼기 싫어하는 니들? 그렇게 싫은데 왜 거기 껴 있어? 끼기싫으면 나와. 나오면 돼!

사이.

남작부인 그건 니 맘이고, 아무튼… 난 빼달라고. 난 안 낄 거니까… 그럼 난 함부로 말해도 되지?

로사   무슨 말도 안 되는 소리를… 맨날… 그런 식으로… 자기 멋대로…

남작부인 그래서 난 기꺼이, 자발적으로… 미쳤잖아?

로사는 대꾸하지 못한다.

남작부인은 미소를 지으며 의자에 앉는다.

남작부인 이야기를 많이 했더니 목이 마르구나. 차 한 잔 끓여오너라.

로사 갑자기 뭐 하자는 거야? 장난쳐?

남작부인 넌 정말 자존심이 세구나. 그 자존심 때문에 있기 싫은 데 있으면서, 싫어죽겠는데… 나오지도 못하는 거란다. 밖으로 나와. 한 발만 움직여 봐.

로사 뭐? 어쩌라고?

남작부인 (매섭게) 차 한 잔 끓여오라니까!

지지 않으려는 듯 서로를 노려보는 두 사람.
로사가 약간 밀리는 듯하다.
마지막 힘을 내어 자신을 추스르는 로사.

로사 부인, 아니, 어머님. 저기요! 정신 차리세요. 정신 차리셔야 해요. 사람은요, 사람은… 광대와 악마 사이에서 갈팡질팡하는 어린애에요. 이쪽 보고 웃다가 저쪽 보고 울다가, 웃기만 하는 게 바보 같아서 돌아서면, 덜컥 겁이 나서 꼼짝도 못 하고… 그러다가, 두리번거리기만 하다가 길을 잃어요. 자기가 어디로 가던 중인지도 모르겠고, 여기가 어딘지도 모르겠고, 집에 돌아가는 길은 더 모르겠고… 근데요, 겁이 나서 정신이 번쩍 들면요, 자기가 더 이상 애가 아닌 거예요. 한 번 더 놀라죠. 나 언제 이렇게… 늙었지? 그러면… 시계가 멈춰요. 시계가 멈추고 나면, 정신을 놓는 순간 바로 죽어요. 그러니까… 정신 차리셔야 해요. 정신 차리고 살지 않으면요… 뭐가 현실인지 구분 못 하면요…

남작부인 상상을 하는 거지. 니가 그랬던 것처럼.

로사 네?

남작부인 니가 니 딸이 자살하는 거 상상했던 것처럼! 그렇게 자꾸 상상했더니 (장난치듯) 놀랍게도 그게 현실이 됐네?

로사 지금 무슨 말을…

남작부인 상상하고, 상상하고 또 상상하면… 그게 현실이 된단다. 다닥다닥 붙어있는 아파트만 보다 보면, 하늘도 땅도 안 보여. 안 보인다고 그냥 아파트만 보고 살래?

얼어붙은 듯한 로사.

남작부인 상상해! 하늘을 상상하고, 땅을 상상해!

사이.

로사 그럼… 하늘이, 땅이… 생겨요?

남작부인 생길 때까지 상상하는 거지.

로사 그게 미치는 거 아니에요?

남작부인 그래. 그렇지. 그게 미치는 거야.

로사 그러면, 그거는요… 현실 도피… 아니에요?

남작부인 이 현실이 전부면, 온 우주에 지금, 이 현실만 유일한 현실이면, 그럼 그럴 수도 있겠지. 근데 그거 확실한 거니? 정말 여기밖에 없을까?

로사 또 있어요?

남작부인 (미소 지으며) 와봐. 한 번 와서 봐봐.

로사 정말 있어요?

남작부인 와서 보라니까.

로사 근데요… 한 번 가면, 가서 보면… 돌아올 수 있어요?

남작부인 그건 아무도 모른단다. 돌아올 수 있는지 없는지… 그건 떠나온 사람만 알 수 있단다.

남작부인이 창밖을 내다보듯 시선을 올린다.

남작부인 날이 밝았구나.

그 소리에 드디어 정신이 드는 듯 놀라는 로사.
서둘러 겉옷을 입고 가방을 든다.

로사 아, 시간이 이렇게… 죄송해요. 저 때문에 주무시지도 못하고…
남작부인 가기 전에… 나 옷 입는 것 좀 도와줄래?
로사 (머뭇거리다가) 아, 네.

숄더백을 내려놓는 로사.
뒤로 들어가 남작부인의 드레스를 가져온다.

남작부인은 로사의 도움을 받아 가며 드레스를 입고 머리 모양을 만든다.

다시 첫 장면의 모습으로 돌아간 남작부인.
그녀는 부채를 부치며 의자에 앉는다.
그녀는 로사가 처음 보았을 때보다 더 '남작부인' 같아 보인다.

로사 (숄더백을 들며) 저 여기 다시 올지 안 올지 모르겠어요. 머릿속이 복잡해서요. 정리 좀 하고요. (피식 웃는) 이런 게 정상적이라는 거죠? 정상적인 거… 힘드네요. 정 실장한테 얘기해 놓을게요. 치료받으세요.

돌아서서 발걸음을 옮기는 로사.

남작부인 차 한잔… 끓여다 주겠니?

띵! 하는 효과음.
걸음을 멈추는 로사.

남작부인 오늘 바로 일을 시작하는 거니? 그래 주면 고맙겠구나. 하
녀가 없으니 오후 티타임을 못해서… 차 한 잔 끓여올래?
로사 저…
남작부인 난 얼 그레이만 마신단다. 실론이나 다질링 같은 건 입에
대지도 않아. 잘 알아두렴. 차엔 강렬함이 있단다. 차를 마
신다는 건 그 강렬함을 마시는 거지. 그 강렬함을 삶아서
무디게 만들어서 마시라고 하면 난 정말 참을 수가… 하
여간, 잘 알아두렴. (로사를 보다가) 혹시 차 끓일 줄 모르는
거니?
로사 아뇨. 그런 게 아니라…

고개를 돌려 로사를 쳐다보는 남작부인.
그녀의 시선을 피하지 못하는 로사.
로사의 눈빛이 변한다.
가방을 내려놓으며

로사 끓여오겠습니다. (걸음을 옮기다가) 우유나 설탕은 넣으시
나요, 부인?
남작부인 우유만, 조금.
로사 네, 부인.

뒤로 들어가는 로사.

남작부인 (객석을 향해) 이렇게 울적한 날에는 그이 생각이 난답니다. 절 너무도 사랑해 주던 그이… 그이랑 같이 있으면요. 5분만 같이 있어도 아실 거예요. 진짜 귀족이란 이런 거구나. 피가 다르구나… 그이와 결혼했을 때 나도 귀족이 되었죠. 제가 남작부인이 된 거예요. 그이는 이제 죽고 없지만… 나에게 이 이름을 물려주었어요. 난 남작부인이에요.

로사가 차 세트를 올려놓은 쟁반을 들고나온다.
놀랍게도…
그녀는 하녀의 복장을 하고 있다.

협탁 위에 쟁반을 올려놓는 로사.
차와 우유를 따라 잔을 남작부인에게 건넨다.
우아한 태도로 찻잔을 받아 드는 남작부인.

남작부인 (객석을 향해 / 로사를 가리키며) 새로 온 하녀예요.

로사가 공손하게 인사를 한다.

남작부인 아직 일이 익숙하지 않은 것 같은데, 당연하죠. 새로운 집에 적응하는 게 그리 쉬운 일은 아니지요. 하지만 애가 순하고 성실해서 착실하게 하나하나 배워 나갈 겁니다. 기대해 봐야죠. (로사에게) 물러가거라.

로사는 남작부인에게 인사를 하고는 퇴장한다.

오래된 레코딩의 음악이 나오기 시작한다.

남작부인 전 이렇게 살아요. 매일매일 기대에 부풀어서, 오늘은 또
어떤 재미난 일이 있을까 잔뜩 기대하면서요.

음악 소리가 커지며

암전.

끝

공원 벤치가 견뎌야 하는
상실의 무게

(2017년 作)

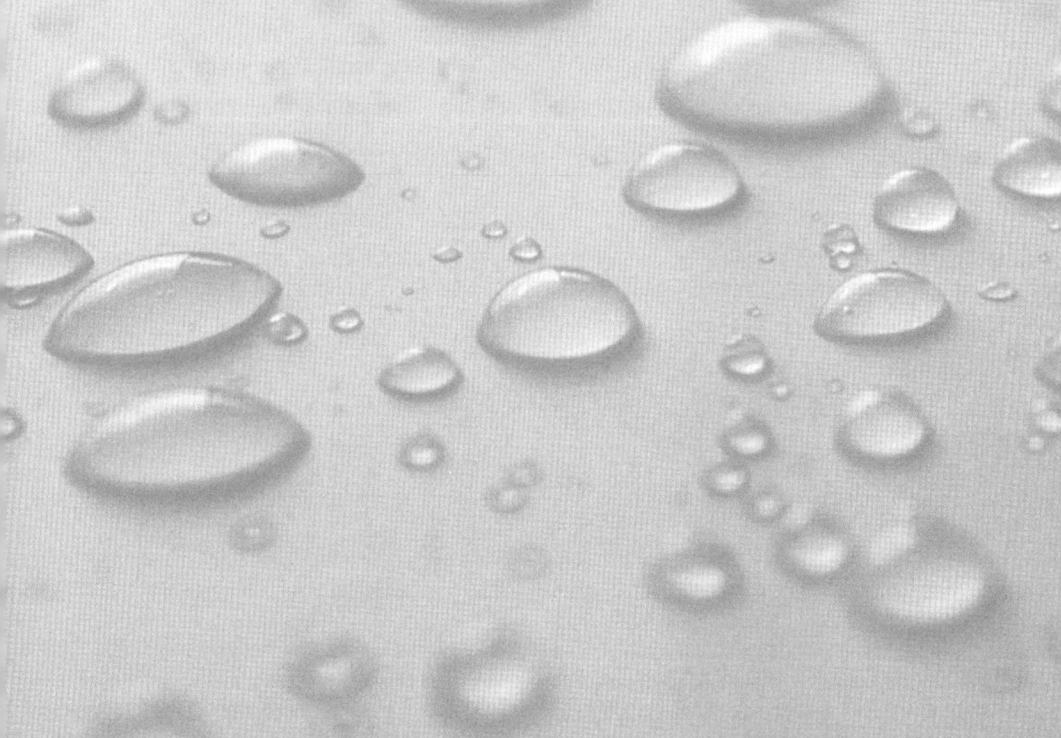

등장인물

원일 – 친구를 잃은 중년 남자.
지영 – 모친을 잃은 중년 여자.

무대배경

무대 한가운데 공원 벤치가 놓여있다.

장면 1

평일 오후의 공원.

후줄근한 양복을 입은 원일이 공원 벤치에 앉아 있다.
옆에는 서류 가방이 놓여있고, 손에는 낡은 다이어리가 들려
있다.

한참을 다이어리를 응시하다가,
참았던 숨을 쉬는 듯 심호흡을 하며 고개를 드는 원일.
허공에 시선을 두고 마음을 진정시키고는,
결심한 듯 다이어리를 펼친다.

긴장된 표정으로 다이어리를 읽어 내려가는 원일.
한 단어도 놓치지 않으려는 듯 꼼꼼히…
그러다가… 갑자기 울음을 터뜨리는 원일.

원일　미안하다. 미안해.

손수건을 꺼내 눈물을 닦고, 간신히 자신을 추스르는 원일.
다시 다이어리로 시선을 돌리지만, 차마 계속 읽을 용기가 나지
않는다.
고개를 들어 멍하니 앉아 있는데…

커다란 숄더백을 멘 지영이 등장한다.
핸드폰으로 시간을 확인하며 종종걸음으로 들어오는 그녀.
공원 벤치를 향해 다가오다 원일을 발견한다.

당황한 듯 걸음을 멈추고, 원일을 살피는 지영.
원일은 지영의 등장을 눈치채지 못하는 듯.
망설이던 지영은 공원 벤치 주변을 서성인다.

그제야 인기척을 느끼고 돌아보는 원일.
지영과 눈이 마주친다.
무심히 고개를 돌려 다이어리를 응시하는 원일.
마음을 다잡은 듯 다시 다이어리를 읽기 시작하는데

지영   (조심스럽게) 저기요.

원일은 자신을 부르는 소리라는 걸 깨닫지 못한다.
다시 한번, 좀 더 분명하게 원일을 부르는 지영.

지영   저기요.

흠칫 놀라며 고개를 돌려 지영을 보는 원일.

원일   저요?
지영   네.
원일   왜 그러시는데요?
지영   저기, 그… 거기 계속 계실 거예요?

의아해하는 원일.

지영   거기요, 그 벤치에… 계속 앉아 계실 거예요?
원일   (고개를 갸웃하고는) 왜 그러시는데요?
지영   아니요. 그게요…

원일 앉으시게요?

지영 네.

이해가 가지 않는 원일.
주변을 둘러보다가… 반대편을 가리키며

원일 저기…

지영이 그가 가리키는 곳을 쳐다본다.

원일 네, 저기, 저기에 빈 벤치 있는데요?

지영 저기요? 저기 건너편에요?

원일 네.

지영 저기… 비어있네요.

원일 네. 저기 자리 있는데요…

고개를 돌리고 생각해 보는 지영.
원일은 지영의 결정을 기다리는데…
그냥 고개를 들고는 그 자리에 서 있는 지영.

할 만큼 했다는 생각에 고개를 돌려 다이어리를 읽는 원일.
하지만 지영은 계속 서성이기만 하고…
신경이 쓰이는 원일.

원일 (반대편을 가리키며) 저쪽에 까페 있는데…

지영 (원일이 가리킨 곳을 보며) 저기요?

원일 네.

지영 아, 까페가 있네요. 공원 밖에…

원일   저기 편할 것 같은데요.

지영   네.

하지만 그뿐.
이번에도 그쪽으로 가려는 생각은 없는 듯 보이는 지영.
정말 이해가 안 가는 원일. 무시하고, 다이어리로 시선을 옮기려다가…
몸을 돌리며

원일   왜 그러시는데요?

지영   네?

원일   이상하잖아요.

지영   네.

원일   맞죠? 아줌마가 생각해도 이상하죠?

지영   네. 이상한데요…

원일   그러니까요, 왜 그러시냐고요?

지영   …

원일   참나. 이상하죠? 그래서 제가 묻는 거잖아요, 왜 그러시…

지영   (말을 자르며) 제가 거기 앉으면 안 돼요?

원일   네? 여기요? 이 자리?

지영은 겁을 먹은 듯 고개만 끄덕인다.

원일   딱 찍어서 여기요?

지영   그랬으면 좋겠는데…

원일   왜요?

지영   …

원일   왜냐고요.

지영 아저씨는 꼭 거기 앉으셔야 돼요?

원일 저요?

지영 네.

원일 제가 먼저 앉았잖아요.

지영 양보해주시면 안 돼요?

황당하다는 표정으로 지영을 쳐다보는 원일.
절박한 표정을 한 채 시선을 돌리지 않는 지영.
원일이 일어나 벤치 끝 쪽으로 자리를 옮긴다.

원일 (반대편 끝을 가리키며) 그쪽에 앉으세요.

지영 그게 아니라…

원일 아니라고요?

지영 그게…

원일 비켜 달라고요, 아예?

지영 죄송해요. 먼저 앉아 계신데… 제가 막 우기면 안 되는 거
아는데…

원일 알긴 아세요?

지영 네.

원일 아니, 아신다면서… 혼자 앉아야 돼요, 꼭?

지영 안 될까요?

이 상황에 어떻게 대응할지 고민하다가

원일 저도 혼자 있고 싶은데요.

지영 그래서 죄송해요. 죄송한데요… 좀 양보해 주시면 안 돼요?

원일 아니, 그게요…

지영 그러니까요. 죄송해요. 정말 죄송한데… 어떻게 좀…

지영에겐 뭔가 절박한 사연이 있는 듯.

원일   뭔데요?

지영   네?

원일   이유가 뭐냐고요. 왜 꼭 여기 앉아야 하는데요?

지영   이유라고 얘기하면은…

원일   나한테 설명하는 시늉이라도 하셔야 되는 거 아니에요? 맞죠?

지영   그렇긴 한데… 당연하죠. 그게 상식적인데…

원일   그럼 해보세요.

지영   (궁지에 몰리다가) 아저씨도 꼭 여기 앉으셔야 돼요?

원일   그 얘기가 아니잖아요.

지영   꼭 여기여야만 하는 거 아니면요, 양보 좀 해주시면…

원일   사연 있어요?

지영   …

원일   사연 있어요? 그래서 이러는 거예요?

지영   …

원일   뭔데요? 말해보세요.

지영   (무언가 대답하려다가) 이 벤치 아저씨 거 아니잖아요.

어이가 없는 원일.
지영도 자신이 한 말에 당황한 듯.

원일   지금 뭐 하자는 겁니까?

지영   아저씨 거 아닌데…

원일   그래서 비켜라?

지영   죄송한데요…

원일   내 거 아니면, 아줌마 겁니까?

지영   제가 이 시간밖에 시간이 안 나서…

원일   저도 그래요. 직장인들이 뭐, 딴 시간이 어떻게 나요? 아줌마는 왜 이 시간밖에 안 나는지 모르겠지만, 그래도 가정주부들은…

말을 멈추는 원일.
대꾸하지 않는 지영.
둘 사이에 대화가 끊어진다.
너무 심하게 했나 하는 생각에

원일   서, 서기요…

지영   죄송해요. 먼저 앉아계셨는데, 제가 일어나라, 그래서 기분 나쁘셨죠? 그건 정말 죄송해요. 저 원래 이러는 사람 아닌데… (일어서며) 나중에 다시 올게요, 안 계실 때…

걸음을 옮기려다

지영   근데 혹시… 계속 거기서…

원일   여기서… 뭐요?

지영   혹시 먹고 자고 그러시는…

원일   노숙자냐고요? 제가요?

지영   혹시나 해서…

원일   아닌데요!

지영   네. 근데 왜… 아니에요. 실례했습니다.

돌아서려는데

원일   친구가 죽었어요. 자살이요.

돌아보는 지영.

원일 얘가 명퇴했대요. 삼 년 전에. 아니죠, 당한 거죠. 한 게 아니라.

진지한 표정으로 듣는 지영.

원일 삼 년인데… 아무도 몰랐어요. 걔네 마누라도 몰랐고, 애들도 몰랐고, 친구도… 제일 친한 친구도 몰랐어요. 삼 년인데…

이를 악물고 눈물을 참는 원일.

원일 걔가… 다 속였더라고요. 맨날 아침에 출근하고, 저녁때 술 먹고 들어오고, 가끔 출장도 가고 그랬대요. 월급도 꼬박꼬박 갖다주고… 저랑도 가끔 만나서 술 먹고 그랬어요. 회사 얘기 잔뜩 하면서… 근데 사실은 그게 다 거짓말… 맨날 여기 나와 있었대요, 이 공원에… 이 벤치에요… 하루 종일 여기서 시간 때우다가, 출장… 간다고 뻥치면 어디서 잤겠어요? 돈도 없는 자식이…

지영 월급은요? 삼 년이면 월급을 어떻게…

원일 (추스르고는) 얘가 머리는 있어가지고… 회사 나오기 전에 급하게 대출받아 놨나 봐요. 그 생각도 다 했던 놈인데… 학교도 좋은 데 나왔거든요. 자존심이 너무 세서 그랬나… 더 이상 집에 돈 못 갖다주게 되니까, 친구들한테 얘기하지도 못하겠고… 그렇게 되니까 이 자식이… 나한테라도 얘기하지…

결국 눈물을 터뜨리는 원일.
다가가서 쓰다듬어 주기라도 할 듯한 지영.
하지만 차마 다가가지 못한다.
손수건으로 눈물을 닦고는,
다이어리를 들어 보이며

원일 여기 다 쓰여 있대요. 걔네 와이프가 읽어보고, 다는 못 읽
었대요. 힘들어서… 그래서 그 아들놈이 읽어보고는 나한
테 가져왔더라고요. 아저씨도 읽어보시라면서… 뭘 특별
히 기록하겠다고 쓴 건 아니고, 여기 있으면 심심하니까…
내 얘기노 많이 있대요.

사이.

원일 미안해서 그래요. 미안해서… 하루에 한 시간이라도 여기
나와서, 이거 읽으면서, 걔가 느꼈던 거, 봤던 거, 힘들었
던 거… 조금이라도 나도 느껴야지, 안 그러면 너무 미안해
서… 이거 다 읽어주지 않으면, 그거라도 안 하면 너무 미
안해서… (추스르고는) 아줌마 말이 맞아요. 이 벤치 제 거
아닌데요, 당연히 양보도 하고 그래야 되는데요… 이런 이
유가 있어서요, 그래서, 그래서 제가 좀 혼자만 있으려고…

둘 사이에 정적이 흐른다.

지영 사실은요, 저도요…

원일이 서류 가방과 다이어리를 들고 자리에서 일어선다.
놀라서 쳐다보는 지영.

원일	앉으세요.
지영	왜요? 갑자기?
원일	아줌마가 얘기했잖아요. 내 벤치도 아닌데… 뭐, 앉으세요.
지영	저도요, 사실은…
원일	됐어요. 뭐, 다들 사연이 있겠죠. 억지로 얘기 안 해도 돼요.
지영	그래도… 어떻게 하실 건데요?
원일	나중에 또 오죠, 뭐.
지영	그러셔도 돼요?
원일	돼요. 앉으세요.
지영	(꾸벅하며) 고맙…

원일이 지영의 앞을 지나간다.
고개를 들어 그의 모습을 쳐다보는 지영.
원일이 멈춰 서서 묻는다.

원일	그쪽도 친구가 자살한 거 아니죠?
지영	(손사래를 치며) 아뇨, 아뇨. 저는 달라요. 저는요…

목례를 하고 퇴장하는 원일.

혼자 남은 지영.
슬그머니 벤치 한쪽 끝에 앉는다.

막상 혼자 남게 되니까 뻘쭘하다.
잠시 후, 숄더백에서 무언가를 꺼내는데… 뜨개질 거리이다.
꺼내다가 핸드폰으로 시간을 확인하면… 애매한 모양.

하지만 뜨개질 거리를 꺼내놓고는

마음을 진정시키려는 듯 심호흡을 하는데
전화가 온다.

지영 응, 엄마야. 왜 이렇게 일찍 왔어? (사이) 아니, 먼 데 간 거
아닌데… 왜 이렇게 일찍 왔는데? (사이) 그럼 미리 연락을
해줘야지, 니네 선생님도 참… (망설이다) 응, 아냐. 금방 갈
게. 거기 편의점에서 뭐 사 먹고 있어. (사이) 엄마가 와서
돈 준다고 그래. 102동 304호 얘기하고. 금방 갈게.

서둘러 뜨개질 거리를 주워 담는 지영.
능상할 때처럼 송송걸음으로 퇴장한다.

무대엔 빈 벤치만 덩그러니 남는다.

암전.

장면 2

공원 벤치에 앉아 다이어리를 읽고 있는 원일(옆에는 서류 가방).
아직 다이어리의 초반부를 읽고 있다.
그러다 갑자기 가슴이 먹먹해지는 듯
손수건을 꺼내 눈물을 찍어낸다.
허공을 보며 심호흡을 하는 원일.

그때 노란 풍선 하나가 그의 앞을 지나간다.
풍선을 잡는 원일.
손에 잡힌 풍선을 가만히 바라보다가

놓아준다.
그러자 풍선은 계속 날아간다.
날아가는 풍선을 물끄러미 쳐다보는 원일.

지영이 등장한다.
멀리서부터 보고 있었던 듯, 그녀는 방해하지 않으려는 듯 조심
스럽다.
지영의 등장을 깨닫지 못하는 원일.
마음을 다잡은 듯 다시 벤치로 돌아가 앉는다.

원일이 다이어리를 읽기 시작하자
지영은 포기하려는 듯 발걸음을 돌리는데
인기척을 느낀 원일이 지영을 돌아본다.

원일   또 왔네요?

그의 말에 멈춰 서서 돌아보는 지영.

지영   (어색하게 웃으며) 네.
원일   저보다 늦었네요, 또.
지영   네.

원일은 더 읽을까 자리를 양보할까 고민한다.
그러다… 서류 가방을 옮기고는 자신도 한쪽 끝으로 옮겨가
는 원일.

원일   거기 앉든지, 그냥 가시든지 알아서 하세요. 서로 상대방
이 없다고 생각하면 되죠. 그죠?

망설이는 지영.

원일 그냥 나 혼자만 있다, 그렇게 생각하자고요. 둘이 다 앉으려면 그 수밖에 없잖아요. 그죠?

그리고는 계속 다이어리를 읽기 시작하는 원일.
고민하다가… 슬그머니 반대쪽 끝에 엉덩이만 걸치듯 앉는 지영.
조금 더 망설이다가 숄더백에서 뜨개질 거리를 꺼낸다.

뜨개질 거리를 쳐다보는 원일.
지영과 눈이 마주친다.
원일이 어색하게 웃자, 지영도 어색하게 웃는다.
다시 고개를 돌리는 두 사람.

각자 상대방이 없다고 생각하려고 애를 쓰는데…
뜨개질이 서투른지, 아니면 원일이 신경 쓰이는지 자꾸 틀리는 지영.
틀린 부분을 풀고는 슬쩍 원일을 쳐다본다.
원일은 집중해서 다이어리를 읽고 있다.
부러운 듯 바라보다… 뜨개질 거리로 고개를 돌리는 지영.

잠시 후, 이번에는 원일이 곁눈질로 지영을 쳐다본다.
뜨개질 교본까지 꺼내 보며 뜨개질에 열중하고 있는 지영.
원일 역시 부러운 듯 바라보는데
지영도 고개를 돌려 원일을 쳐다본다.
눈이 마주치자 어색하게 웃는 두 사람.

서로 시선을 돌리는데

지영 (뜨개질하며) 후회되시죠?

원일 후회요?

지영 네.

원일 제 친구 얘기하시는 거예요?

지영 하지 말까요? 죄송해요. 괜히 얘기 꺼내서…

원일 아니요. 그건 괜찮아요. 그건 괜찮은데… 후회 아닌데요.

지영 살아있을 때 좀 더 잘해줄 걸… 그런 거 후회 안 되세요?

원일 그런 후회요…

지영 네. 저는 그런 게 후회되던데…

원일 그건 후회가 아니라…

지영 후회 아닌가요? 후회 아니에요?

원일 저는 후회는 안 하고 살아요. 이미 지나간 일인데…

지영 지나간 거는 맞지만…

원일 그러니까, 가슴 아픈 건 맞는데, 그건 후회가 아니라…

지영 그래도 그게 후회 아니에요? 가슴 아픈 거요, 그게… 그게 사실은 후회 아니에요?

원일은 대답하지 못한다.

지영 죄송해요. 제가 자꾸 이상한 고집을 피워서…

원일 아니요. 맞을지도 모르죠, 후회…

지영 저 때문에 괜히 그러시지 않으셔도 돼요. 저는 그냥…

원일 아뇨. 아니에요. 후회 맞는 것 같아요. 후회 맞아요.

지영 정말요?

원일 남자들이요, 후회 안 하고 산다, 뭐 그런 말 많이 하거든요. 그게 나쁜 건 아닌데… 그러다 보니까 후회되는 거 인정 안 하는 거 같아요. 후회 맞아요.

지영이 미소를 지어 보인다.
원일도 미소로 답한다.

지영 좀 다르시네요.

원일 뭐가요?

지영 그냥, 다른 남자들 하고… 인정하시잖아요. 인정하고 바꾸고…

원일 그게 뭐… 맞는 얘기를 하셨으니까…

지영 그게 다르다고요. 남자들은 맞는 얘기를 해도 잘 인정 안
해요. 화만 내지…

원일 그러고 보니 저도 제 와이프한테 그런 얘기 들은 것 같네
요. 그것도 맞는 얘기네요.

둘은 서로를 보며 미소를 짓는다.

지영 저는 엄마예요.

원일 애가 몇 살인데요? 아들이요, 딸이요?

의아하게 쳐다보다가
질문의 의미를 깨닫고는

지영 아니, 그런 게 아니고요. 애는 초등학교 5학년 딸인데요,
그게 아니라… 저는 엄마가 돌아가셨다고요. 아저씨는 친
구분이 돌아가셨잖아요? 저는 엄마요.

원일 아… (사선으로 머리를 숙이며) 힘드셨겠어요.

지영 (같이 사선으로 고개를 숙이며) 이러시지 않아도… 감사합

니다.

원일   (고개를 들다가) 혹시…

지영   (의아한 듯 쳐다보며) …

원일   혹시, 어머님도…

지영   뭐요?

원일   어머님도 제 친구처럼…

지영   아뇨. 아뇨. 우리 엄만 자살 아니에요. 그건 정말 아니에요. 그냥 암으로…

원일   아, 네…

지영   그거 물어보시려던 거 맞죠?

원일   네.

지영   엄마는 암이요. 암. 자살 아니에요. 달라요, 우리 엄마는…

원일   그러면 좀 덜 하시겠네요, 후회는…

지영   …

갑자기 말이 없어지는 지영.
원일이 지영을 쳐다본다.

원일   왜 그러… 죄송합니다. 제가 괜한 얘기를 했나 봐요.

지영   (훌쩍이며) 아니에요.

원일   다 후회가 되겠죠. 아무리 호상이라도… 부모라는 게 별일 없이 가도…

지영   우리 엄마 너무 일찍 돌아가셨어요. 남들은 80살에도 아직 팔팔한데…

원일   아, 그러신 거예요?

지영   우리 엄마 아직 일흔도 안 됐는데…

원일   요즘은… 그렇죠. 일찍 가셨네요.

지영   이렇게 빨리 갈 줄 알았으면 좀 더 잘할 걸… 자꾸 그런 생각이 들어서요. 자꾸… 그게… 후회가 돼요.

원일이 대꾸하지 않는다.
둘 사이에 침묵이 흐른다.

지영 제가요, 엄마 암 진단받고요… 그러잖아요, 나이 들면 암
도 늙어서요, 빨리 안 자란다고, 아주 천천히 진행된다
고… 그러잖아요? 그래서 제가요, 엄마가 방사선 치료를
너무 힘들어하는 거예요, 많이들 그러잖아요? 그게 그렇
게 힘들다면서요? (간신히 울음을 참으며) 안 받겠다고 하도
고집을 피우니까… 그래서 제가, 제가 그러라고 했는데,
천천히 진행된다니까… 싫으면 받지 말라고, 제가 그랬는
데… (울음을 터뜨린다) 그때 그냥 받으라고 해야 했나 봐요.
그걸 왜 그냥 그러라고 했는지… 내가 왜… 그걸 왜 그만
두라고…

목 놓아 울기 시작하는 지영.

등을 두드려주려다가 멈추는 원일.
대신 주머니에서 손수건을 꺼낸다.

원일 (손수건을 내밀며) 아직 안 쓴 거예요.
지영 (거절하며) 아니에요. 괜찮아요. 저 휴지 있어요.

지영이 숄더백에서 휴대용 티슈를 꺼내 눈물을 닦는다.

지영 엄마도 그랬대요. 병원 안 가니까, 할 일이 없으니까… 맨
날 여기 앉아서 시간 때웠다고…

원일   같이 안 사셨던 거죠, 어머님하고?

원망스러운 눈빛으로 원일을 쳐다보는 지영.
다시 와락 눈물을 쏟는다.

지영   많이들 그러잖아요! 엄마도 불편해서, 사위랑 손주들이랑 사는 거 불편해서 싫다고, 그래서… 제 잘못이에요?
원일   그럼요. 그럼요. 아뇨, 아뇨. 아니라고요. 저희도 그래요. 잘못한 거 아니에요.
지영   그래도 후회는 되잖아요? 그죠?
원일   그럼요. 후회되죠. 저도 친구한테 바쁘다고 나중에 보자고 한 거 후회돼요. 귀찮았거든요, 그때는. 바빠 죽겠는데… 귀찮았거든요.
지영   (많이 진정된 목소리로) 그럼 후회되죠.
원일   많이요.

지영이 티슈를 뽑아 눈물을 닦는다.

지영   (추스르며) 내가 정말 왜 이러니… (원일에게 고개를 숙이며) 죄송합니다.
원일   아니에요. 정말 아니에요. 후회 맞아요, 후회… 여기 나와서 이러는 거… 후회되니까, 인제 와서 할 수 있는 게 이것밖에 없으니까… 후회 맞아요.

고개를 끄덕이는 지영.

원일   그럼, 혹시 그쪽도 어머님이 여기서…

지영이 숄더백에서 뜨개질 거리를 꺼낸다.

지영 우리 엄마는요, 뜨개질했대요. 내가 그거 눈 아프다고 하
지 말라고 그랬는데… 옛날 생각난다면서요…

원일 옛날 생각요?

지영 옛날에는 많이 짜 입었잖아요. 주부들 심심하니까, 매듭도
하고, 꽃꽂이도 하고, 우리 엄만 열쇠고리도 모았었어요.
그러다가 가장 쓸모 있다고 유행한 게 이거잖아요, 뜨개
질. 셰타 만들고, 목도리 만들고… 저도 셰타만 두 벌인가
가지고 있었어요.

원일 스웨터 아니고 셰타.

지영 (웃으며) 맞아요. 셰타. 엄마도 끝까지 셰타라고…

원일도 지영을 보며 미소를 짓는다.

원일 그래서 어머님 생각하시면서 뜨개질하시려던 거죠?

지영 엄마가 만들다 만 거요. 우리 남편 주려고 했는가 봐요. 왜
뜬금없이 사위 사랑인지는 모르겠지만… 여튼 이거 다 못
짜고 돌아가셨거든요.

원일 원래 뜨개질하셨어요?

지영 저요? 아뇨. 누가 요즘 이런 거 해요?

원일 그럼 지금부터 배워서 하시는 거예요? 어머님 때문에?

지영 책 보고 하는데요… 자꾸 틀려서… 그래도 이거 뜨면서 엄
마 생각도 하고… 마지막에 많이 같이 못 있어 준 거… 그
거 미안하니까… 다 만들어서 남편한테 장모 사랑 좀 느껴
보라고 하고도 싶고…

원일 후회하시는 거네요, 그렇게.

지영 네. 후회하고 있어요.

원일	저도요. 저도 후회하고 있는 거네요. 친구한테 못 해준 거…

동시에 한숨을 내쉬는 두 사람.
똑같은 행동을 했다는 것에 쳐다보며 미소 짓는다.

지영	후회할 수 있는 데가 별로 없죠?
원일	맞아요. 제 말이…
지영	사람들이요 후회하면 큰 잘못을 하는 것처럼…
원일	저도 그랬어요. 저도 그런 줄 알았어요.
지영	후회는 다 하면서…
원일	후회는 하고 안 하고, 그러는 게 아닌데…
지영	그죠? 맞죠? 우리 남편은 그걸 이해 못 해요. 안 하면 안 할 수 있다고… 후회하지 말고 빨리 털고 넘어가라고…
원일	맞죠. 남편분 말이 맞는 말인데, 그래야 되는데…
지영	후회될 때는, 그냥 좀 내버려뒀으면 좋겠어요.
원일	조금 놔두면 괜찮아질 텐데… 그냥 좀 후회하게 놔두면…
지영	좀 있다 괜찮아질 텐데… 그죠?

고개를 끄덕이는 원일.
지영도 원일을 따라 고개를 끄덕인다.

원일	다른 건 몰라도요, 다른 건 빨리 털어버리고 가는 거 할 수 있어요. 근데… 그 자식이 외로웠을 거 생각하면… 여기 앉아서 하루 종일, 맨날, 삼 년이나… 얼마나 외로웠겠어요? 그거 생각하면 그냥 털어버리고, 그럴 수가 없어서…
지영	나도 그게 제일 후회가 돼요. 우리 엄마 외로웠을 텐데…

각자 허공을 쳐다보며 말이 없는 두 사람.

지영   아까요, 그 풍선이요…

원일   네? 아… 제 거 아니라요…

지영   알아요. 봤어요. 풍선 날아가는 거 잡으시는 거.

원일   예. 근데 그 풍선은 왜요?

지영   아뇨. 그냥… 그냥 그 모습이요, 풍선이 날아가고, 아저씨
      가 잡고, 쥐고 있다가, 다시 놔주고, 그냥 쳐다보고… 그 모
      습이 그냥 느낌이 있어서… 그냥 그림 같기도 하고…

원일   그게 무슨… 그거 보고 계셨어요? 창피하게…

지영   뒷모습이요, 아저씨 뒷모습이요… 쓸쓸한 건 아닌데, 그렇
      다고 막 신나는 건 아니잖아요? 다 놓으신 거 같기도 하고,
      아집 같은 거… 뭔가 해탈한 느낌인가?

원일   제가요? 아니에요. 생각이 안 바뀐다고 와이프가 맨날 뭐
      라고 해요.

지영   그래도, 그건 사모님이 잘 모르셔서 그러시는 거 아니에요?

원일   아니에요. 저도 그냥 아저씨죠, 뭐. 꼰대.

지영   벌써 꼰대는 좀.

원일   그럼, 꼰대가 되어가는…

지영   그건 그럴 수도… 저도 아줌마 되어, 저는 그냥 아줌만데요?

잔잔한 웃음.
다시 침묵.

원일   아까 그 풍선이요, 생각 같은 거 있어서 그런 게 아니라,
      그냥 눈앞을 지나가고 있으니까 잡은 건데, 잡기는 잡았는
      데… 잡고 나니까 이걸 뭐하지, 하는 생각이 들더라고요,
      계속 잡고 있을 수도 없고… 그래서 놨죠. 놨는데… 그러
      니까 아주 날아가 버리더라고요. 그러니까 이번엔 또 그걸
      그냥 잡고 있을까 하는 생각도 들고… 또 잡고 있으면 뭐

할 건데 하는 생각도 들고⋯ 그러니까 멍청하게 계속 보고 있었던 거죠.

지영 그것도 멋있네요.

원일 아니, 그냥 이랬다가도 후회하고, 저랬다가도 후회하고, 그랬다니까요.

지영 우리 나이에 다 그렇죠? 다 그렇게 살죠? 나만 그런 게 아니고⋯ 나이 먹을 만큼 먹은 거 같은데, 몸은 막 그런 신호 보내는데, 아직도 이래도 후회하고, 저래도 후회하고⋯ 그런 얘기 하시는 게, 솔직하게, 아니, 하는 게 아니라 그거 깨닫는 거, 그게 멋있는 거죠.

원일 아무 데나 막 멋있다고 하시는 거 같은데⋯

지영 (웃으며) 제가 좀 그런 경향이 있어요.

원일 (웃으며) 우리 좀 후회해도 되죠?

지영 그죠?

무언가 서로에게 하고 싶은 말이 남은 두 사람.
하지만 먼저 꺼내지는 못하고 눈치만 본다.
밀당(?)의 분위기가 생기려는데⋯

숄더백에 넣어 둔 지영의 핸드폰에서 알람이 울린다.

지영 어머, 제 알람이에요, 알람. (허둥지둥 꺼내 알람을 끄며) 오늘은 애가 일찍 와서요, 간식 먹이고 학원 보내야 해서요⋯

원일도 손목시계를 본다.
어이쿠야! 하는 반응.

원일 저도 회사에 들어가 봐야겠어요. 늦었네요.

두 사람은 허둥지둥 물건을 챙기고 자리에서 일어선다.

원일 (고개를 숙이며) 그럼…
지영 (같이 고개를 숙이며) 네.

서로 반대 방향으로 걸음을 옮기려는데

지영 (멈춰 서서) 저기요.
원일 (기다렸다는 듯 돌아서서) 내일도…
지영 네.
원일 저도.

몇 번에 걸쳐 엉거주춤하게 인사를 나누는 두 사람.
그들이 서로 반대편으로 퇴장하고…

빈 벤치만 덩그러니 남은 무대.

암전.

장면 3

지영이 먼저 나와 벤치에 앉아 있다.
뜨개질하는 그녀.
서투르다.
연신 교본을 들여다보며 한 땀 한 땀 뜨개질을 하다가
틀려서 풀고, 다시 하고…

원일이 등장한다. 손에는 서류 가방과 함께 비닐봉지가 들려 있다.
지영을 발견하고는 벤치로 다가온다.
지영도 원일을 발견한다. 미소를 지어 보인다.

지영 오늘은 제가 먼저 왔네요.

원일 회의가 길어져서…

옆으로 비켜 앉는 지영.

지영 앉으세요.

어색하게 웃으며 반대편에 앉는 원일.
어색하지 않을 정도로 가까이 앉는 그들.

원일 회사란 데는요 쓸데없이 회의가 참 길어요.

지영 그래도 회의를 해야 의견도 교환하고 그러는 거 아니에요?

원일 중요한 얘기는 앞에 한 30분 하면 다 끝나요. 오늘은 마지막에 뭔 얘기했는지 아세요? 점심 메뉴 정했어요.

지영 정말요?

원일 정말이죠. 이거 먹자, 저거 먹자, 어디 새로 생긴 가게가 어쩌고… 난 먹지도 않을 건데… 아, 제가 쓸데없는 얘기만…

지영 아니에요.

원일 잘 지내셨죠?

지영 별일은 없었으니까… 주말 동안 계속 나오셨어요?

원일 예.

지영 대단하시다. 저는 주말에는 남편하고 애들 눈치 보여서 못 나와요.

원일	그러신 것 같았어요.
지영	주말에도 나오시면 집에서 뭐라고 안 하세요?
원일	뭐라고 안 해요. 은근히 안 나가나 그렇게 봐요. 맨날 회사 나왔어요.
지영	정말요?
원일	평생을 주말에도 나갔더니 안 나가면 다들 불편해해서 나와 줘야 돼요.
지영	설마… 아무리 그래도 사모님 섭섭해하지 않으세요?
원일	처음에는 그랬죠. 그랬는데… 그때는 정말 일이 바빠서 나와야 했거든요. 근데 그게 계속되다 보니까… 애들도 다 크고… 회사 때문에 가족을 잃었죠, 뭐.
지영	그럼 주말에 회사 나오시면 뭐 하세요?
원일	뭐 할 게 있나요, 그냥…
지영	일이 없어도 나오시는 거예요?
원일	그냥, 뭐… 사무실에 나가는데…
지영	다른 사람들도 나와요?
원일	아니요. 누가 나와요?
지영	그럼 혼자서 뭐 하시는데요?
원일	신문도 보다가, 책도 읽다가, 사우나도 가고…
지영	밥은요? 혼자 드세요?
원일	혼자는 안 먹죠. 차라리 굶지…
지영	아무도 없다면서요?
원일	오후쯤 돼서 전화 돌려보면 나오는 사람들 있어요. 친구나 동료나… 밥 먹을 사람은 꼭 있어요. 아니면…
지영	아니면요?

들고 온 비닐봉지를 들어 보이는 원일.

원일   빵이랑 우유랑…

지영   빵만 드셔도 돼요? 나가서서 설렁탕이라도…

원일   저 크림빵 좋아해서요. 와이프가 안 사다 주니까 이럴 때
            아니면…

지영   당분 많다고요?

원일   네.

지영   그래도 식사하시는 건데 밥을 드셔야지.

원일   한 끼인데요.

지영   그거 뜯지 마세요.

원일   네?

지영   저 사실은…

뒤에 놓아두었던 숄더백을 끌어오는 지영.
쳐다보는 원일.
지영은 숄더백 속에서 무언가 꾸러미들을 꺼낸다.
원일이 고개를 내밀고 쳐다보면…
예쁜 손수건으로 싼 도시락이다.

원일   도시락 싸 오셨어요?

지영   네. 잠깐만요.

한 개를 더 꺼내는 지영.
파란 손수건에 싼 도시락을 조심스럽게 원일에게 내민다.

원일   제 거예요?

고개를 끄덕이는 지영.

지영   혹시나 해서요. 싸 오길 잘했네.

원일   정말 저 주시려고 싸 오신 거예요?

지영   혹시나요. 정말 그냥 혹시나 해서.

도시락을 쳐다보는 원일.

반응이 없다.

당황하는 지영.

지영   제가 오바해서… 부담스러우시면 안 드셔도 돼요.

원일   아니요. 그런 거 정말 아니에요.

지영   그럼… 그럼… 정말 괜찮으세요?

원일   그럼요. 누가 내 생각을 하면서 도시락 쌌다는데 왜 싫어요?

지영   아니요, 생각하면서라기보다…

원일   아, 예. 그렇다는 게 아니라… 이런 거 받아 본 적 없어서
         요…

지영   그렇게 큰 의미가 있는 게 아니라요…

먹먹한 듯 도시락을 쳐다보는 원일.

원일   고맙습니다.

지영   너무 그렇게 진지하게 생각하시면 제가 더 부담스러워
         서…

고개를 들어 지영을 쳐다보는 원일.

미소를 짓고 있다.

원일   그죠? 제가 너무 진지하게 생각하면 당황스러우시죠? 먹
         죠. 편하게… 잘 먹을게요.

같이 편하게 미소 짓는 지영.

지영 그럼, 빨리 드세요. 저도 배고파요.

둘은 도시락을 싼 보자기를 풀기 시작한다.

원일 (반찬을 하나 집어 먹으며) 이거 다 직접 하신 거예요?

지영 (자신도 먹으며) 그냥, 집에서 먹던 거…

원일 맛있다.

지영 정말요?

원일 네. 맛있지 않아요?

지영 집에선 그냥 그래요, 반응이.

원일 (맛있게 먹으며) 말도 안 돼요. 우리 집보다 맛있는데요.

지영 그러시면 안 돼요. 사모님도 정성껏 만드실 텐데…

원일 그렇죠. 그건 그렇죠. 그래도… 이건 정말 맛있는데요.

지영 맛있게 드셔주시니까…

원일 이거 다 싸가지고 오신 거면… 가방 무거웠죠?

지영 아니요. 별로…

무슨 생각이 났는지 별안간 입을 막으며 웃음을 참는 지영.

원일 왜요? 뭐가 웃기죠?

지영 아니요. 그런 게 아니라, 가방 무거운 거 얘기하시니까 생각나는 게 있어서…

원일 뭔데요?

지영 아이고, 이거 우리 엄마 흉보는 건데… 우리 엄마가요, 아니, 그게 아니라, 저희가요, 저랑 남편이 미국에 있는 남동생 네 간 적이 있는데요… 몇 년 전에 아직 박사과정 다 못

끝냈을 땐데요…

원일 미국에서 공부하세요?

지영 네. 경영학과… 하여간 그게 중요한 게 아니고, 우리 엄마가요, 여행 가방 가지고 오라고 그러더니 막 짐을 싸주는 거예요. 그때는 그러려니 했는데, 집에 가려고 들어보니까… 남편이 혼자서 못 들어요. 우리 남편이 뭐가 이렇게 무겁냐고…

원일 뭔데요?

지영 죽이요. 죽을 해서 1인분씩 비닐에 싸서 그걸 얼린 거예요. 그걸 잔뜩 넣어서… 동생이 밥 잘 안 먹고 다닌다고 올케가 그랬나 봐요. 그랬더니 엄마가 몇 번을 죽을 해서, 그걸 다 얼려서…

원일 죽 같은 건 미국에서도 얼마든지…

지영 완전히 오바했죠, 우리 엄마가. 남동생이 밥 안 먹는 건요, 걔가 원래 밥 잘 안 먹거든요. 입이 짧아요. 어릴 땐 엄마가 밥그릇 들고 쫓아다니면서 먹였거든요. 저도 그거 생각나요. 엄마가 그래서 올케가 고생한 거죠, 사실은. (사이) 그리고 이왕 보낼 거면 2인분씩 싸면 좋잖아요? 올케도 먹으라고. 우리 남편은 그거 메고 가느라고 삐지고, 올케는 섭섭해서 삐지고… 우리 엄마가요 그랬다는 게 생각이 나서, 그게 생각이 나서… 그거 지고 가느라고…

원일 자식들 생각은 끔찍이 하셨나 봐요, 어머님께서.

지영 인생이 자식밖에 없었던 거죠. 아빠하고는 웬수처럼 지냈으니까… 다들 비슷하겠지만…

원일 다들 그렇죠. 자기 인생도 좀 살아야 하는데…

지영 그러니까요. 엄마가요, 엄마 관절염 있어서 뭐 제대로 들지도 못해요. 그런 사람이 죽을 그렇게 쒔으면 손목에 그게…

눈시울이 촉촉해져 오는 지영.
그녀를 바라보는 원일.
침묵이 길어진다.

화제를 돌리려 다이어리를 집어 들며

원일 이 다이어리에요, 제 친구 놈이 이렇게 써놨더라고요. 나이 들면 다 장애인과 같은 처지가 된다. 장애인을 위해 만든 시설은 결국 우리들이 다 사용하게 된다. 그러니까 장애인을 위한 시설을 훨씬 더 많이 만들어야 한다. 이렇게 써놨어요.

지영 맞는 말이네요.

원일 맞는 말이죠. 얘가요 원래 좀 우파 기질이 있던 애거든요. 자기가 낸 세금 가지고 실업자들 도와주는 거 싫다, 그랬던 애거든요. 근데 좀 바뀌었나 봐요. 막상 자기 일이 되니까…

지영 그렇죠. 그 입장이 안 돼보면 잘 모르죠. 말은 쉬워도…

원일 저는 그랬거든요, 니가 너무 니 생각만 하는 거다. 사회 안전망 같은 게 있어야 그래도 밑바닥으로 떨어지기 전에 재기도 할 수 있고…

지영 두 분은 어릴 때부터 친구셨어요?

원일 네. 초중고 다 같이 나왔으니까요. 이사 안 가고 있으니까 그렇게 되더라고요. 대학은 다른 데 가고… 걔가 저보다 공부를 더 잘했으니까… 대학 가고 나서 우리 집이 처음으로 이사했어요, 신도시 막 생기고 그럴 때. 그래서 갈라졌죠. 우리 어렸을 때 맹세한 게 뭔지 아세요?

지영 뭔데요?

원일 이탈리아 여행은 꼭 둘이 같이 가자.

지영 가셨어요?

원일 갔죠. 우리가 배낭여행 1세대쯤 되잖아요? 근데 왜 이탈리아냐면요… 정확히 말하면 이탈리아보다는 시실리 같이 가자는 거였어요. 시실리 가서 마피아 한 놈 때려눕히고 오자…

지영 마피아요? 그래서 시실리에는 가셨어요?

원일 갔죠. 열나 태권도 연습해가지고…

지영 진짜로 있어요, 마피아?

원일 (웃으며) 마피아가 어딨어요? 그냥 바보들이었던 거죠, 우리들이…

시영 (따라 웃으며) 영화를 너무 많이 보신 거예요?

원일 너무 안 봐서 그랬죠. 대부 하나 보고 완전히 미쳐서는… (갑자기 차분해지며) 저는요 커서도요, 지금도 가끔씩 그 생각해요, 시실리 가서 마피아 잡을 생각…

지영 진짜로요?

원일 네. 진짜로요.

지영 그건 그냥 어릴 때 멋모르고…

원일 솔직하게 말씀드리자면요… 남자들은 중고생 때 이후로 안 커요. 그때 만들어진 대로 그냥 사는 거예요. 어른인 척 하면서요. 속에는요, 그때 그 애들이 그냥 있어요. 결혼도 하고, 애도 낳고, 돈도 만지고 그러지만… 속에는 그냥 중삐리, 고삐리에요. 더 크고 싶어 하지 않아요.

지영 듣고 보니 무슨 말씀인지 알 것 같기도 하고…

원일 밖에 나가서는 어른인 척해야 하잖아요. 다들 애들이지만 그렇다고 그걸 보여줄 수도 없잖아요. 밑에 애들 계속 올라오는데… 근데요, 어릴 때 친구 만나면요, 그냥 애로 있어도 돼요. 지도 애고, 나도 애고, 그거 보고 낄낄대고, 안심하고… 그래서 어릴 때 친구는 계속 만나는 거 같아요.

어른인 척 안 해도 되니까… (갑자기 어두워지며) 걔가 나한 텐 그런 놈이었어요. 병신짓 해도 다 받아주고… 어릴 때 친구는 그래요…

원일이 갑자기 울음을 터뜨린다.
그동안 참았던 슬픔을 다 쏟아내는 듯한 그런 울음.

지영이 조심스럽게 그를 다독여준다.
그러자… 지영에게 고개를 기대는 원일.
지영도 좀 더 적극적으로 그를 안아준다.
그녀에게 안기는 원일.

원일의 얼굴이 지영의 목덜미에 닿는다.
서로가 서로의 감촉을 느끼려는데…

동시에 떨어지는 두 사람.
자신들의 행동에 그들 스스로도 놀란 듯.

원일　영화에서 보면 여기서 자연스럽게 하던데…
지영　우리나라에서는 아직 그렇게는…
원일　저도 자신 없어요.
지영　그죠?
원일　영화 보면 한 번쯤 저렇게 해 봤으면 하고 생각했는데…
지영　쉽게 안 되죠.
원일　안 되죠.
지영　네. 한국 사람이니까.
원일　요즘 애들은 잘할지도 모르겠네요.
지영　요즘 애들은 그냥 우리 사귀자 그러고 사귄대요.

원일	그게 되나요? 이상하지 않나?
지영	그죠? 사귀는 건 그냥 자연스럽게…
원일	손도 슬쩍 잡고…
지영	그때 확인하는 거죠. 손을 뺄까 말까.
원일	당연하죠.

마주 보며 수줍어하는 두 사람.

원일	중년이라서 그런가?
지영	그렇게 생각하세요? 자기가 중년이라고?
원일	아닌가요?
지영	옛날하고는 달라요, 십 년씩 빼야 해요. 우리 아직 옛날로 치면 삼십 대…
원일	그게 되나요? 나라에서 건강 검진 공짜로 해주면 중년이죠.

원일의 말에 지영이 참았던 웃음을 터뜨린다.
그 모습을 보고 원일도 시원하게 웃는다.

지영	(억지로 웃음을 거두며) 죄송해요. 웃을 타이밍이 아닌데…
원일	(자신도 억지로 참으며) 맞아요. 타이밍이 꽝이네요.

웃음을 멈춘 두 사람이 서로를 쳐다본다.
자꾸 헛웃음만 나온다.
그렇게 몇 번 서로 눈치만 보다가

지영	저 어쩌면 김 선생님 좋아하게 될지도 모르겠어요.
원일	요즘 애들같이 하시는 거예요?
지영	그런가? (정색하며) 아니에요. 취소, 취소. 제가 괜히 오바한

　　　　　것 같아요.
원일　　아뇨. 아뇨.

　　　　　원일이 지영의 손을 잡는다.
　　　　　놀라지만 손을 빼지는 않는 지영.

원일　　손 안 빼시네요? 고맙습니다.

　　　　　지영이 놀람과 기대가 섞인 시선으로 쳐다보면

원일　　남자들이 더 겁이 많거든요, 이럴 땐. 먼저 말해줘서 고마
　　　　　워요.
지영　　저 그냥 미친년처럼 해본 건데…
원일　　그게 고마워요, 미친년.

　　　　　둘은 편하게 손을 잡는다.
　　　　　둘 다 앞을 보고 앉는데… 깍지를 끼는 지영.

지영　　전 항상 이렇게 손잡는 게 좋아서요…
원일　　좋네요.

　　　　　다시 한번 서로를 보고는 헛웃음.

원일　　이 정도면 그래도 우리 수준에선 영화처럼 한 거 아닌가요?
지영　　그죠? 영화처럼 했어요, 우리.

　　　　　서로를 바라보며 미소 짓는 두 사람.

지영	그래도… 죄책감은 느껴지네요.
원일	그러시죠. 저도 와이프한테…
지영	그것도 그렇지만 제 얘기는… 우리 엄마한테요. 나 아직 슬퍼해야 하는데…
원일	맞아요. 맞아. 저도 제 친구한테 미안하네요.
지영	그럼 다음에는…
원일	네, 이러지 말죠. 이러지 마요.
지영	네, 그게 좋겠어요. 다행이에요.
원일	죄송합니다.
지영	아니에요. 그건 정말 아니에요.

서로를 보며 미소를 짓는 두 사람.

암전.

장면 4

공원 벤치에 마주 보며 앉은 두 사람.
두 사람 사이엔 샌드위치와 커피가 마치 소풍을 온 것처럼 차려져 있고,
그들 뒤에는 각각 서류 가방과 숄더백이 놓여있다.
두 사람은 서로를 보며 샌드위치를 먹으며 이야기하는 중.

원일	가끔 이런 거 먹어도 괜찮죠?
지영	그럼요, 저 원래 이런 거 좋아해요. 남편이랑 애가 밥 아니면 안 먹어서 밥만 해 먹는 거지…
원일	남편분은 그래도 애가 이런 거 안 먹어요?

| 지영 | 싫어하더라고요. 애가 완전 밥순이에요, 된장찌개 좋아하고… 된장녀에 밥순이… |

가볍게 웃는 두 사람.

원일	어제 전화할 때요… 뒤에서 들리던 소리가 남편분?
지영	예, 우리 남편요. 짐 싸느라고 아주 난리 부르스에…
원일	출장 가신다는 거요?
지영	짐 한번 혼자서 싸보라고 그랬더니 이거 어됐냐, 저거 어됐냐… 신경질만 내고… 결국 제가 다시 싸줬어요.
원일	그래서 오늘 안 계시는…
지영	네.

원일은 말이 없다.

| 지영 | (눈을 내리깔고) 애는 사촌 언니들이랑 파자마 파티한데요. 큰 집 가서… |

여전히 말이 없는 원일.

| 지영 | 애가 사촌 언니들이라면 껌뻑 죽어요. 한 번 놀러 가면 전화도 안 하고… 더 있다 가면 안 되냐고 그러고… |
| 원일 | 지영씨… |

지영이 고개를 들어 원일을 쳐다본다.

| 원일 | 이러지 않으셔도 돼요. 이렇게 만나는 것만 해도… |
| 지영 | 싫으세요? |

원일	아뇨. 아뇨. 안 싫어요. 저도 좋은데…
지영	그럼 해요.
원일	정말 그러셔도 돼요?
지영	원일씨는 어떠세요? 괜찮으실 것 같아요?
원일	저는… 괜찮아요. 그래도, 아무래도 저보다는…
지영	그럼 저도 괜찮아요. 여자라서 더 안 괜찮은 건 아니에요.
원일	그렇죠. 그건 그렇죠.
지영	저 걱정 해주시는 거 아는데요… 정말로 저 괜찮아요.
원일	그러시다면…

원일이 지영을 보며 미소 짓는다.
지영도 미소로 답한다.

주위를 둘러보던 원일이 테이크아웃 커피 컵을 든다.

원일	그럼요… 우리의 거사를 위하여…
지영	영화처럼요…
원일	네, 그죠. 영화처럼, 영화… (말이 꼬인다) 영화처럼, 영화 같은 거사를 위하여…
지영	건배.
원일	건배.

둘은 조용히 테이크아웃 커피 컵을 부딪친다.
아이들처럼 키득대는 두 사람.

원일	(한 모금 마시고 나서) 그럼 이제 우리요, 그만 슬퍼하고 우리의 미래를 위하여…
지영	그만 슬퍼하는 건 아니고요…

원일 그래도 전하고는 다를 거 아닙니까. 우리 만나기 전에 하고는…

지영 그렇죠. 이제는 혼자서만 슬퍼하는 게 아니라…

원일 둘이서도 마찬가지죠. 슬픔만 하는 게 아니라…

지영 그래도 슬퍼하는 게, 같아서요, 그게 우리 둘을…

원일 슬퍼하는 게 아니라, 슬픈 거죠. 슬픈 건 그냥 슬픈 거고… 이제는 지영씨가 있으니까 슬퍼하지는 않으려고요. 덕분에 슬퍼하지는 않을 수 있을 것 같아요. 지영씨 못 만났으면 이렇게 안 됐을 거 같은데…

대답 없이 원일을 쳐다보는 지영.
무언가 어긋난 게 분명한 표정.

원일 왜요? 뭐가 이상해요?

지영 그게 의지로 되는 거예요?

원일 뭐가요?

지영 슬퍼하는 거요.

원일 아니, 그러니까… 의식적으로 막 참겠다는 게 아니라…

지영 아니요. 참는 얘기가 아니라… 슬픈 건지, 슬퍼하는 건지…

원일 슬픈 건, 슬픈 거죠. 슬퍼하는 건, 슬퍼하는 거고요.

지영 뭐가 다르죠?

원일 다르죠. 슬픈 건… 슬픈 일이 있다고 꼭 슬퍼해야 하는 건 아니잖아요? 슬퍼 안 할 수도 있잖아요?

지영 아닌데요.

원일 네?

지영 슬프니까 슬퍼하는 거고요… 안 슬퍼하는 건, 아닌 척하는 거거나요, 아니면 원래 안 슬프다는 거죠.

원일	아니죠. 할 수 있죠. 슬퍼도 안 슬퍼하는 거… 할 수 있어요.

이번에도 대답 없이 원일을 쳐다보는 지영.

원일	뭐, 중요한 문제 아니잖아요? 그냥 말이잖아요? 토씨 하나 다른 정돈데…
지영	중요한데요.
원일	에이, 이러지 마시고…

손을 뻗으려 하자 지영이 움찔하면서 물러난다.

원일	왜 이러세요? (어색하게 웃으며) 정말 별거 아닌데…
지영	저 왜 만나세요? 우리 뭐 하려고 한 거예요?
원일	아니, 왜 거기까지 얘기가…
지영	저는요, 슬퍼하려고 원일씨 만나는 거거든요. 같이 슬퍼하려고, 마음 놓고, 눈치 안 보고 슬퍼하려고요. 이해해 주는 사람 있으니까, 마음껏 슬퍼해도, 미친년처럼 슬퍼해도… 이해해 주는 사람 있으니까… 그 사람도 그렇게 슬퍼하니까…

이번에는 원일이 대꾸하지 않고 지영을 쳐다본다.

지영	(원일을 살피며/동의를 구하며) 우리 그래서 만나는 거잖아요? 그러니까 겁이 나도 오늘 밤에…

여전히 대답이 없는 원일.

지영	아니에요?

원일　네. 아니에요.

당황하는 지영.

지영　그럼 뭔데요? 뭐였어요?

원일　같이 이겨내려고요.

지영　이겨내겠죠, 언젠가는. 언젠가는…

원일　제가 지영씨한테 힘이 돼주고, 지영씨도 저한테 힘이 돼주고… 다른 사람은 힘이 돼주지 못하니까, 와이프도 애들도… 나한테는, 지영씨한테는 힘이 돼주지 못하니까, 이해도 안 해주니까… 위로해도… 건성이니까… 다들 그러니까…

지영　그러니까요, 우리 정말 슬프잖아요… 정말 미치겠잖아요… 다들 그만 슬퍼하고 털어버리라고 하잖아요… 아무도 이해 안 해주잖아요, 우리가 얼마나 슬픈지…

원일　이제는 이겨내야죠.

지영　아직은 아니에요.

서로를 응시하는 두 사람.
아무 말이 없다.
상대가 먼저 생각을 바꾸기를 기다리며…

지영이 안타깝지만 어쩔 수 없다는 표정으로 먼저 고개를 젓는다.
원일의 입에서 한숨이 터져 나온다.

원일　사실은 제 와이프도… 재작년에 장모님이 돌아가셨어요. 뇌졸중이요.

시선을 돌리는 지영.

원일 와이프도 많이 힘들어했죠. 아직 젊으셨으니까. 와이프만
     그런 게 아니라 처가 식구들이 다 힘들어했죠. 저희 장인
     은 정말 충격이 크시더라고요. 그렇겠죠. 은퇴하고 이제
     좀 장모님이랑 같이 시간을 보내기 시작했는데 그렇게 되
     셨으니… 근데 그 장인어른도요, 얼마나 힘드셨겠어요, 그
     런데도, 처음에 그렇게 힘들어하셨는데도 시간이 좀 지나
     니깐…
지영 저랑 비교하지 마세요!

깜짝 놀라는 원일.

지영 왜 저랑 비교해요, 다른데? 다르잖아요? 완전히 달라요.
     비교하면 안 돼요.
원일 같죠. 사실… 같죠. 크게 보면 같아요. 결국 핵심은 같다
     구요.
지영 핵심 같은 거 얘기하지 마세요. 크게 보지 마시라고요. 왜
     크게 봐요? 내 눈엔 작게만 보이거든요. 나랑 엄마랑 밖에
     안 보여요. 그걸 어떻게 크게 봐요?
원일 왜 이러세요?
지영 뭐가요?
원일 왜 이렇게 비이성적으로…
지영 비이성적이요? (폭발한다) 그러니까 슬프다고 하는 거 아
     니에요? 이성적일 거면 이성적이라고 하지 왜 슬프다고
     해요?

지영의 폭발에 말을 멈추는 원일.

하지만 지영은 분이 풀리지 않은 듯한 모습.

원일   제가 화나게 해드렸다면 죄송한데요… 죄송한데… 이건
       지영씨를 위해서라도 말씀드려야겠어요. 우리가, 저도 그
       렇고 지영씨도 그렇고, 정말 슬펐잖아요? 그랬죠. 남들한
       테 이해 못 받을 정도로 슬펐던 거 맞죠?

지영   지금도 슬퍼요.

원일   아, 예, 맞아요. 지금도 슬픈데… 근데요, 솔직히 말해서,
       정말 다 까놓고 얘기해서… (지영의 눈치를 보다가) 그거 그
       렇게 특별한 일 아니에요. 솔직히 그렇잖아요? 남들도 비
       슷한, 그런 아픔 같은 거, 다 있어요. 부모님들은요 다 돌아
       가시고요, 친구들도 죽어요. 그렇잖아요? 우리 고통만 전
       부라고 생각하면 안 돼요.

지영   그러니까 비교하지 말라니까요! 자꾸 비교하니까 특별할
       게 없죠. 당연하죠. 아줌마들이 다 바본 줄 아세요? 다른
       사람은 이런 거 안 겪어서 나만 특별하다고 생각하는 줄
       아세요? 이거는요, 우리 엄마 죽은 거는요, 나한테 특별
       하다고요. 친구분 돌아가신 거요, 그것도 원일씨한테 특별한
       거고요. 내가 뉴스도 안 본다고 생각하세요? 명퇴, 은퇴,
       부도, 이런 거 나서 남자들 자살하는 거 처음 들은 줄 아세
       요? 세상에 인구가 수십억 명인데, 그렇게 보면 뭘 해도 특
       별할 게 없어요. 맞죠? 그러니까 그렇게 보지 마요. 비교하
       지 말라고요!

원일   근데요, 사람이라는 게 처음의 충격에서 벗어나기 시작하
       면, 이성이 돌아오잖아요? 그러고 보면 깨달음이 오죠. 아,
       이게 그렇게 특별한 게 아니구나.

지영   굳이 이걸 가지고 깨달음을 얻어야겠어요? 그냥 슬퍼하
       면 안 돼요? 그냥 슬프지 않아요? 그렇게 이성적이고 싶

어요?

원일 그럼 어쩌자는 거예요? 그냥 지영씨 인생, 내 인생 내팽개
치자고요?

지영 내팽개치고 싶다니까요! 그 정도로 슬프다니까요! 그렇게
슬프면 당연히…

원일 그럼 살아있을 때 잘하지!

지영 …

원일 왜 이제 와서, 왜 이제 와서 오바하냐고?

지영 오바요? 오바라구요?

원일 아니에요? 솔직히 아니에요?

지영 뭐가 오반데요? 내가 슬프니까 슬프다고 하는데, 진짜 슬
픈데… 뭐가 오바지? 뭐가 오바에요?

원일 그렇게 슬플 거 같았으면 살아있을 때, 엄마 살아있을 때
잘하지! 그땐 귀찮았잖아요? 맞죠? 솔직히 맞죠? 무소식
이 희소식 아니었어요? 발신자에 엄마, 이렇게 뜰까 봐 전
화만 오면 신경 쓰였던 거 아니에요? 또 무슨 우는 소리를
할까, 귀찮았던 거 아니냐고요? 그때 잘하지 왜 이제 와서
이 난리를…

지영 넌 뭐 잘 났어? 친구 다이어리 읽겠다고 궁상떠는 건 뭔데?

원일 어? 반말? 어따 대고…

지영 그건 오바 아니야? 왜 나만 오바야? 그건 오바 아니냐고?

원일 그러니까 난 슬프다고 울고불고 안 하잖아!

지영 하라고. 위선 떨지 말고 하라고! 나처럼 울고불고 하라고!
너도 친구 살아있을 때 잘하지? 응? 왜 안 그랬어? 니 입으
로 말했잖아, 그때는 바쁘고 귀찮아서 안 그랬다고! 니 친
구가, 절친이라는 니 친구가, 혼자서 목매고 죽고 난 다음
에, 걔가 무슨 생각을 했는지 알아야겠다고, 공원에 나와서
다이어리 읽겠다고 궁상떨지 말고 살아있을 때 잘하지!

원일	어따 대고… 계속… 그럼 가서 자기도 죽던지! 그러면 되잖아? 그렇게 슬프면 따라 죽으면 되잖아?
지영	…
원일	거 봐. 못 죽잖아…요? 그게 당연한 거죠. 산 사람은 살아야지…
지영	자꾸 산 사람 얘기하지 말자고. 죽은 사람이 있는데 왜 자꾸 산 사람 얘기를 하냐고? 슬퍼하지도 않고 왜 자꾸 산 사람 얘기를 하냐고.
원일	산 사람도 죽자고? 그 말이에요? 결국 그거네, 다 같이 안 죽으면 해결이 안 되겠네. 이봐요, 지영씨, 왜 자꾸 산 사람 얘기를 하냐구요? 당연하죠. 산 사람한테는 미래가 있잖아요? 지영씨나, 나나, 우리한테도 미래가 있고…
지영	무슨 미래? 나랑 자는 거? 만난 지 보름 만에 자기로 했으니까, 그런 미래? 그게 뭐가 어려워? 지금 자러 가자. 안 어려워. 근데 그게 그렇게 중요해?
원일	누가 그렇대?
지영	그럼 뭔데? 무슨 미래?
원일	남편 출장 가고, 애 큰 집에서 잔다고, 그게 내가 그러라고 한 거야? 내가 그랬어? 왜 사람 이상한 사람 만들어?
지영	누가 이상한 사람 만들었다고 그래? 미래, 우리 미래, 뭐냐고?
원일	그걸 어떻게 딱 부러지게 말해? 하지만 산 사람한테는 미래가 있고, 우리한테도…
지영	그러니까 뭐냐고? 뭔데? 내가 말해줘? 우리 미래… 불륜이잖아? 맞지? 불륜!
원일	뭔 말을 그렇게…
지영	아니야? 불륜, 유부남 유부녀가 같이 자는 거. 그거 말고 다른 미래가 있어?

대답하지 못하는 원일.
끊기는 싸움.
씩씩대며 서로를 노려보는 두 사람.

둘 다 조금 진정된다.

원일   이제는 그런 미래도 없는 거 같네…요.
지영   원래부터도 그런 장밋빛 미래 같은 건 없었으니까… 왜 몰 랐던 척하세요?
원일   다른 걸 바랬으니까요.
지영   너무 순진한 척하시는 거 아니에요?
원일   척한 거 아니고요. 진짜로 다른 걸 바랬다고요.
지영   진짜로요?
원일   네.
지영   진심으로 다른 미래를 바랬다고요? 애들도 다 버리고요? 지금까지 살아온 거 다 버리고요? 진심으로요?

대답하지 않는 원일.

침묵이 이어지다가

지영   우리 더는…
원일   끝난 거 같죠?
지영   네.
원일   끝났네요.
지영   어쩌면 시작도… 아니에요. 시작은 했는데… 끝났어요.
원일   네.

사이.

원일　먼저 가세요. 저는 좀 더 있다가…

지영　그쪽에서 먼저 가주시면 안 될까요? 저도 엄마한테 미안하고 그래서…

원일　이러시깁니까? 아무리 감정이 상했다지만…

지영　그걸 왜 저만 양보해야 하는데요? 벤치 양보해 주시면 안 돼요?

원일　정말 이렇게 치사하게…

지영　치사요? 저만요? 저만요?

사이.

원일　네. 죄송합니다. 그 말은 취소요. 나도 마찬가지니까…

지영　예, 저도 죄송해요. 치사하게 굴려던 게 아니라요, 저도 오늘은, 오늘은 혼자 있고 싶어요.

원일　예, 압니다. 저도 그러니까…

사이.

지영　그래도 역지사지해서 양보하고 그러는 건 안 되죠.

원일　그럼요. 감정이 상할 대로 상했으니까…

지영　그럼 둘 다 가는 걸로 할까요?

원일　그렇게 합시다.

지영　좋아요.

둘은 먹다 남은 샌드위치와 커피 등등을 정리하기 시작한다.
음식을 집어주고, 비닐봉지를 벌려주고 등등 협조하는 두 사람.

정리가 끝나자…
각자의 짐을 들고는 반대편에 서는 두 사람.
두 사람은 간단하게 목례를 하고 서로 반대편으로 퇴장한다.

그러다가 거의 동시에 멈춰 서서 돌아본다.
서로 눈이 마주치지만…
다시 목례를 하고는 돌아서서 가는 두 사람.

다시 텅 빈 벤치.

암선.

브릿지
어두운 무대.

한구석에 스포트라이트.
전화기를 들고 서 있는 원일.
전화를 걸까 말까 망설이는 듯.
한동안 그렇게 망설이다가…
전화기를 상의 안주머니에 집어넣는다.
스포트라이트가 꺼진다.

동시에 반대편에 스포트라이트.
마찬가지로 전화기를 들고 서 있는 지영.
그녀도 전화할지 고민하는 듯, 아니면 전화를 기다리는 듯.
한동안 그렇게 서성이다가…
전화기를 백에 집어넣는다.
스포트라이트가 꺼진다.

장면 5

다시 켜지는 조명.
공원 벤치를 비추는 스포트라이트.
그러다가 조금씩 무대 전체가 밝아진다.

다시 오후의 공원. 새 소리, 차 소리, 아이들 소리⋯
원일과 지영이 각각 반대편에서 동시에 등장한다.
원일은 서류 가방과 검은 비닐봉지를,
지영은 숄더백과 보자기에 싼 도시락을 들고 있다.
서로를 알아보고는 멈춰서는 두 사람.

어색한 눈인사와 시선 돌리기.
그러다가⋯

지영　　전화할까⋯ 고민 많이 했어요.
원일　　저도요.

대화가 끊긴다.

원일　　혹시 저랑 마주칠까 봐 걱정되셔서⋯
지영　　그런 것도 있고⋯
원일　　저도 그런 생각에⋯
지영　　후회도 되고⋯

지영을 쳐다보는 원일.
지영이 시선을 피한다.

원일   (자기도 시선을 돌리며) 저도 그랬어요.

고개를 끄덕이는 지영.

지영   내가 먼저 사과해야 하는 건가하고 고민도 되고…
원일   사과해야 되는 게 맞는 건지도 모르겠고…
지영   네. 다른 거니까…
원일   그렇죠. 다른 거죠. 틀린 게 아니라…
지영   하지만 아닌 건 아닌 거죠.
원일   네. 아닌 건 아무리 봐도 아닌 거더라고요.

침묵.

원일   그럼 이제…
지영   네. 안녕히…

동시에 공원 벤치를 향해 걸음을 내딛으려는 두 사람.
상대방도 같은 생각이라는 걸 알고는 멈칫한다.
상대방을 바라보다가 둘의 시선은 공원 벤치로 향한다.
다시 시선을 돌려 상대방을 바라보며

원일   오늘은 제가 좀…
지영   오늘은 진짜 제가…
원일   혼자 있고 싶은데요.
지영   같이 앉겠다는 게 아니라…

대답 대신 지영을 쳐다보는 원일.
황당하다는 듯한 원일의 시선에 기분이 나빠지는 지영.

지영 왜 그렇게 쳐다보세요?

원일 제가 뭘 어떻게 봤다고요?

지영 제가 말도 안 되는 소릴 했어요?

원일 그게 아니라… 저보고 비키라고 하셨잖아요?

지영 누가 그런 식으로 얘기했어요?

원일 그게 그 말 아닙니까? 벤치는 하난데…

지영 마찬가지 아니에요? 혼자 있고 싶으시다면 저보고 그냥 가라는…

원일 양보 좀 해달라는 얘기죠.

지영 이 벤치 원일씨 거 아니잖아요?

앞에서처럼 지영을 쳐다보는 원일.

지영 왜 자꾸 그렇게 쳐다보세요?

원일 제가 뭘요? 그럼 이 벤치 지영씨 겁니까?

지영 양보 좀 해달라고요.

원일 맨날 제가 양보해야 됩니까?

지영 언제 양보하셨다고 그러세요?

원일 아니요. 그 얘기가 아니라 왜 제가 항상 양보해야 하는 입장이어야 하냐고요?

지영 언제요? 언제 항상 양보해야 하는 입장이었다고 그러세요?

원일 저한테만 양보하라고 그러시잖아요?

지영 그건 둘 다 마찬가지잖아요!

원일 여자들은 왜 만날 이런 식입니까?

지영 남자들은 왜 다 똑같이 구는데요?

서로를 노려보다가

지영 오늘은 양보해 드릴 수가 없네요.

원일 저도 안 되겠는데요?

지영 그럼 어떻게 해요?

원일 제가 뭘 어떻게 합니까? 몰라요.

지영 그럼 계속 이렇게 서 있을까요?

원일 그러고 싶으시면 그렇게 하시고…

지영 애들처럼 왜 이러세요?

원일 누구는 어른처럼 구나요?

순간 먼저 벤치에 앉아야겠다고 생각하는 두 사람.
서눌러 달려가 벤치에 앉으려는데,
부딪히지 않으려고 멈칫하다가,
가운데 자리에는 앉지 못하고,
결국 양쪽에 나누어서 앉는 두 사람.
결과가 마음에 안 드는지 뿌루퉁한 얼굴로 반대편을 바라본다.

원일 오늘은 제가 여기에 앉아야 되는 이유가 있어요.

지영 세상에 그런 이유가 어디 있어요?

원일은 서류 가방에서 무언가를 꺼낸다. 편지다.

원일 친구 놈이요, 자살했다는 그놈이요… 편지를 보냈더라고
      요. 자살하기 전에 쓴 편지요. 어제 받았어요. 앞에 받은 딴
      친구가 와서 주더라고요. 자기한테 쓴 편지랑 같이 들어있
      었다고. 저한테 보내달라고 했다고… 확인해 보니까 계속
      그런 식으로 친구들한테 편지를 돌렸더라고요. 제가 마지
      막에 받은 건데… 집에서는 못 읽고… 여기서 읽어야 할
      것 같아서… 이제 읽으려고…

말없이 원일을 쳐다보는 지영.

원일 그러니까 오늘은 좀 양보해 주시면…

지영 오전에… 엄마 옷 태웠어요.

원일 그걸 왜 지금까지…

지영 못 하겠더라고요. 그거 다 태워버리면… 우리 엄마 뭐 입었는지 잘 기억이 안 날 것 같아서… 환자복 입은 거밖에 기억이 안 날 것 같아서… 그래서 제가 막 우겨서 가지고 있었어요. 그랬는데… 친척들이랑 가족들이랑 더 이상은 안 된다고…

한숨을 쉬는 원일.

지영 오늘 그런 날이거든요. 오늘은 제발 좀…

침묵.

원일 그럼… 처음에 했던 대로 할까요?

지영 없는 것처럼 하자고요? 그거 그때도 잘 안돼서…

원일 할 수 없잖아요. 벤치는 하난데 사람은 둘이니까.

지영 정말 양보해 주시면 안 되는 거예요?

원일 오늘은 정말…

지영 (고민하다가) 그럼 그렇게 해요.

원일 서로 없는 것처럼요.

지영 네. 아무도 없는 것처럼.

침묵.
지영은 뜨개질 거리를 꺼내고

원일은 편지 봉투를 내려다본다.

잠시 후,
편지봉투를 찢어 내용물을 꺼내는 원일.
편지와 함께… 사진 한 장이 나온다.
사진을 들여다보고는 고개를 갸우뚱하는 원일.

흘끔 원일이 들고 있는 사진을 본 지영의 눈이 커진다.
원일이 시선을 느끼고는 지영을 돌아본다.

지영 엄마 사진이 왜 거기 있어요?

원일 엄마요? 지영씨 어머님? (사진을 보고) 이분이?

지영 왜 우리 엄마 사진이… 누구에요, 옆에 있는 남자분?

원일 제 친구요. 자살한 제 친구.

지영 엄마랑 아셨대요?

원일 모르죠, 저야. 저는 그냥 그 친구가 보낸 편지에 이게 들어 있어서…

지영 둘이… 셀카 찍은 건가요?

원일 다정하게… 설마 지영씨 어머님이랑 제 친구가…

지영 말도 안 돼요. 편지. 편지에 뭐라고 안 쓰여 있어요?

후다닥 편지를 펴보는 원일.
지영이 다가가 들여다보려고 하자
원일이 보기 쉽게 편지를 돌려준다.
두 사람은 같이 편지를 읽는다.

원일 여기 계속 나오다 보니까… 자연스럽게 알게 됐나 봐요.

지영 그죠. 그게 그럴 수가 있는 건데… 우리처럼요.

원일   그렇죠. 그 생각을 못 했네요.

지영   저기 손가락 좀.

원일이 편지를 고쳐 잡자

지영   둘도 없는 친구가 돼서… 그랬구나. 친구였구나…

원일   마지막에 어머님 많이 좋아지셨어요?

지영   네. 암 없어진 건지도 모른다고, 그때 막 좋아서 그랬는
        데… 친구분한테 많이 의지가 되셨나 봐요. 갑자기 건강해
        진 것처럼 보였거든요, 우리 엄마가.

원일   제 친구도 지영씨 어머님 덕분에 버텼다고 써 놨네요. 거
        기 읽었어요?

지영   네.

원일   여기서부터는 (눈이 침침한지) 잠깐만요, 안경 좀 바꾸고…

지영   제가 읽고 말씀드릴게요.

원일이 고개를 끄덕인다.

지영   서로 의지가 돼서… 친구가 되고… 휴대폰으로 사진도 찍
        고… 근데 우리 엄마가 자기도 한 장 갖고 싶다고 그래
        서… 친구분이 포토 프린터로 인쇄해서 가지고 오셨는
        데… 그날부터 우리 엄마가 공원에 안 나온 거래요. (생각
        해 보더니) 아마 그때 응급실 간 거 같아요. 엄마가 의식이
        없어져서…

원일   계속 나왔나 보네요, 제 친구는. 사진 전해드리려고…

지영   못 만났겠죠. 우리 엄마 못 깨어나고 그냥 병원에서 가셨
        으니까…

원일   제 친구는 그런 사정 알 수가 없으니까 매일 나오다가…

깨달았다네요. 아, 이 할머니 돌아가신 거구나… 원래도 자살하려고 했는데, 할머님, 지영씨 어머님 만나서 안 해도 되겠다고 생각하다가 할머니가 돌아가셨다는 걸 깨닫게 되니까…

지영은 아무 말도 하지 못한다.
둘 사이에 침묵이 흐른다.
원일이 조용히 손수건을 꺼내 눈물을 닦는다.
지영이 훌쩍이기 시작한다.

원일 (추스르고는) 이 사진, 친구 녀석이요, 할머니 가족분 찾아서 전해줄 수 있냐고… 마지막에 즐거우셨다고, 외롭지 않으셨다고… 딸이 죄책감 느낄까 봐 그걸 걱정하셨다고… 그렇게 좀 전해달라고…

사진을 건네는 원일.
받아 들면서… 와락 울음을 터뜨리는 지영.

지영 왜 마지막까지 마음 써주고 그래? 나만 미안하게… 후회되잖아, 엄마…

원일 후회해도 되잖아요, 우리끼린… 그러기로 했잖아요…

원일을 보며 고개를 끄덕이다가…
오열하는 지영.
같이 눈물을 흘리는 원일.

진정하고는 지영의 손을 잡아주는 원일.

지영   고마워요.

다른 손으로 원일의 손을 쓰다듬고는
자신의 손을 빼낸다.

지영   고마워요. (손으로 눈물을 닦으며) 괜찮아요. 사실 기쁜 거잖
아요? 엄마가 마지막에 친구가 있었고, 외롭지 않았고, 사
진 받으려고 기대했었고…

원일   제 친구도요. 제가 생각한 것처럼 외롭게 간 게 아니네요.

지영   기쁜 얘기예요, 사실은, 이게.

원일   예. 맞아요. 기쁜 얘기 맞아요.

둘 다 눈물을 그친다.
미소를 지으며 원일을 바라보는 지영.
고개를 끄덕여주는 원일.

원일   이제 가야죠?

지영   네, 가야죠.

원일   둘이 앉아도 되네요, 이 벤치.

지영   그러게요.

원일   그럼 다음에 혹시 만나면…

지영   둘이 앉아요, 나눠서.

원일   그래요.

지영   지금 가실 거예요?

원일   네. 지영씨는 안 가요?

지영   가요. 가야 해요. 애 데려와야 해서…

원일   저도 회사 일이 많아졌어요.

지영   그래도 조금만 더 있다 갈까요?

원일   네. 조금만 더 있다 가요.

새들 소리, 아이들 소리, 버스 소리…
환한 조명.
그리고… 두 사람의 얼굴에 떠오르는 부드러운 미소.

끝

젊은 예술가의 반쪽짜리 초상

(2019년 作)

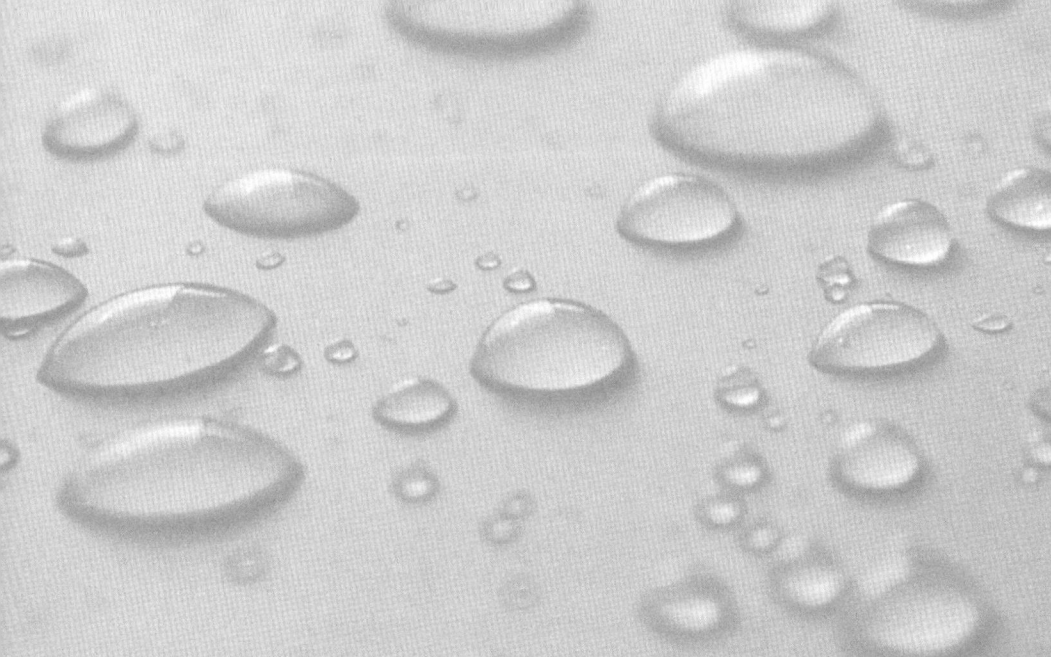

등장인물

화가 – 30대 후반. 얼굴 반쪽이 화상으로 일그러져 있음.
노신사/노숙자 – 연령 미상. 정체불명의 인물.

무대배경

화가의 아틀리에(침대와 식탁 등이 놓인 생활공간을 포함한)

장면 1

아무것도 보이지 않는 무대.

어둠 속에서 공간을 채우는 차분한 빗소리.

빗소리에 어울리는 잔잔한 음악 소리.

오래된 LP판을 틀어 놓은 듯.

갑자기 쿵! 하는 소리와 함께

턴테이블의 바늘이 LP판 위를 긁고 지나가는 소리가 들린다.

그리고 다시 이어지는 둔탁한 충격음.

무언가 가구가 넘어지는 소리가 들린다.

뒤이어 입을 악물고 신음하는 소리,

다시 무언가가 넘어지는 소리.

어둠 속에서 두 사람이 몸싸움을 하고 있다는 것을 알 수 있다.

이어 조명이 켜지면

어질러진 아틀리에 한가운데에서

화가가 (붓을 닦던 천으로 / 뒤에서) 노신사의 목을 조르고 있다.

(화가는 물감이 묻은 전형적인 작업복 차림. 노신사는 고급 정장 차림이다.)

노신사가 화가의 손아귀에서 벗어나려고 몸부림을 친다.

살려달라는 애원에도,

화가를 떼어내려는 회심의 일격에도

끝내 목을 조르는 손의 힘을 풀지 않는 화가.

저항을 멈추는 노신사.
잠시 정적.
그 사이로 빗소리가 파고든다.
노신사의 팔다리가 축 처진다.

잠시 멈추었던 화가의 호흡도 다시 들리기 시작한다.
축 처진 노신사의 몸을 조심스럽게 바닥에 눕히는 화가.
화가는 한동안 그의 시체를 내려다본다.

돌아서는 화가.
그러자 그의 얼굴 반쪽이 드러난다.
화상으로 인한 상처로 심하게 일그러진 얼굴.
언제나 고통을 못 이기고 비명을 지르는 듯한… 얼굴의 나머지
반쪽.

화가는 비틀거리며 식탁을 향해 걸음을 옮긴다.
마치 살인을 저질렀다는 충격에 비명을 지르는 것처럼 보인다.
쓰러진 식탁 의자를 세워 앉아서는
흐느끼다가,
비명을 지르다가,
마치 처음 발견한 것처럼 노신사의 시체를 보고는 흠칫 놀라기
도 하고,
시체를 향해 정확히 알아들을 수 없는 말을 쏟아내기도 하고,
다시 흐느끼며… 괴로워하는 화가.

화가　　내 잘못이 아니에요… 그만하라고 할 때 그만했어야죠…
내가 그만하라고 그렇게 애원했는데… 내 잘못이 아니에
요… 나요, 괴물 아니거든요… 괴물 아니라고요… 그러니

까 내 잘못이 아니에요. 내가 괴물이면, 이게 다 내 잘못이 겠죠. 근데 난 괴물이 아니거든요. 그러니까 내 잘못이 아니라고요…

금방이라도 울음을 터뜨릴 듯한 얼굴로 시체를 내려다보는 화가.
그러다가 화상 입은 얼굴 쪽을 객석을 향해 드러내 보이며

화가 악마의 자식은 두 눈이 서로 다르다고 그랬어. 그러니까 눈이 다르면… 한 얼굴에 붙어있는데, 그 눈이 서로 다르면, 그건 악마의 자식이라는 뜻인 거지? 악마가 섹스를 해서 낳은 자식… 잘 봐, 내 눈… 달라? 근데 악마는 누구랑 섹스를 해?

흠칫 놀라며 노신사의 시체를 돌아보는 화가.
정상적인 쪽의 얼굴이 객석을 향한다.

화가 자수해야 하는 거죠? 내가 내 손으로 전화를 걸어서, 내 입으로, 내 입으로 나를 신고해야 하는 거죠? 내 입에, 내 입에 칼을 물어야 하는 거죠? 뱀의 혀처럼 날름거리는 칼… 그리고 그 칼로 나를 찔러야 하는 거죠? 그래야… 사람인 거죠?

확! 하고 반대편을 향해 얼굴을 돌린다.
일그러진 얼굴을 객석으로 향한 채

화가 듣지 마! 악마가 날 꼬시는 거야. 악마가 날 유혹하는 거라고! 스스로 죽으라고, 내가 내 손으로 날 파멸시키라고…

그러니까 한마디도 들으면 안 돼! 거울을 들여다보면, 왼쪽, 오른쪽이 뒤바뀌었어도, 그게 니 얼굴이야. 다들 그렇게 자기 얼굴을 보잖아? 자기 얼굴을 보려면 그 수밖에 없지. 왼쪽, 오른쪽 바꿔서⋯ 그걸 보면서 바보 같이, 아, 저게 내 얼굴이구나⋯ 바뀌었다는 걸 잘 깨닫지 못해. 머리로는 알아도 심장으론 잘 몰라. 근데 넌 머리보다 심장이 먼저 알잖아? 맞지? 거울을 들여다보면 머리가 미처 깨닫기도 전에 깜짝 놀라지? 혐오감이 확 밀려오지? 오른쪽, 왼쪽이 바뀌었다는 걸 깨닫는데 영 점 영영영영영⋯ 의일 초도 안 걸리지? 그래, 넌 다른 사람하고 달라. 다른 사람들은 그냥 무심코 지나치는데 넌 그럴 수가 없어. 악마는 그런 니가 싫은 거야. 인간들은 멍청해서 오른쪽, 왼쪽이 뒤바뀐 것도 모르는데, 너는 아니까. 깨어있으니까! 악마는 그게 싫은 거야. 그래서 널 자꾸 꼬시는 거야. 사람을 죽였으면 죗값을 치러야 한다⋯ 자수해라⋯ 사람답게 벌을 받아라. 니가 널 죽여라⋯

그 목소리를 떨쳐 내려는 듯 세차게 고개를 흔드는 화가.
화가가 이리저리 몸을 돌리자
그의 왼쪽 얼굴과 오른쪽 얼굴이 번갈아 드러난다.

갈등 끝에
용기를 내어 핸드폰을 집어 드는 화가.
하지만 버튼을 누르지 못하고 주저한다.

잠시 후, 화가가 정면의 객석을 바라본다.
(이제 객석에선 화가의 양쪽 얼굴이 동시에 보인다.)

화가   어떻게 해야 할지 모르겠어요. 그래도 자수를 해야 하겠죠? 전 괴물이 아니니까, 전 사람이니까… 그래도 잘 모르겠어요. 네, 겁이 나요. 억울하기도 하고요. 지금까지, 지금까지도 힘들게 살아왔는데, 좆나 버티며 살아왔는데, 제 얼굴을 보세요. 정말 힘들었다고요! 씨발, 근데 인제 와서 감옥 가면… 제 인생 너무 불쌍하지 않아요? 그래도 자수… 해야 하겠죠? 벌을 받아야겠죠? 근데요… 자수하기 전에, 이 전화 걸기 전에요, 제 얘기 좀 들어주지 않으실래요? 제발…

전화기를 내려놓고
무대 앞쪽으로 걸어 나오는 화가.

화가   제 얘기를 좀 들어주세요.

그러는 동안 쓰러져 있던 노신사가 천천히 몸을 일으킨다.

화가   제가 저 사람을, 저 노신사를 처음 만난 건요, 한 달 전인가… 그날도 비가 왔어요. 저는 밖에 안 나가서, 커튼도 다 쳐 놓고 그래서 잘 모르지만, 그날도 비가 왔어요. 커튼 너머에서요 비가 창문을 때리는 소리가 들리더라고요. 그래서 알았어요. 아, 비가 오는구나…

노신사는 떨어져 있던 중절모와 지팡이를 집어 들고는
천천히 문으로 설정된 위치에 가서 선다.
옷매무시를 가다듬고 중절모를 쓴 뒤 가방을 들고는
초인종을 누르려고 준비하는 노신사.

빗소리가 들리기 시작한다.
이어 멀리서 지나가는 앰뷸런스의 사이렌 소리.
그리고… 다시 LP판에서 흘러나오는 듯한 음악 소리.

화가   그날은, 그날도… 제가 좀, 상태가 좀 안 좋았었거든요. 그래서 잊고 있었는데요, 아, 뭘 잊고 있었냐면요, 저 사람한테서 연락이 왔었어요, 그림을 사겠다고… 저는 오지 말라고 그랬어요. 절대 안 팔 거라고… 근데 주겠다는 돈이요, 제 그림값으로 내겠다는 돈이요, 너무 큰 거예요. 정말 엄청나게… 저 여기 월세 못 내고 있었거든요. 그림 팔아서 월세 내야 하는데, 못 내면 쫓겨나야 하는데… 그러면, 집 없어서 노숙자 되면요, 사람들하고 마주쳐야 하잖아요? 흘끔흘끔 제 얼굴 쳐다보고, 자기들끼리 수군대고… 노숙자들도 수군댈 거 아니에요? 노숙자 주제에… 그거는 정말 못 견뎌요. 전 이 안에 있어야 해요. 그래서… 대답 못 하고, 제가 어떻게 대답할까 고민하고 있는데, 그쪽에서 자기가 찾아오겠다고 그러고는 전화 끊어버리더라고요. 자기가 날 찾아오겠다고… 어떻게 해야 하는지 판단도 안 서고, 어디로 전화해야 할지도 모르겠고, 그래서 잊고 있었는데…

노신사가 초인종을 누르는 시늉을 한다.
날카로운 초인종 소리가 무대에 울려 퍼진다.
다른 모든 소리가 사라진다.
화가가 흠칫 놀라며 문 쪽을 돌아본다.

장면 2

노신사가 다시 초인종을 누른다.

다시 한번 날카로운 초인종 소리가 울려 퍼진다.

어쩔 줄 모르겠다는 듯 문 쪽을 쳐다보는 화가.

그러다가 주위를 둘러보면

(장면 1의 모습 그대로) 어질러져 있는 아틀리에.

급히 치울 엄두도 나지 않는다.

밖에서 노신사의 목소리가 들린다.

화가는 그대로 얼어붙는다.

노신사　계십니까? (귀를 기울였다가) 계시죠? 계신 거 압니다. (다시 귀를 기울였다가) 저 전화로 인사드렸던 사람입니다. 이렇게 찾아오는 거 싫어하시는 거 압니다만… 그래도 기다리고 계셨던 거 아닌가요? 온다고 했으니까, 오지 말라고 해도 온다고 했으니까, 확실하게 오지 말라고 할 걸, 하루 종일 생각하고, 또 생각하고 그러면서… 그랬지만… 사실은 기다리고 계셨던 거 맞죠?

노신사가 대사하는 동안 고개를 돌리고 있던 화가.

마지막 말에 놀라며 문을 쳐다본다.

마치 그가 자신을 쳐다보고 있다는 것을 안다는 듯 미소를 짓는 노신사.

노신사　왜 그런 거 있잖습니까? 공포영화 보면요, 거기 등장인물이 갑자기 뭔가를 느껴요. 표정이 확 굳어요. 얼굴만 봐도 긴장했다는 게 드러나죠. 근데 그 사람 뒤에는 아무것도 없거든요. 뒤는 그냥 어둡기만 하다고요. 근데도 이 사람이 말이에요, 고개를 돌리지 못한단 말입니다. 불안해서, 겁이 나서 차마 뒤를 돌아보지 못해요. 아는 거죠. 뒤에서 뭔가가 다가오고 있다. 벌써 다 와서 자기 뒤에 서 있을지도 모른다… 알고 있는 거라고요. 관객들한테도 안 보이는데, 그 사람은 안다고요. 그러다가 갑자기 쑥…

화가   지금 뭐 하시는 거예요?

노신사   역시… 계셨군요.

자책으로 일그러지는 화가의 표정.
미소를 짓는 노신사.

노신사   계시다면… 문 좀 열어주시면 안 되겠습니까?

안절부절못하다가
급히 달려가 문의 잠금장치를 푸는 (시늉하는) 화가.

화가   들어오지 마세요! 제가 됐다고 할 때까지…

그러더니 다시 한번 우왕좌왕하다가
반대편으로 달려가는 화가.
그는 무대 반대편 끝의 어둠 속에 화상을 입은 몸의 반쪽을 숨긴다.

화가   들어, 들어오세요.

그 말에 크게 미소 짓는 노신사.
애당초 문 같은 건 없었다는 듯 그냥 한 걸음을 옮겨 안으로 들어온다.

아틀리에로 들어와 주위를 둘러보던 노신사는
구석 어둠 속에 반쯤 몸을 숨긴 화가를 발견한다.

노신사   거기 계셨네요.

화가   내가 어디 있든 말든…

노신사   자물쇠를 열고… 저보고 들어오지 말라고 하고는 (손으로
자신이 있는 곳에서 화가가 있는 곳까지 선을 그어보며) 조금
고민하셨네요. 한 3초쯤?

화가   아뇨. 고민 같은 거 안 했어요. 그냥…

노신사는 어질러진 아틀리에를 둘러본다.

노신사   아… 고민했을 거라는 제 생각이 틀렸을 수도 있겠어요.
넘어진 이젤을 돌아서… 바닥에 엎어져 있는 캔버스를 밟
지 않으려고 조심하면서… 물감 튜브도 신경 써야죠. 잘못
해서 밟으면 꼴사나워지니까… 그러다 보니 시간이 걸렸
을지도 모르겠네요. 역시 한 3초쯤. 그렇게 된 겁니까?

대답하지 못하는 화가.
경계심 어린 시선으로 노신사를 쳐다보기만 하는데…
태연하게 중절모를 벗어 소파에 올려놓고,
가방과 지팡이를 기대어 놓는 노신사.

노신사   (사람 좋게 웃으며) 미안해요. 저한테요 이상한 버릇이 있는
데, 뭐랄까, 인간의 행동과 거기에 걸리는 시간의 상관관
계를 따져 보는, 예, 그런 괴팍한 버릇이 있습니다.

화가　(시선을 피하며) 뭔 말이에요, 그게?

노신사　그런 거 있잖아요? 이 세상이요, 다른 말로 하면 시간이죠. 시간이 곧 세상이거든요. 하여간 이 세상은, 이 시간은 한 군데도, 한순간도 빈 데가 없다고요. 아무것도 안 하고 가만히 있어도, 가만히 있는 그 행동으로 차 있는 건데… 전 그게 궁금한 거예요. 내가 겪지 못한 시간은 무슨 일로 채워지고 있을까? 내 머리 뒤에서 무슨 일이 벌어지고 있을까? 버스가 내 시야를 가리는 동안 길 건너편에선 무슨 일이 벌어지는 걸까? 닫힌 문 너머에서 집주인은 무엇을 하다가 들어오라고 한 걸까? 궁금한데, 너무 궁금한데… 근데 그걸 보자고 고개를 돌려버리면요, 이번에는 원래 내 눈앞에 있던 세상을 못 보게 되는 거잖아요? 그죠? 내 뒤에 있던 세상에서 벌어지는 일은 보게 됐는데, 이번엔 원래 내 앞에 있던 세상에서 일어나는 일을 못 보니까… 이게 참 난처하죠. 한 번에 둘 다는 못 봐요. 인간에게는 눈이 앞쪽에만 달려있어서… 하여간 그래서 저는 이 딜레마를 극복하기 위해 추리라는 방법을…

화가　그럼…

노신사　네?

화가　그림 사러 오신 거 아니에요?

노신사　아이고, 제가 또… 이거 미안합니다. 나이 드니까 노망이 나려고 이러는지 말이 많아져요. 맞아요. 그림 사러 왔죠. 그러고 보니 제대로 통성명도 못 했네요. (안 주머니에서 명함을 꺼내며) 저는 이런 사람입니다.

하지만 화가는 구석에서 꿈쩍도 하지 않는다.
화가가 다가오지 않을 거라는 걸 깨닫는 노신사.
명함을 꺼낸 손이 머쓱해진다.

노신사   그쪽으로 가서 드릴까요?

화가   아뇨. 오면 안 돼요. 오지 마요.

노신사   아, 네… (명함을 들어 보이며) 그럼 이건… (식탁 위에 명함을 올려놓고는) 나중에 보세요.

그리고는 무안함을 때우려는 듯 어질러진 아틀리에를 둘러본다.

노신사   자꾸 또 나쁜 버릇이 도지려고 하네요. 아까 말씀드렸죠, 뭐든지 추리해 보려고 하는 나쁜 버릇. 그래서 말인데요… 아닙니다. 여기서 그만하죠.

화가   뭔데요?

노신사   아, 아닙니다. 제 고약한 버릇에 일일이 맞춰주지 않으셔도…

화가   아뇨! 아뇨! 얘기해 보세요. 뭔데요?

노신사   쓸데없는 생각이에요. 들으실 필요도 없고, 궁금해하실 이유도 없어요. 정말로 죄송합니다. 못 들은 걸로 하시고…

화가   어떻게 들은 걸 못 들은 걸로 해요? 이미 들었는데. 뭔데요? (기다리다가 / 노신사가 입을 열려고 하자) 왜 이렇게 엉망으로 어질러져 있나, 그런 거요? 누구랑 몸싸움이라도 한 것 같은데… 근데 다른 사람은 아무도 없는 것 같고, 그러면 지가 혼자 미쳐 날뛰면서 이렇게… 이거예요?

노신사   아이고, 이거 정말 죄송합니다. 어떻게 제 머리 가죽을 쭉 째고, 두개골에다 빵구를 뽕 뚫어서 안을 들여다보시기라도 한 것처럼…

화가   그래서 결론이 뭔데요? 왜 제가 혼자 미친놈처럼 여길 이렇게…

노신사   그만 신경 끄셔도 돼요. 미안합니다.

화가   아뇨. 저도 괜찮아요. 말씀해 보세요.

노신사 아니, 안 그러셔도…

화가 궁금해서 그래요. 저도 호기심 있어요. 누가 와서 본 적이 없거든요, 이런 거.

대답하지 않고 화가를 바라보는 노신사.
화가도 그의 시선을 피하지 않는다.

노신사 그러시다면… 사실 대단한 미스터리는 아니죠.

화가 아니에요?

노신사 (미소를 지으며) 네.

화가 그럼 뭔데요?

노신사 금방 답이 나오네요.

화가 그러니까 그게 뭐냐고요?

노신사 폭발. 분노의 폭발. 세상에 대한 분노, 자신에 대한 분노가 막무가내로 오겠다는 손님 때문에 생긴 불안감과 만나서… 빵!

노신사의 시선을 피하는 화가.

노신사 분노… 얼굴에 그… 화상 때문인 거죠?

노신사를 돌아보는 화가.
그의 눈에는 분노가 이글거린다.

노신사 죄송합니다. 제가 못 돼먹은 소리를 했습니다. (고개를 숙이며) 다시 한번 노망난 노인네의 나쁜 버릇이라 생각하시고…

정적.

노신사	절 용서하시고…
화가	어떤 그림 사시게요?
노신사	아… 그 말씀은 절 용서하신다는…
화가	그림 사러 오셨다면서요?
노신사	맞죠. 네, 그림 사러 왔습니다. (서둘러 고개를 들고는) 아, 제가 사려는 그림은요…
화가	잠깐만요. 그전에요… 어떻게 알고 오셨어요? 저 시장에 그림 안 내놓은 지 오래됐는데요.
노신사	그건 중요한 게 아닌 것 같습니다만.
화가	어디 통해서 오신 거예요? 혹시… 혹시 제가 전시회 했던, 그 갤러리…

노신사는 대답하지 않으며 화가를 쳐다본다.

화가	그 갤러리 맞죠? 아, 이 사람들, 내가 아무한테도 알려주지 말라고 그렇게 얘기했는데…
노신사	거기는 없어졌어요.
화가	네? 없어져요?
노신사	꽤 됐어요.
화가	그게 언제… 아니. 아니. 그럼 어떻게 알고 온 거예요?

대답 대신 그림들을 쳐다보는 노신사.
넘어진 이젤들을 세우고
흩어져 있던 캔버스들을 그 위에 올려놓는다.
그중 몇은 나무 프레임이 부러진 것도 있다.
화가의 그림들이 비로소 모습을 드러낸다.

노신사는 그림 하나하나를 유심히 관찰한다.

노신사　밖에 나가본 지 오래되셨죠? 주변 사람들하고 연락도 끊고…

화가　어떻게 알고 왔냐고요! 아무도 모르는데… 제 전화번호는 어떻게… 아무도 모르는 번혼데… 어떻게 알았어요?

노신사　(여전히 그림을 보며) 누구라도 그런 건 알아낼 수 있어요. 대단한 수고를 들이지 않더라도 별로 어렵지 않아요. 죄송한 말씀입니다만… 세상에서 숨는 게 그렇게 쉬운 일은 아닙니다. (그림을 보이며) 이거는 언제 작업하신 건가요?

화가　말 돌리지 마세요. 어떻게 알고 왔냐고요.

노신사　그런 중요하지도 않은 얘기로, 정말로 하나도 의미 없는 궁금증으로 시간을 낭비하실 거예요? 시간이 아깝지 않나요? 지금, 이 순간에도 계속 흘러가고 있는데?

화가　대답하라고요!

노신사　(무언가 말을 하려다 마음을 고쳐먹고는) 좋아요. 말씀드리죠. 시간을 잘 들여다보면요… 거기에 빈 데가 있어요. 빈 데가 있어서는 안 되는데… 그렇지 않습니까? 시간에 빈 데가 있다는 건 시간이 끊어졌다는 얘긴데, 그건 말도 안 되잖아요? 그럼 뭐냐? 끊어진 것처럼, 비어있는 것처럼 보이는 거죠. 아까도 말씀드렸죠? 뒤통수에 눈이 달려 있지 않으니까, 뒤쪽 세상에서 일어나는 일은 볼 수도 없고, 그러면 그쪽 시간이 마치 끊어진 것처럼…

화가　지금 무슨 얘기를 하는 겁니까?

노신사　그래서 추리를 하는 거죠. 잘 추리하다 보면, 그러면 다 답이 나옵니다. 별로 어려운 거 아니에요. 화가님이 계신 곳도, 전화번호도 추리만 잘하면… 다 알아낼 수 있습니다. (다시 아까의 그림을 가리키며) 이거는 언제 그리신 건가요?

화가는 노려보기만 할 뿐 대답하지 않는다.

노신사 화상 입기 전인가요? 그때, 사고 나고… 은둔하시기 전에, 그러니까 신인 작가로 주목받고, 막 유명세 타고, 그림값 올라가고 그럴 때… 제가 보기엔 아무래도 그때 그림인 것 같은데요.

화가 그때부터 절 알았어요?

노신사 맞죠? 왠지 그런 느낌이 오더라니까요.

화가 그때부터 알았냐고요!

노신사 그걸 알았다고 해야 하나…

화가 그게 무슨…

노신사 옛날 생각 많이 하세요?

화가 네? 아니요.

노신사 옛날 생각 많이 날 것 같아요. 제가 그런 사고를 당해서, 얼굴이, 다른 데도 아니고 얼굴이 그렇게 됐다면… 그렇다면 매일 밤 사고 나기 전으로 돌아가는 상상을 하면서…

화가 옛날얘기는 하지 마시고요…

노신사 정말 잘 나갈 수 있었죠? 사고만 안 났으면요? 돈도 벌고, 이름도 날리고, 존경도 받고, 사랑도…

화가 아니! 라고 했… 말씀드렸잖아요…

노신사 아니! 라고 하신 적 없는데요?

화가 없어요? 그럼, 그럼 분명히 얘기할게요. 저 옛날 생각 안 해요. 그것도 추리한 거예요? 그럼 틀렸어요. 안 한다고요. 안 해요. 네?

화가에게 두통이 밀려온다.

노신사 머리 아프십니까? 약이라도…

화가	됐어요.
노신사	많이 아프신 것 같은데…
화가	아니요. 됐고요… 그 그림 마음에 드세요? 가져가세요. 그 그림은 전화로 말씀하신 금액의 반도 안 내셔도 돼요. (관자놀이를 문지르며) 돈 가져오셨으면. 지금 현금으로, 아뇨, 송금해 주셔도 돼요. 하여간… 가지고 가주세요. 가라고요.

하지만 노신사는 이미 다른 그림을 살펴보고 있다.

화가	그것도, 아니, 다 가져가세요. 그냥 주시고 싶은 만큼만 주시고… 빨리 좀 가주시면 안 돼요? 저 피곤하니까 좀… 저 진짜 아프거든요… 아까 폭발 얘기하셨죠? 예, 맞아요. 진짜로요, 저 폭발하면요, 장난 아니거든요? 아무도 못 말려요. 그니까 그냥 가져가시면 안 돼요? 네? 전 월세만 내면 돼요. 그것만 해결하면 되니까…
노신사	지금 그리고 계신 그림… 볼 수 있을까요?

놀란 눈을 하고 노신사를 쳐다보는 화가.

노신사	전 작가님의 옛날 그림엔, 죄송하지만, 관심 없습니다.
화가	지금은…
노신사	물론 저 그림들 들고 세상에 나가면 다들 깜짝 놀라고, 이거 어디서 났냐? 사람들이 막 개떼처럼 몰려들겠지만요…
화가	그림 안 그려요.
노신사	네?
화가	지금은… 그림 안 그린다고요.
노신사	저한텐 거짓말 안 해도 됩니다. 다 알고 왔어요.
화가	(힘을 짜내면서) 내가 아니라고 하는데, 내가 그림을 그리는

지 안 그리는지를 당신이 어떻게…

노신사 (고개를 젓기만 한다)

화가 정말… 어떻게 그걸 알 수가… (놀라며) 추리하면 알 수 있어요? 시간이 끊어진… 데를 추리해 보면…

노신사 끊어진 것처럼 보이는 데죠. 정확히 말하면. 말씀드렸다시피… 시간은 끊어지지 않습니다. 끊어진 것처럼 보이는 거죠. (사이) 지금 그리는 그림 있죠? 보여주시면 감사하겠습니다.

애원하는 눈길로 노신사를 바라보는 화가.

노신사 (가방을 가리키며) 저런 거액… 설마 아무 그림에나 줄 거라고 생각하신 건 아니죠?

화가 꼭 그 그림이어야 해요?

노신사 (빙긋 웃더니) 지금 그리고 있는 그림… 있는 거 맞죠?

화가는 대답하지 못한다.

노신사 지금 그리고 계신 그림이… 자화상. 자기 얼굴 그리는 거…죠?

화가 그걸 어떻게…

노신사 궁금하네요. 자기 얼굴을 그리는 건데… 그 반쪽은 어떻게 그릴 생각일까… 정말 있는 그대로, 흉하게 일그러졌어도, 그 모습 그대로 그리고 계시는지, 아니면… 사고 나기 전, 흉터 하나 없던 그 시절을 모습으로, 그 찬란했던 옛 시절의 모습으로 그리고 계시는지…

화가 그건 안 팔아요. 아직 다 그린 것도 아니고… 안 팔아요! 저기, 저것들 사 가세요.

화가의 말을 무시하고 아틀리에 안을 둘러보는 노신사.

노신사 거울이 없네요?

화가 네?

노신사 거울. 집안에 거울이 없다고요. 화장실에도 없죠?

화가 (멍하게) 거울… 거울 없어요.

노신사 자기 얼굴 보기 싫어요? 그럼 그림 그릴 땐 역시 기억을 더듬어서…

화가 아니에요.

노신사 기억해서 그리는 거 아니에요? 거울도 없는데… 기억은 나요, 원래 얼굴?

대답하지 못하는 화가.

노신사 전 초상화에 관심이 많습니다. 뭐, 사진이 더 정확하지 않냐, 사진도 예술이다, 그러는 사람도 있지만… 역시 초상은 화가의 손으로 그려낸 그림이 최곱니다. 왜냐구요? 화가의 손으로 하나하나 그려낸 얼굴이요, 그건 화가가 그 사람의 영혼을 빼앗는 거예요. 빼앗아서 캔버스 안에 구겨 넣는 거라고요. 영혼의 약탈. 이 세상에 그거보다 더 귀한 그림이 있을까요? 그중에서도 자기 얼굴을 그린 그림… 그건 작가가 자기 영혼을 뜯어내서 그림에 넣는다는 얘기니까, 그만큼 자기 영혼이 없어지겠죠? 그만큼 자기를 죽이는 거고요. 예술을 위해 스스로를 죽이는 예술. 최고죠. 최고의 예술…

화가 꼭… 꼭 그 그림이어야 돼요?

대답하지 않고 대신 소파로 다가가는 노신사.

중절모를 쓰고 지팡이를 집어 든다.

노신사   (지팡이로 가방을 툭 치고는) 현금으로 꽉꽉 채워 왔어요. 이 돈이면 원하는 만큼 여기서 살 수 있어요. 놓고 갈게요. 선금입니다. 그리고 그림이 완성되면 이런 가방 하나 더 가져올 거예요. 뭐, 작가님이 원하시면 두 개, 세 개도 가져올 수 있어요. 그럼 아예 이 건물을 살 수도 있을걸요? 정말로 세상과는 담쌓고, 다른 인간들 하나도 안 보고 살 수 있어요. 어때요? 이 정도면 영혼이라도 팔 수 있지 않나요?

멍하니 노신사를 쳐다보는 화가.
노신사가 (문을 향해) 돌아서려는데
벌떡 일어나 달려 나오는 화가.

화가   왜 꼭 그 그림이어야 돼요?

걸음을 옮기던 노신사가 멈춰 서서 돌아본다.

화가   당신, 나한테 뭘 원하는 거야? 뭘 원하는 건데 그 그림을 사겠다고…

비스듬히 화가의 고개를 숙여 화가의 일그러진 얼굴을 보는 노신사.
화가는 황급히 얼굴을 돌린다.

노신사   아까 얘기 했잖아요? 어떤 그림이 나올지… 궁금하다고요. 제 예상을, 추리를 뛰어넘는 무언가가…
화가   왜 그런 게 궁금해요?

노신사 예술이라는 게 그런 거 아닌가요? 맨날 보던 거, 맨날 듣던 거, 맨날 생각하던 거, 그런 건… 지루하지 않아요? 그런 건, 뭐, 다른 건 될 수 있어도, 예, 다른 건 될 수 있어요, 역사에 길이 남을 대중가요, 한 시대를 풍미했던 티브이 드라마, 불멸의 영화, 다 될 수 있어요. 하지만… 예술은 아니죠. 세상에 없던 거… 작품 한구석에 아주 조그만 부분이라도, 세상에 없던 거… 그게 정말 예술 아닌가요?

화가 예, 그런 게 예술이죠. 진짜 예술… 세상에 없던 거… (털어내려는 듯 고개를 흔들고는) 그건, 그건 그렇다 치고요 (말을 찾다가) 지금 그리는 그림이요, 어쩌면요, 다 망칠 수도 있는데, 못 그릴 수도 있어요. 얘기했죠, 완성된 거 아니라고? 근데 저렇게 큰돈을…

노신사 도박하는 거죠. 돈이 남아돌면 뭐 하겠어요? 그냥 지루하게 살아요? 돈만 있으면 누구나 할 수 있는 거 하면서요? 난 싫어요. 내가 이렇게 돈이 많은데, 왜?

사이.

노신사 뭐가 나올지 기다리면서, 궁금해하면서, 기대가 무너질지도 모른다는 불안감에 시달리면서… 그렇게 전 재미있게 하루하루를 보내겠습니다. 그럼, 다시 연락드리죠.

노신사는 그대로 문을 지나쳐 퇴장한다.
화가는 멍하니 그의 뒷모습을 바라보기만 한다.

다시 빗소리가 들리고,
앰뷸런스의 사이렌 소리도 들리고,
LP판의 음악 소리도 들린다.

장면 3

노신사가 사라지자 무대 중앙으로 나오는 화가.
걸음을 옮기다가 노신사가 남겨 놓고 간 가방을 쳐다본다.

망설이다 다가가 조심스럽게 가방을 열어 보는데…
안에 든 돈을 보고 놀라는 화가.
그는 서둘러 가방을 닫는다.

잠시 숨을 고른 뒤,
화가는 객석을 향해 이야기하기 시작한다.

화가   월세는, 저 돈이면 월세는 걱정 안 해도 될 것 같아요. 더 받으면 정말로 이 건물 사서… (피식 웃고는) 옛날에요, 힘들 때, 아무도 안 알아주고, 그림 안 팔리고, 그래서 가난하고, 그럴 때요… 그땐 정말 영혼이라도 팔고 싶었어요. 누가 와서, 내가 돈으로 니 영혼을 사겠다, 그래 주길 바랐다고요. 예술 한다는 사람들, 많이들 그럴걸요? 근데 문제는요… 그때는 아무도 안 그러더라고요. 그림도, 내 영혼도 사겠다는 사람이 없었어요. (웃는다 / 정색하고는) 근데 문제가 있어요. 뭐냐면요… 전 저 그림을 끝낼 수가 없어요.

가만히 무언가를 생각하는 화가.
잠시 후 일어나서 무대 뒤편으로 간다.
뒤집은 채로 벽에 기대어 놓은 캔버스를 집어 드는 화가.
잠시 그림을 보더니 가져오려다 말고 다시 내려놓는다.

다시 무대 가운데로 나온 화가는

빈 이젤을 무대 중앙에 세워 놓는다.
그리고는 다시 무대 뒤편으로 가서 캔버스를 가져와 이젤에 올려놓는데…

캔버스 위엔… (추상적인 기법으로 그린) 화가의 자화상.
마치 나머지 반쪽을 찢어낸 것처럼 얼굴의 반만 그려져 있다.
(그려지지 않은 반쪽은 화상을 입은 반쪽이다.)
비어있는 캔버스의 하얀 면을 가리키며

화가 여기를 그려 넣을 수가 없어요. 기억이 안 나요. 이쪽이 어떻게 생겼는지… 보기 싫어서, 하도 꼴 보기가 싫어서… 안 봤거든요. 안 보려고 무지하게 애를 썼어요. 거울도 다 없앴어요. 아까 그 노인네가 알아챘죠? 여기 거울 없다는 거… 그랬더니, 언제부터인지는 모르겠는데… 이쪽이… 기억이 안 나는 거예요. 머릿속에서도 이쪽 얼굴은 (캔버스의 빈 부분을 가리키며) 이렇게 아무것도 없어요. 정말, 정말… 이렇게 텅 비어있어요.

화가는 끔찍한 것에 손을 대는 것처럼
조심스럽게 화상 입은 얼굴을 만져 본다.

화가 만져봐도, 어떻게 생긴 건지 전혀 감이 오지 않아요. 손끝에서 느껴지는 느낌이… 이미지로 바뀌지 않아요. 이건 그냥, 내 손에 만져지는 건 그냥… 고통이에요. 모양도 아니고, 형태도 아니고, 피부도 아니고, 그냥 고통이요. 고통이라는 단어가 그게 (얼굴을 만지며) 여기 있는 거예요. 여기 있는 건, 내가 사고를 당해서, 화상을 입어서, 결과적으로 내 얼굴이 이렇게 되었다… 가 아니라… 그냥 이 자리에,

어느 날 갑자기 고통이라는 게 턱하고 들러붙은 거라고요. 모르죠, 이게 무슨 말인지? 그 노인네가 틀렸네요. 여기, 이 얼굴엔요 계속 시간이 흘렀던 게 아니라요, 뚝! 하고 시간이 끊어지고요, 갑자기 이런 게 생긴 거예요. 이 반쪽은요, 얼굴이 아니라, 자라고, 변화하고, 늙어가는 얼굴이 아니라, 고통이니까요. 고통은 과거도 없고요… 당연히 미래도 없겠죠? 그냥 고통이 영원히 계속되는, 고통스러운 현재만 무한히 반복되는, 고통은 그런 거라고요. 여긴 시간이 없어요.

천천히 화상 입은 얼굴에서 손을 떼는 화가.
몸을 돌려 객석에선 일그러진 쪽만 보이게 한다.

화가 돈 받았으니까, 예, 결심했어요. 저거 팔 거예요. 자화상! 영혼을 구겨 넣은 자화상! 팔기로 했으니까! 그래! 드디어 내 영혼 팔 수 있게 됐으니까! (갑자기 힘이 빠지며) 저걸 완성해야 하는데… 기억이 안 나니까, 만져봐도 모르겠으니까, 그림을 그리려면 거울이 있어야 하는데, 거울을 보고 내 얼굴이 어떻게 생겼는지 봐야 하는데… 거울 사기 싫어요! (갑자기 버럭 화를 내며) 보기 싫다고! 죽어도, 죽어도 이 얼굴은 보기 싫다고! 그러니까 저 자화상은 절대로 완성 못 한다고!

거친 숨을 몰아쉬다가
스스로를 추스르고는 객석을 마주하는 화가.
화가가 대사하는 동안 노신사가 등장한다.

화가 그래서 죽인 건 아니에요. (반대로 몸을 돌린다) 정말이에요, 저 돈 돌려주기 싫어서, 그래서 죽인 건 아니에요. 정말 아니에요. (간신히 울음을 참고는) 그 노인이 다시 찾아왔어요. 아직 (그림을 가리키며) 저기에다가 점 하나도 안 찍었는데… 그 노인네가 다시 왔어요.

노신사가 아뜰리에로 들어온다.

화가　이상하네요. 그날도 비가 왔던 거 같아요. 아니, 확실해요. 비가 왔어요.

다시 빗소리.
철교를 지나는 전철 소리.
자동차의 경적 소리.
그리고 음악 소리.

노신사는 캔버스 앞에 서서 그림을 유심히 바라본다.

장면 4

화가는 소파에 가서 앉는다.
그림에는 눈길도 주지 않는 화가.
노신사는 미간을 찌푸리며 그림을 응시한다.
둘 사이엔 침묵이 흐른다. 이윽고

노신사　완성하신 거죠?
화가　완성된 것처럼 보여요? 그럼 가져가시든지.
노신사　아닌가요?

화가의 빈정거림이 전혀 들리지 않는 것처럼
기대에 찬 눈으로 반쪽짜리 자화상을 바라보는 노신사.

노신사　안 끝난 거라면… 오길 잘했네요. 와서 보길 잘했어요.
화가　　네, 맨날 오셔서 그림 그리는지 아닌지 감시하셔야죠.
노신사　과연 이 빈 부분에 뭐가 그려질까? 어떤 선이 그려질까?
　　　　어떤 색이 채워질까? 너무 흥미롭지 않습니까? 지금, 이게
　　　　요, 이 빈 캔버스가요, 화가의 갈등을, 고뇌를 웅변하고 있
　　　　는 거라고요! 브라보!

어리둥절한 얼굴로 노신사를 쳐다보는 화가.

노신사　이런 기회를 주셔서 감사합니다. 와, 내가 이 순간을 목격
　　　　하게 되다니…
화가　　아무것도 안 그려서 화나신 거 아니고요?
노신사　왜 아무것도 못 그렸겠습니까, 화가가? (그려진 반쪽을 가리
　　　　키며) 이렇게 휘몰아치던 화가의 영혼이 왜 갑자기 멈췄겠
　　　　습니까? (다가오며) 작가님!

노신사는 화가의 손을 잡으려 한다.
화가는 몸을 빼며 피한다.

노신사　아, 죄송합니다. 제가 너무 흥분해서… 저 같은 사람은요
　　　　이런 순간은 볼 수가 없어요. 무슨 말씀인지 아시겠어요?
　　　　이건 작가만, 오로지 창작자만 볼 수 있는 순간이란 말입
　　　　니다. 애호가들은, 관객들은 나중에, 이런 순간을 다 거친
　　　　후에 나오는 결과물만 볼 수 있는 거예요. 창작자들이, 작
　　　　가가 어떤 피똥을 싸면서 그 결과물을 얻어냈는지, 우리는

죽었다 깨어나도 볼 수 없단 말입니다. 그죠? 그걸 제가 보게 됐는데…

감격해서 더는 말이 나오지 않는 듯

노신사 인제 그만 가야겠습니다. 더는 그림 앞에서 서성이지 말고, 빨리 돌아가서, 저는 저 나름의 상상의 나래를 펼쳐야겠어요. 어쩌면 오늘 밤은 잠을 못 이룰지도 모르겠네요. 안녕히 계세요.

노신사가 서둘러 문 쪽으로 향한다.

화가 (손톱을 뜯으며) 병신 새끼.

노신사가 걸음을 멈추고는 돌아본다.
화가는 여전히 손톱을 뜯어내고 있다.

화가 (슬쩍 보고는) 어, 화도 나는구나. 난요 미친놈은 화도 안 나는 줄 알았어요.
노신사 지금 저한테…

화가는 소파에서 일어나 캔버스 앞으로 간다.
빈 부분을 가리키며

화가 뭐라고 이게? 뭐, 작가의 고뇌가, 뭐라고?

이제 노신사의 얼굴에는 불쾌해하는 기색이 역력하다.
그는 입을 꾹 다문 채 화가를 노려본다.

화가	야, 이 병신아, 시험 보다가 답 못 쓰고, 빈칸 남겨 놓고, 끙 끙대고 있으면 그게 작가의 고뇌가, 뭐? 웅변하는 거냐?
노신사	그게 기분 나빴어요?
화가	내가 기분 나쁜 게 아니라, 니가 불쌍해서 그런다. 나이 처 먹고 미쳐서 죽으면 불쌍하지 않냐?
노신사	…
화가	불쌍해? 안 불쌍해? 대답해 보라고! 대답 안 해? 왜 대답 안 해? 왜? 이건 추리가 안 돼? 시간이 계속 이어진다고? 씨발, 좆 까지 마. (캔버스의 빈 부분을 가리키며) 끊어져 버 렸다고! 알아? 끊어져 버렸다고!

여전히 대꾸하지 않는 노신사.
잠시 후, 그의 얼굴에 기묘한 미소가 떠오른다.

화가	왜 웃어? (달려들며) 왜 웃냐…
노신사	이게 그… 폭발의 순간인가요?

움찔하며 멈추어서는 화가.

노신사	폭발이 필요하죠? 그죠? 예술가에게는 내적인 폭발이 필 요해요. 그 내적 폭발을 이 초라한 인간의 몸으로 견딜 수 없을 때 터지고요? 그죠? 폭발시키세요. 네, 지금까지 참 아왔던 거, 다 폭발시켜요.
화가	내가… 장난하는 걸로 보여?
노신사	아니요. 절대 아닙니다. 저도 장난하는 거 아니에요. 전 지 금 진지합니다. 정말 진지해요.
화가	정말 자꾸 이러면… 나, 나 정말… 나가. 나가요. 나 무슨 짓을 할지 모르니까… 나가라고!

노신사   아뇨. 여기 있을래요. 나가라고 하지 마요. 나한테 화내고, 주먹 휘두르고, 뭘 해도 좋으니까… 저 여기서 보게 해주세요. 네?

화가   (다가가 멱살을 잡으며) 미친 거 아냐? 미쳐도 어떻게 이런 식으로 미쳐?

노신사   저도… 화가가 되고 싶었던 적이 있어요. 어렸을 때… 지하실 방에 화가가 세 들어 살았거든요. 어머니가 예술 하는 사람이라고, 처음엔 좋아했는데… 그 화가가 가끔 미쳐서 발작을 했어요. 어머니는 기겁을 했지만, 그래서 내쫓았지만… 저는 그게, 저한테는 그게…

노신사의 멱살을 잡았던 손을 놓는 화가.
그의 얼굴엔 놀라움이 가득하다.

화가   어디서 들었어?

노신사   어디서 들은 얘기가 아닙니다. 제 얘기에요. 좀 더 들어봐요. 저는 그게… 너무 멋있었어요. 매혹된 거죠. 꼬마 아이가, 미친 예술가한테…

화가   어디서 들었냐고!

노신사   (옷매무새를 바로잡으며) 들은 거 아닙니다. 제 얘기라고요.

이해되지 않는 화가.

노신사   저도 화가 지망생이었습니다. 어릴 때 본 그 예술가의 모습이 머릿속에 계속 남아 있었던 것 같아요. 미대에 진학했어요. 항구도시에 있는 학교였는데… 그러다 보니 갈매기를 자주 그리게 됐어요. 왠지 전 갈매기가 좋더라고요. 그랬는데, 어느 날 술 먹고 하숙집으로 돌아가는데, 제가 밤바다를 좋아해서 방파제 길로 다녔거든요. 그날도 파도 소리 들으면서 걸어가는데, 방파제 위에 갈매기가 앉아 있잖아요? 제가 술 취해서, 이렇게 다가가는데도 이놈이 가만히 있어요. 더 다가갔는데도, 아, 이 녀석이 가만히 있어요. 그러니까 갑자기 이런 생각이 드는 거예요. 껴안아 보자. 맨날 그림만 그리던 저 갈매기, 내 습작의 모델, 나의 마돈나, 저 갈매기를 꽉 껴안아 보자.

노신사의 이야기를 들으면서 점점 더 창백해지는 화가.

노신사 확 날려늘었어요. 갈매기는 그제야 날갯짓을 했지만요, 늦었죠. 제가 더 빨랐어요. 갈매기를 꽉 껴안았다고요! 근데… 껴안긴 껴안았는데…
화가 벌레가…

노신사는 차분한 얼굴로 화가를 쳐다본다.
화가는 멍한 얼굴로 노신사를 쳐다본다.

화가 갈매기에 벌레가… 벌레가 너무 많아서… 기겁을 하고…
노신사 놓아버렸죠. 나의 마돈나, 천사의 날개 속에 벌레를 잔뜩 품고 있던 나의 마돈나… 더 안고 있을 수가 없었어요.
화가 갈매기는… 밤바다 위로 날아가 버렸고요.
노신사 (미소 지으며) 그랬죠. 어둠 속으로, 아주 멀리…

화가는 한두 걸음 뒤로 물러선다.

화가 그건… 내 이야긴데… 내 이야긴데요… 어릴 때 지하실에 세 들어 살던 예술가, 항구도시의 미대, 방파제 위의 갈매기, 벌레… 다 내 얘기라고요!

노신사 아닙니다. 내 이야깁니다.

화가 내 얘기라고요! 전부 내가 겪은 거라고요!

노신사 저도 그랬는데요?

화가 그럴 수는 없잖아요. 어떻게 두 사람이 똑같은 일을…

노신사 그럴 수 있죠.

화가 네?

노신사 그럴 수 있다고요.

화가 어떻게 그럴 수가 있어요?

노신사 두 사람이 아니면요.

놀란 얼굴로 노신사를 쳐다보는 화가.
노신사는 빙긋 웃는다.

노신사 뭔 말도 안 되는 소리를 하나? 그렇게 생각하시죠? 아닙니다. 두 사람이 아니면… 화가님이랑 제가 두 사람이 아니면…

화가 그게 말이 돼요?

묘한 얼굴로 화가를 바라보는 노신사.

화가 되냐고요!

노신사 됩니다.

화가 어떻게요? 똑같은 기억을 가진 사람이 있을 수 있다면… 뭐야, 내가 또 있다고요?

노신사 화가님 눈앞에 있잖아요.

놀란 눈으로 노신사를 쳐다보는 화가.

노신사는 화가의 손을 끌어와 자신의 얼굴을 만지게 한다.
화가는 노신사의 손을 뿌리치지 못한다.

노신사 진짭니다. 환상이 아니라… 어떻게 얘기할까요? 전 다른
삶을 산 또 하나의 화가님입니다.

정적.

노신사는 화가의 손을 놓아주며 몸을 일으킨다.
믿을 수 없다는 듯 고개를 절레절레 흔드는 화가.

노신사 미친 예술가, 항구도시의 미대, 갈매기, 벌레… 어떻게 그
모든 기억이 같을 수 있겠습니까? 그래도 같다면… 그건
같은 사람이란 말 아닐까요?

화가는 믿기지 않는다는 표정으로 노신사를 바라본다.
노신사는 탁자에 올려 두었던 명함을 손가락으로 두드린다.
머뭇거리다가… 탁자로 가서 명함을 들어보는 화가.
그의 눈이 커진다.

노신사 전에 보셨으면 얘기가 좀 쉬웠을 것 같습니다만…
화가 세상에 이름 같은 사람이 한둘도 아니… 혹시 그런 거예
요? 미래의 내가… 나이 들면 내가 이렇게…
노신사 아니요. 미래는 아닙니다. 시간이 지난다고 해서 얼굴의
그게 (화상을 가리킨다) 없어지진 않겠죠. 음, 시간의 길, 그
길이 원래는 하나였다가 어느 순간에 갈라진 거죠. 갈라져
서 서로 다른 삶을 살았고요. 화상을 입은 나와 입지 않은
나. 작가님과 저처럼… 두 가지의 다른 가능성이었다고 할

까요? 이해되세요?

화가 그럼, 그럼 제가 화상 안 입은 그런 인생도 살 수 있었다고요?

노신사 그게 접니다. 하나의 가능성은 이렇게 제가 되어 있죠. 다른 가능성은… 안타깝지만 화상을 입은 현실로, 작가님으로 구현되었고요.

화가 말도 안 돼요.

노신사가 다정하게 토닥여주려는 듯 다가선다.
화들짝 놀라며 물러서는 화가.

노신사 믿기 힘드시겠지만…

화가 (자신의 뺨을 때리며) 정신 차려. (다시 때리며) 병신 새끼야, 정신 차려. 말이 안 되는 건 세상이 박살이 나도, 뭔 지랄을 해도 안 되는 건 안 되는 거야… 생각해 봐. 갈매기 얘기는 술 먹고 몇 번 했잖아! 그래, 얘기했어. 확실해! (다시 때리고는) 병신 새끼, 좆나 나약해졌구나. 정신줄 놓으면 인생 끝나. 시간, 맞아, 시간이 끊어지면 인생도 끝장나는 거야. 정신 차리라고! (노신사를 쳐다보고는) 저한테 이러는 게 재미있습니까? 재미있어요?

노신사 화나는 것도 당연합니다. 저도 그랬으니까…

화가 계속할 거예요?

노신사 저도 이 시간으로 넘어와서, 어떻게 넘어왔는지는 잘 모르겠어요. 그러고 보면 나도 모르는 사이에 가끔씩 넘어갔다 왔다 한 것 같기도 하고, 왜 그 데자뷰라는 거… 우리가 다 그러는 거 같아요. 자기도 모르는 사이에 다른 시간에 들어갔다 나오고, 그러면 뭔가 이상한 기분이 들고…

화가 나가요. 돈이고 뭐고 필요 없으니까 나가요!

노신사   얘기, 하나만 더 하면 안 될까요?

화가   됐어요. 나가라고!

노신사   양말… 이야긴데요?

놀라며 노신사를 쳐다보는 화가.

노신사   하루도 잊지 못하는 양말. 하얀 양말. 그녀의 복숭아뼈를 살짝 가린 하얀 양말…

화가   그녀의 양말…

노신사   그건 아무도 모르잖아요? 아무한테도 그 얘기는 안 했죠? 얘기 못 하죠. 그런 얘기는 둘만 있을 때, 섹스할 때, 그때 할 수밖에 없으니까… 맞죠?

화가   그걸 어떻게 알아요? 그녈… 알아요?

노신사   알죠. 잘 알죠. 얘기했잖아요, 저랑 작가님이랑 한 인생의 다른 가능성이었다고.

화가   그럼… 지금 그녀는 어떻게 됐어요?

노신사   궁금하죠? 이해해요. 화상만 입지 않았어도, 얼굴이 그렇게 되지만 않았어도 그녀랑 결혼해서 행복하게 살았을 테니까… 그렇게 되고, 세상을 등진 뒤로, 하루도 그녈 잊지 못했으니까.

화가의 눈앞에 그녀와의 이루지 못한 미래가 펼쳐지는 듯.

노신사   기억나죠? 그녀의 양말.

화가   양말은… 그녀는요, 할 때, 제 하숙방에서 그거 할 때요… 양말은 안 벗었어요. 윗도리도 벗고, 아랫도리도 벗고, 당연하죠, 섹스해야 하니까… 다 벗어 놓고선, 양말은 안 벗었어요. 전 신경 안 썼어요. 양말 안 벗는다고 못 하는 거 아니잖아요? (미소) 솔직히 그녀는 그거 잘못했어요. 긴장을 못 풀어요. 뻣뻣하게 누워 있기만 하고… 그래도 전 그녀가 좋았어요. 솔직히 그래서 그녀가 좋았던 건지도 모르겠어요. 이 여자, 다른 놈한텐 못 간다. 나중에 알게 됐어요. 왜 그녀가 양말은 안 벗으려고 했는지…

노신사 발이 너무 못 생겼으니까. 그걸 정말 창피해했으니까.

화가 네. 맞아요. 소설에서 읽었대요. 거기 여주인공도 섹스할 때 양말 안 벗었다고… 그거 읽고서, 아, 그럴 수도 있구나, 섹스할 때 양말은 안 벗어도 되는구나…

화가의 등 뒤로 다가오는 노신사.

노신사 그녀가… 보고 싶죠? 많이.

화가 (흠칫 놀라며 돌아본다) 볼 수 있어요?

노신사 그럴 수도 있는데… 실망할 거예요. 화가님이 기억하는 그런 모습이 아니니까. 많이 늙었어요.

화가 아니요. 그래도 볼래요. 다시 한번 볼 수 있으면, 그녀를 만날 수만 있으면… 아니에요. 안 볼래요. 안 만나요.

노신사 그 화상 때문에요?

화가 알면서 왜 물어봐요? (일그러진 얼굴을 가리키며) 이거 때문에, 이 얼굴 때문에 그녀를 보냈는데 어떻게 다시 그녀를… 안 만나요.

노신사 어차피 그녀는 작가님을 못 알아볼 거예요. 그 시간에선, 그 세상에선 작가님이, 제가 (자기 얼굴을 가리키며) 화상을 입은 게 아니니까.

화가 정말 거기선…

노신사 상상도 못 할 거예요. 그런 가능성이 있었다는 걸 꿈도 꾸지 못하죠. 현실이 확정되어 버렸으니까.

멍하니 노신사를 바라보다가

화가 둘이… 결혼했어요?

노신사 네. 이렇게 늙을 때까지 잘살고 있어요.

화가 그러면, 그 얘기는… 제가 화상만 안 당했으면, 그랬으면…

노신사 적어도 제 인생에선 그녀와 결혼하는 거죠.

화가 근데 제 인생에선…

노신사 그녀가 떠났죠.

화가 아니에요. 제가 그녀 떠나보낸 거예요. 너무나 사랑했으니까… 떠나보내야 했어요. 그녀를 위해서… (고민하다가) 어떤 판본이든, 안 볼래요. 그녀 떠나보냈으면, 거기서 끝난 거라고요. 미련 같은 거…

고개를 갸우뚱하는 노신사.
그 모습을 본 화가.

화가 왜요?

노신사 그렇게 생각하고 있었어요? 자신이 그녀 떠나보냈다고?

화가 이해 못 하시겠어요? 그러셨잖아요, 니가 나고, 내가 너… 아, 이해 못 할 수도 있겠네요. 아무리 같은 사람이라도 다른 현실에 있으니까. 이거, 이런 거는 안 당해 본 사람은 절대 알 수가 없죠. 가족들한테, 사랑하는 사람한테 자기가 짐이 되는 게 어떤 기분인지, 그냥 무겁기만 한 짐이 된다는 게… 안 당해 본 사람은 몰라요. 절대 몰라요.

노신사 뭔가 착각하시는 거 아닙니까? 자기를 비극의 주인공으로 만들고 있네요?

화가 뭐가요?

노신사 그녀가 먼저 떠났잖아요? 작가님을 버리고! 그녀가 먼저! 차마 입에 담을 수 없는 욕을 하고, 세상에서 화가님을 가장 증오하면서…

화가 누가 그래요? 그녀가 그래요?

노신사 그녀는 강한 사람이 아니었잖아요? 아무것도 상관없이 사랑할 수 있는, 그런 사람이 아니었잖아요? 화가님 얼굴 쳐다보지도 못했어요. 기억 안 나요?

화가 아니에요. 그녀는 절 사랑했…

노신사 처음 붕대 풀 때, 그녀가 너무 울어서, 화가님 얼굴 쳐다보지도 못하고, 그냥 처음에 슬쩍 본 거만으로도 울음이 안 그쳐서… 사람들은 너무 사랑하니까 슬퍼서 저런다고 생각했지만요, 화가님은 바로 알아챘잖아요? 그녀가 무서워서 쳐다보지도 못한다는 거… 그녀가 슬퍼했던 건 그녀 자신의 인생이었다는 거… 알아챘잖아요. 그죠? 그래서 때리기 시작했잖아요?

화가 무슨 소리를 하시는 거예요? 제가 누굴…

노신사 천성이 약한 인간이라, 그녀는… 바로 화가님 곁을 떠나지도 못했어요. 약혼자 저렇게 되니까 바로 떠나버렸다고 사람들이 수군댈까 봐… 그렇게 어정쩡하게 자기 곁에 있으니까, 화가님 입장에선 짜증도 나고… 또 예술가니까 폭발도 하고, 그건 예술가의 특권이니까… 그러다가 때리고… 때리고, 술 먹고 또 때리고… 그녀가 떠난 거잖아요? 화가님을 죽도로 증오하면서…

저항하지 못하고 노신사의 말을 듣고 있는 화가.

노신사 거짓말로 버티고 있었던 거군요? 이해는 합니다, 그렇게 삶이 힘들면 거짓말이라도 해야…

화가 나한테 왜 이래요?

노신사 얘기했지만 전 그녀랑 결혼했습니다. 뭐, 우리가 세상에서 제일 행복한 부부는 아니겠지만, 그럭저럭 남들처럼은 살아요. 전 아내한테 손찌검한 적 없습니다. 화가님하고는 다르다고요. 네? 그런데요, 중요한 건요, 그 길을, 화가님 앞에도 놓여있던 가능성! 그러니까 둘이 그럭저럭 살 가능성이요, 그걸 없애버린 건 화상이, 그 얼굴이 아니에요. 그녀도 아니고요. 화가님이라고요. 자기가 자기 손으로 그 길을 없애버렸다고요.

화가 왜 이러는 거예요? 나한테 왜… 그림! 그림 사겠다고 돈 들고 와서… 왜 이러는데요? 이게 다 뭐 하자는 짓이에요? 내 환상 다 까발리고, 그래서 뭐? 아, 자화상! 영혼을 갈아 넣고 어쩌고. 영혼을 사려고요? 그래, 내 영혼을 사서 뭐 하게요?

노신사 딱히 뭐 하려는 건 아니고… 창피해서요.

화가 창피…요?

노신사 네, 창피합니다.

화가 내가요? 내가 창피해요? 누구한테요? 영감님한테요?

노신사 네, 저는 화가님이 무척 창피합니다.

화가 왜요? 내가 왜 당신이 창피해야 하는…

노신사 나니까! 내가 그러는 거니까! (추스르고는) 모르시겠어요?

화가 아니, 난 영감님하고는…

노신사 갈매기, 벌레, 양말… 더 해야 합니까?

대답하지 못하고 멍한 눈으로 노신사를 쳐다보는 화가.

노신사 내가 너라고! 니가 나고. 나는 내가 이렇게 사는 거 창피하다고!

사이.

화가　그래서… 그래서 뭐요? 뭘 어쩌겠다고요? 솔직히 우리가 한 사람이든, 두 사람이든, 그게 무슨 상관이에요? (피식 웃으며) 그래서 날 뭐 어떻게 하려고요? 죽이기라도 할 거예요? 아주 없애게요?

노신사　영혼을 살 수 없으면, 그렇게라도 해야지.

노인이 지팡이에서 칼을 꺼낸다.
노인은 놀란 화가를 향해 칼을 겨누며 다가온다.

화가　정말, 정말 그러려고 온 거예요?

노신사는 단호하게 칼을 겨누며 다가온다.

화가　잘 생각해 보세요. 영감님이랑 나랑은요, 뭐, 시간이 어떻게 됐는지는 몰라도요, 다른 사람이라고요. 영감님은 그냥 영감님 세상에서, 영감님 시간에서, 영감님 삶을 살고… 살고, 저는 그냥 제 시간에서 제 인생을 살면 돼요. 왜 이래요? 미쳤어요?

노신사　(다가오며) 어릴 때는 말이야, 가능성이 많아. 아주 많지. 과장 좀 보태면… 뭐든지 될 수 있어. 근데 나이 들면서 가능성이 하나씩 줄어들지. 그러다가 마지막 딱 하나의 가능성만 남았다가… 죽어. 그게 인생이야. (히죽 웃는) 너랑 나랑은 시간대마다 하나씩 살아남은… 살아남은 가능성들이고. 그지?

화가　(뒷걸음질을 치며) 그럼… 그냥 같이 살아남아요. 시간대도 다른데. 안 그래요? 영감님은 영감님 시간대로 돌아가요.

그냥 따로 살자고요.

노신사 그건 안 돼. 모르겠냐? 가능성은 마지막 하나만 살아남게 돼 있어. 그렇게 살아남은 가능성이 그 인간의 본질이 되는 거야. 언젠가 우리 둘 중에서 누구 하나가 먼저 죽겠지. 내가 먼저 죽을 거라고 생각하지 마. 여기에 불 나서 니가, 아! 또 불이네? 하여간 니가 먼저 죽을 수도 있는 거야. 그러면 내가 남는 거고. 나라는 가능성이 마지막까지 남으면, 그게 내가 되는 거야. 나라는 가능성의 완성! 나라는 존재의 본질! 그럼… (자화상을 가리키며) 저거랑 같은 거야. 저기, 아무것도 그려 넣지 않은, 저 하얀 캔버스 위에는 뭐든 그려 넣을 수 있지. 맞지? 근데 니가, 화가가 존나 고민하다가 마침내 붓에 물감을 묻혀서 점을 하나 찍으면… 그러면 갑자기 가능성들이 막 없어져. 그 자리에 다른 점이 찍힐 가능성들이 싹 없어진다고. 계속 그림을 그리잖아? 그럼 어떻게 되겠어? 그림이 완성되는 순간, 다른 모든 가능성은 사라진다. 오직 하나의 가능성만 남아서… 그게 하나뿐인 작품이 되는 거지. 우리 인생도 똑같아. 나라는 존재는 (자신을 가리키며) 여기 이 가능성, 이걸로 결정! 무슨 말인지 알겠지?

대사가 진행되는 동안 노신사는 칼을 휘두르고, 화가는 피한다.

화가 그 얘기가 맞으면요, 아니, 맞다고 쳐요, 근데 그래도요… 영감님이 나보다 나아요? 영감님만 남는 게, 그게 더, 뭐라고 해야 하지? 그게 더 맞는 거예요? 나보다 잘살아서?

노신사 당연히 너보다는 낫지! 밖에도 못 나가고 숨어 사는 새끼가…

화가 그럼 영감님은 그녀랑 결혼해서, 돈 벌어서… 행복해요?

진짜 나보다 훨씬 잘 산 거 맞아요?

노신사 너보다는 낫겠지! 너 같은 루저 보다는…

화가 아니에요. 아냐. 솔직히 말해요. 영감님이 나보다 나아요?

노신사 낫지! 당연히 너 같은 새끼보다는 내가 낫지!

화가 근데 왜 그렇게 화가 나 있어요?

갑자기 멈춰 서는 노신사.

화가 맞죠? 항상 화가 나 있는 노인네. (살펴보다가 / 웃으며) 맞네. 한순간도 화가 안 나는 순간이 없네. 그죠?

노신사 니가 뭘 알아?

화가 행복한 사람은요, 그렇게 화가 나서 다 때려치우려고 하지 않거든요. 다 때려치워! 이거 화난 사람들만 하는 소리거든요.

노신사 니가 뭘 아냐고.

화가 뭐가 그렇게 화가 나요? 뭐가 영감님을 그렇게… 여기까지 와서 날 죽이겠다고 할 정도로…

말을 멈추는 화가.

화가 그녀…

노신사는 화가를 노려보기만 한다.

화가 그녀죠?

노신사 너… 알아?

화가 꿈을 꾼 적이 있어요. 꿈에 그녀가 나왔는데… 중년이 됐는데, 살도 찌고… 그런데도 알아보겠더라고요. 아, 그녀다. 근데 저 그거 봤어요, 그녀가… (놀라며) 이런 거예요?
이렇게 다른 삶이 어떻게 됐는지 엿볼 수 있는 거예요? 난
꿈이라고 생각했는데, 그게 다른 인생을 엿보는 거였어
요? 우와! (표정이 굳으며) 그럼 내가 본 게, 그녀가 그, 그런
짓을 한 게, 그게 사실…

노신사 (분노를 억누르며) 내가 그림도 포기하고… 죽도록 일해서,
사모님 소리 들으면서 살게 해줬는데… 찢어지게 가난한
화구점 알바생. 내가 그런 여자를 돈 막 흘리고 다녀도 되
는 그런 사모님으로 만들어 줬는데… 근데 그년이, 그년
이… 내가 봤어. 집에 일찍 왔다가 봤어. 헬스클럽 강사, 그
새끼 자지를 그년이 입에 물고…

화가 정말 그녀가… 그녀가 그런 사람이 됐어요?

노신사 못 믿겠으면… 가서 보고 오던지.

화가 정말 이해가 안 되는데요? 그녀가, 그 순진하던 여자가…

노신사 (피식 웃고는) 나한테 그러더라고. 자기도 자기가 진짜로 섹
스 잘 못 하는 줄 알았다고. 근데 아니더라고! 내가 못 하
니까 자기도 못 하는 거였다고! 그걸 너무 늦게 알아서 억
울하다고! 억울하대!

서로를 쳐다보는 노신사와 화가.
서로의 삶에 연민을 느끼는 두 사람.

화가 불행했군요?

노신사 불행했지.

화가 나도요.

노신사 그래, 너도.

말없이 서로를 쳐다보기만 하는 두 사람.

화가	그럼 혹시 이런 생각해 보셨는지 모르겠지만…
노신사	우리 둘이 손잡고, 서로 도와주고… 그런 거?
화가	생각해 보셨네요!
노신사	생각해 봤지.
화가	그런 영화 보신 적 있죠? 제가 영감님 시간대로 넘어가면요, 그런 거 있잖아요, 뭔 짓을 해도 벌 받지 않아요. 내가 거기 사람이 아니니까.
노신사	그지. 뭔 짓을 해도…
화가	그럼요! 영감님도 여기선 마찬가지고요. 뭔 짓을 해도…
노신사	예를 들어, 누굴 죽여도…

대꾸하지 않고 노신사를 쳐다보는 화가.
노신사는 바닥만 바라보며 고개를 끄덕인다.

화가	이런 얘기 다른 사람하고는 못 하는데요, 영감님이니까, 내가 나한테 하는 소리니까…
노신사	그래. 그럴 수 있지. 근데…
화가	네?

칼을 겨누며 소리치는 노신사.

| 노신사 | 얘기했잖아? 난 니가 창피하다고! |

뒷걸음질을 치는 화가.

화가	(도망치며) 왜요? 뭐가 그렇게… 창피해요? 뭐, 좋아요. 창피해도 좋아요. 그래도요, 우리가 힘을 합치면…
노신사	(다가가며) 뭔 말인지 모르겠냐? 창피해 죽겠다고. 니가 싫

다고! 난 너란 새끼, 아예 흔적조차 없었으면 좋겠다고! 어떻게 내가 제일 혐오하는 인간이 나일 수 있냐고!

도망치기를 멈추는 화가.
눈을 부릅뜨고 노신사를 마주한다.
기세에 당황한 듯 노신사도 다가오기를 멈춘다.

노신사   그래. 그래야지. 니가 그러니까 조금은 덜 창피하다.

화가   좆까. 니가 창피하든 말든 나랑은 상관없어.

노신사   뭐는 상관이 있는데?

화가   나도 니가 싫다는 거. 솔직히 너 같은 노인네… 싫어. 쌍판떼기 보기만 해도 토 나와. 내가 너처럼 될 수 있다는 게 싫어.

노신사   지랄하네, 괴물 같은 새끼가.

화가   괴물?

노신사   그래, 괴물!

화가   나 괴물 아니야!

노신사   거울 갖다가 봐! 이 괴물 새끼야!

화가   나는 나야! 내가 나라고!

노신사   이 인생은 나로 결정! 내가 나야!

노신사가 칼을 휘두른다.
피하는 화가.

공격과 수비가 반복된다.

그러다가… 노신사가 휘청하는 사이
화가가 노신사를 가격한다.

노신사가 비틀거린다.
화가는 칼을 쥔 노신사의 팔을 잡는다.

화가   누가 남는지 보자고. 응? 누가 진짠지 보자고!

노신사는 있는 힘을 다해 보지만
마침내 칼을 떨어트리고 만다.

겁에 질린 얼굴로 화가를 바라보는 노신사.
도망치려 하는데…
허둥대다가 이젤에 걸려 넘어진다.
화가는 물감이 묻은 수건을 집어 들더니
뒤에서 노신사의 목을 조르기 시작한다.

(여기부터는 장면 1의 상황이 반복된다)
노신사는 벗어나려고 버둥거리고,
그러는 바람에 이젤과 캔버스들이 쓰러지고…

결국 노신사를 죽이고는,
식탁에 앉아 정신이 나간 듯 괴로워하는 화가.
장면 1의 대사 중 일부가 반복된다.

화가   어떻게 해야 할지 모르겠어요… 그래도 자수를 해야 하겠
죠? 전 괴물이 아니니까… 전 사람이니까… 그래도 잘 모
르겠어요. (사이) 네, 겁이 나요. 억울하기도 하고요. 지금까
지, 지금까지도 힘들게 살아왔는데, 정말 안 죽으려고 좆
나 버티며 살아왔는데, 제 얼굴을 보세요. 정말 힘들었다
고요! 씨발, 근데 인제 와서 감옥 가면… 제 인생 너무 불

쌍하지 않아요?

핸드폰을 가져오는 화가.
고민하다가…
벌떡 일어난다.

화가   내가 왜요? 내가 먼저 시작한 것도 아니잖아요? 그리고,
        그리고… 내가 잘못했다고 해도요, 내가 잘못한 건 맞죠.
        사람을 죽였으니까. 맞아요. 내가 잘못했는데요… 그래도
        그냥… 그냥 도망치면 안 돼요?

갈등하다가…
허둥지둥 짐을 챙기기 시작하는 화가.

화가   나 감옥 가기 싫어요. 나도요… 나도 잘살고 싶다고요!

하지만 무엇을 챙겨야 할지 판단이 서지 않는다.
결국 다 버리고 돈 가방만 집어 드는 화가.

화가   욕해도 돼요. 근데요 나요, 지금도 밑바닥인데, 더 밑바닥
        하기 싫어요.

화가는 서둘러 걸음을 옮긴다.
노신사의 시체를 지나다가 잠깐 머뭇거리지만…
모른 척하고 밖으로 나가 버린다.

암전.

장면 5

어둠 속에서 들리는 빗소리.

다시 조명이 켜지면,
어질러진 그대로의 아틀리에.
노신사의 시체는 보이지 않는다.

잠시 후, 살금살금 모습을 드러내는 화가. (돈가방은 들고 있지 않다)
아무도 없다는 것을 확인하고는 안으로 들어오는데…
노신사의 시체가 없다는 것을 깨닫고는 소스라치게 놀란다.

이리저리 시체를 찾는 화가.
하지만 아무것도 찾지 못한다.
어리둥절한 얼굴로 식탁 의자에 앉는 화가.

화가 (객석을 향해) 경찰이 저를 잡으려고도 안 하더라고요. 뉴스에도 안 나고… 숨어다녔거든요. 가방 잃어버려서, 누가 훔쳐 간 거 같은데, 여관 같은 데 갔다가 잡힐까 봐 일부러 노숙하면서 한 푼도 안 쓰고 있었는데… 가방 도둑맞고서 겁이 덜컥 나더라고요. 돈도 없는데 어떻게 도망 다니나… 근데 아무 일도 안 일어나는 거예요. 맨날 신문이란 신문은 다 보고… 인터넷도 계속 검색해 보고… 정말 한 마디도 없어요.

일어서서 시체가 쓰러져 있던 자리로 간다.

화가   여기죠? 여기에 (시늉하며) 이렇게 그 노인네가 쓰러져 있었던 거 맞죠? 어디 갔죠? (고개를 들어 객석을 보며) 혹시 꿈일까요? 환상이었을까요? 제가, 제가 꿈이랑 현실도 구분 못 하고, 환상을 현실이라 믿고… 정말 그런 걸까요? 제가 진짜로 미쳐가는 걸까요? 그 노인네가 그랬잖아요. 내가 폭발해서 아틀리에를 어질러 놓은 거라고… 너무 미쳐 날뛰다가, 날뛰다가 더 미쳐서… 제가 사람을 죽였다고, 정말로, 정말로… 믿어버린 걸까요?

어지러움을 느끼는 화가.
비틀거리며 짚을 곳을 찾다가
자화상을 발견한다.

화가   저기, 저 빈 곳이요… 내가 도저히 그릴 수 없는 제 얼굴이요… (화상 부위를 만지며) 분명히요, 이게 내 얼굴인데… 이게 진실인데… 왜 내가 진실을 끌어안고 살아야 하는데요? 하필이면 이런 진실을! 쳐다보기만 해도 구역질 나는데, 근데 그걸 진실이라고 해서 끌어안고 살아야 해요? 나만 그런 것도 아니잖아요? 다들 그렇게 살잖아요! (자화상에 다가가서) 이거요, 이거… 완성된 거예요. 여기요, 이 빈 부분, 아무것도 안 그린 곳이요, 흰 물감도 안 그린 곳이요… 이게 제가 하고 싶은 거예요. 작가의 의도라고요. 난 거기는 손도 안 대겠다. 전요 아무것도 안 그려진 그림을 그린 거라고요. (말없이 그림을 보다가) 이게 완성된 그림이에요.

순간 거칠게 문을 두드리는 소리가 들린다.
깜짝 놀라는 화가.

노숙자 (목소리) 이거 좀 열어 봐요. 응? 이상한 사람 아니니까…
   좀 열어 보라고!

주저하는 화가.
그러는 동안 나이 든 노숙자가 문으로 설정된 위치에 와서 선다.
그의 품에는 화가가 도둑맞았다던 가방이 안겨있다.
화가는 무시하려는데

노숙자 가방! 가방 잃어버린 거 맞죠? 응? 그거 갖다주려고 왔어
   요. 돈 엄청 들어있던데… 문 안 열어주면 내가 그냥 이거
   가져갑니다.

놀라는 화가.
서둘러 달려가 문을 연다.
가방을 들어 보이는 노숙자.
화가가 받아 안을 살펴본다.
그러는 동안 노숙자는 아틀리에 안으로 들어온다.

노숙자 내가 이 생활을 해도, 응? 내가 남의 돈 그냥 꿀꺽할 사람
   은 아니야!
화가 정말 이거 그냥 그대로 돌려주시는…
노숙자 소주 두 병 사 먹었어. 그러다가 아차 싶더라고. 이러다가
   죽지. 나도 죽기는 싫어. 왜 죽는다고 생각했냐면, 응? 밤
   낮없이 소주 퍼먹다가 죽거나, 응? 아니면 김씨라고 있거
   든, 그 새끼 칼에 찔려 죽거나. 응? 그 새낀 그러고도 남을
   놈이거든. (둘러보고는) 화간가 보네?
화가 아, 네.

노숙자는 고개를 돌려 화가를 쳐다본다.

멍하니 마주 보던 화가는 그제야 깨닫고는 고개를 돌린다.

노숙자 더 심한 사람도 많이 봤어. 그 정도면 양반이야.

화가 제가 뭐 대접… (가방을 들어 보이며) 좀 나눠 드릴게요.

노숙자 됐어. 죽기 싫다니까. 걍 오늘 밤만 있다 갈게. 비 그치면…
아침에 국밥이나 사줘. 그 정도는 해줄 수 있지?

화가 제가 돈 드릴 테니까 여관에 가서…

노숙자 싫어? 돈은 나눠줄 수 있어도 같이 자기는 싫다? 그래, 그럴
수 있지. 알았어. 그럼 대신… (자화상을 가리키며) 저거 줘.

당황하는 화가.

화가 이거 아직 다 안 그린 건데요…

노숙자 뭘? 다 그렸구만.

화가 정말 이게 다 그린 거라고 생각하세요?

노숙자 아니야? 이상하네. 다 그린 거 아냐? 거기, 빈 데, 그거 가
지고 안 그렸다고 뻥 치냐? 그럼 사람들이 속나 보지? 응?
나는 못 속여. 다 그렸지? 다 그린 거 맞지? 난 못 속여. 왜
냐? 나도 옛날엔 그림 좀 그렸거든. 응?

화가 (피식 웃으며) 아저씨도 갈매기 그렸습니까?

노숙자 엉? 어떻게 알았어? 나 대학 다닐 때 습작은 전부 갈매기
야. 학교가 항구도시에 있어서 갈매기 엄청 많았거든…

화가 (놀라고 / 얼이 나간 듯) 벌레…

노숙자 어? 그것도 알아? 갈매기 껴안아 봤구나! 그거, 갈매기 껴
안아 본 사람만 알지. 그지? 나의 마돈나, 벌레가 우글대는
나의 마돈나…

화가 애인이 양말 안 벗고 섹스하는…

노숙자의 얼굴이 굳는다.

노숙자   너 뭐야?

화가   여기 어떻게 왔어요? 아니, 저 어떻게 찾았어요?

노숙자   엉? 가방 돌려주러…

화가   근데 가방 주인이 여기 산다는 거 어떻게 알았냐고요?

노숙자   엉? 그래, 나도 그게 이상했는데… 어떻게 알았지?

화가   아저씨도 다른 가능성이에요?

노숙자   그게 뭔 소리야?

화가   (혼잣말로) 내가 노숙자가 된다고?

노숙자   그거 안 어려워. 인생이 괴로우면 이렇게 되는 거 한순간 이야.

화가   아저씨 부인도 바람나서…

노숙자   뭐가 부인도야? 누가 그랬대? 난 아니야. (한숨) 차라리 바람이라도 났으면 죽지는 않았겠지. 우울증. 우리 마누라는 우울증. 난 그런 줄도 모르고, 그냥 그림만 죽어라고 그리다가… 그랬더니 너무 미안하더라고. 너무 미안해서 그림이고 뭐고… 뭐, 됐다. 인제 와서 얘기해서 뭐 하냐. 저거 안 줄 거야?

화가는 말없이 그림과 노숙자를 번갈아 쳐다본다.

노숙자   그렇게 아끼는 그림이야? 아니면… 잘 나가는 화가신가?

화가   아니요. 둘 다 아니에요.

노숙자   근데 왜 그렇게 안 주려고 해? 됐어. 국밥에 십만 원 얹어 줘. 그거면…

화가   아, 아뇨. 드릴게요, 그림.

노숙자   정말? 준다고?

화가   네. (소파를 가리키며) 저기 잠깐만 앉아 계실래요?

노숙자   정말 줄 거야? 그럼 앉아 있지, 뭐. 그럼 준다는데…

노숙자가 소파에 가서 앉는다.

노숙자   야, 이거 좋다. 야, 그럼 나 잠깐만 눈 좀 붙여도 돼? 비 와서 못 잤어.

화가   돼요. 돼요. 주무세요.

노숙자   너무 많이 자면 나 깨워줘. 나 여기서 신세 안 질 거니까. 그럼 잠깐만.

노숙자가 소파에 기대어 눈을 붙인다.
뒷걸음질을 치다가 반쪽짜리 자화상 앞에 선 화가.

화가   (객석을 향해) 제가 (노숙자를 가리키며) 저렇게 될 수도 있었다고요? 만약에, 만약에 제가 한 시간 전에 차에 치여서 죽었으면, 제가 먼저 죽었으면… 그럼 이 세상엔, 저라는 가능성이 저걸로 완성되는 거였다고요? 저거밖에 안 남는 거였다고요? (생각하다가) 그림도요… 이런 습작도 해보고, 저런 습작도 해보고, 이렇게도 완성해 보고, 저렇게도 완성해 보고, 여러 개 만들어 봤는데, 그중에서 제일 좋은 거만 세상에 내보내고, 나머지는 다 불살라버리려고 했는데… 아틀리에에 불 나서 다 재가 되고, 제일 안 좋은 거 하나만 남았다고요? (사이 / 물감 묻은 천을 집어 들며) 그럴 순 없죠. 남으면 내가 남아야지, 저건, 저건 정말 쪽팔려서… (피식 웃으며) 그 노인네가 이해되네요. 나 죽이려 했던 거… 이해돼요.

조심스럽게 소파를 향해 다가가는 화가.
가볍게 코를 고는 노숙자.

화가 인생의 가능성이요? 이렇게도 될 수 있고, 저렇게도 될 수 있고… 그게 좋아요? 난 하나도 안 신나요. 신나서 꿈꾸는 거, 예쁜 여자 만나서 막, 미친 듯이 하고, 존나 영웅이 되고, 내 그림이 엄청 비싸게 팔리고, 사람들이 나보고 천재라고 그러고… 그렇게 신나서 꿈꿀 수 있는 건요. 그게 진짜가 아니니까, 내가 아니니까… 사실 그런 건 없으니까… (화상을 입은 얼굴을 내보이며) 진짜는 이거니까! 또 다른 나요? 진짜로 또 다른 나? 그걸 받아들일 수 있어요? 그게 어떻게 나예요? 나 아니라고요! 난 살아남을 거예요. 수백 명을, 그게 다 나라면요, 그러면 그것들 다 없애야죠. 아니요, 수천 명, 수만 명일 수도 있겠네요. 아니, 무한대… 무한대겠죠. 그래야 말이 되죠. 무한대의 또 다른 나. (사이) 어쨌든 그것들을 다 죽여야 한다면… 죽여야죠. 무한대의 살인이더라도… 해야죠. 욕해도 좋아요. 내가 그중에서 몇 등인지 모르겠는데요, 아마 등수가 안 높을 거 같아요. 훨씬 더 좋은 인생이 있을 거 같긴 한데… 그래도 난 내가 남고 싶어요.

소파 뒤에 선 화가.
노숙자를 내려다보다가… 물감 묻은 천을 감아쥔다.
인기척을 느끼고 노숙자가 눈을 뜬다.

노숙자 얼굴 다 안 그린 거, 그거 잘한 거야. 가능성이 남아 있잖아…

순간 화가가 노숙자의 목에 물감 묻은 천을 감는다.
노숙자가 놀라는 순간,
천을 쥔 손에 힘을 주는 화가.
노숙자가 경악스런 얼굴로 발버둥을 친다.

빗소리.
사이렌 소리.
음악 소리.
그리고… 신음 소리.

모든 소리가 커지다가
갑작스러운 암전.
그리고 정적.

끝

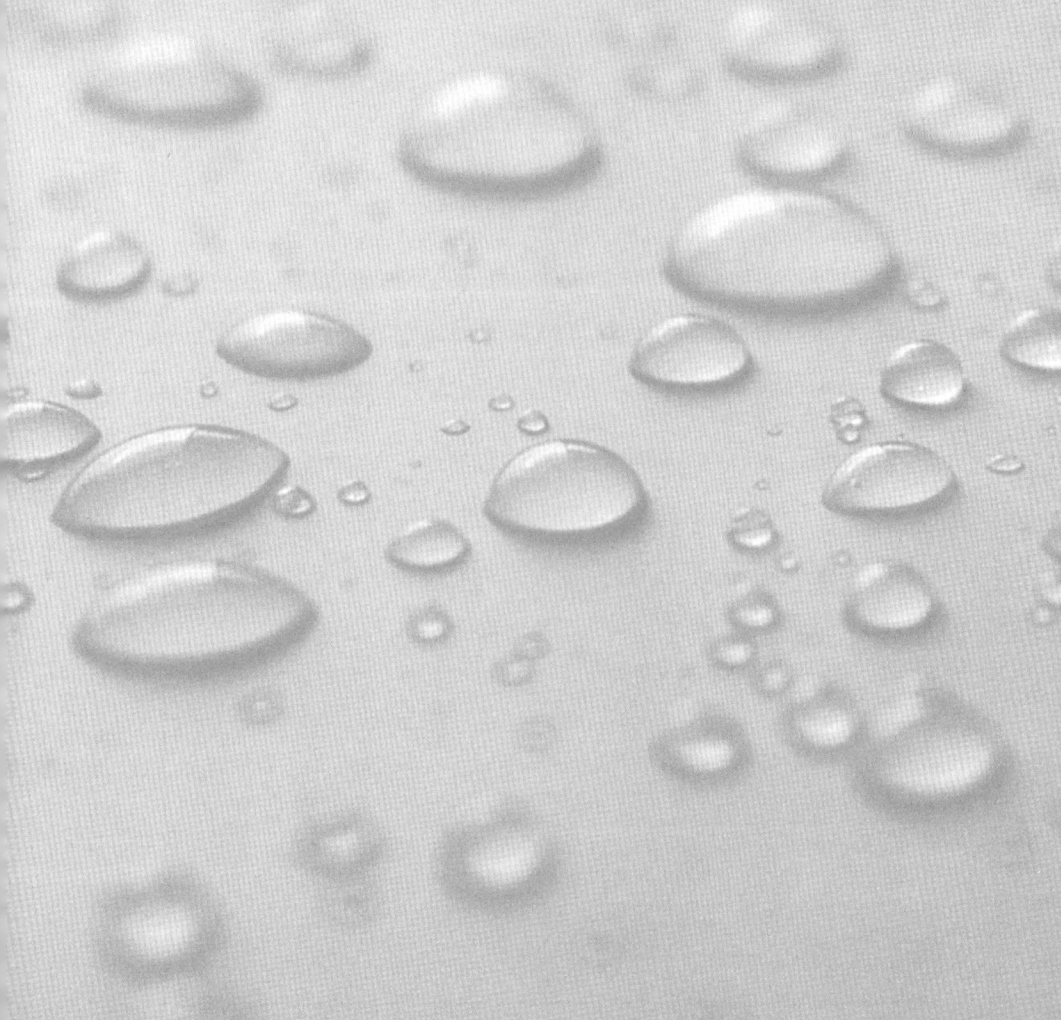

창밖의 여자

(2014년 作)

등장인물

민영 - 마흔다섯이 된 화려한 독신녀. 고소득 커리어우먼. 자유
      분방. 당당함. 여전한 미모. 긴 스트레이트 머리.
유정 - 역시 마흔다섯의 치맛바람 아줌마. 잘나가는 남편과 공
      부 잘하는 외아들을 둔 소위 '남부러운 것 없는' 전업주
      부. 세련된 중산층 사모님. 단발에 굵은 웨이브.

무대배경

민영의 창 & 유정의 창
두 집 사이 산책로, 카페/술집 등

장면 1 – 두 집 사이

화창한 어느 날 아침.

꼼꼼하게 분류한 재활용 쓰레기를 담은 봉지들을 들고 등장하
는 유정.
화장기 없는 얼굴에 편해 보이는 실내복 차림.
상쾌한 아침, 오늘도 보람찬 하루를 보낼 것이란 기대감에 기분
좋은 그녀.

맞은편에서 민영이 등장한다.
세련된 정장 차림에 명품 핸드백, 그리고 커다란 서류 가방.
유정과 달리 머리와 화장이 완벽하게 되어 있다.
출근길에 늦은 그녀는 시간을 확인하며 서두르고 있다.

둘은 서로를 발견하고 어색한 인사를 나눈다.

유정　　혹시… 새로 이사 오신 분?
민영　　네… (살짝 당황하나 바로 미소를 지으며) 앞집에 사시는…
유정　　예, (뒤를 가리키며) 여기, 이 집 살아요.
민영　　죄송해요. 어제 너무 정신이 없어서 인사도 못 드렸어요.
유정　　뭐가 죄송해요? 이사하는 날 정신이 있으면 그게 이상하지.
민영　　아니, 그래도. 인사라도 해야 했는데… 제가 저녁이 더 바
　　　　빠서요. 죄송해요.
유정　　아니에요. 우리는요 누가 이사 와줘서 정말 좋아요. 그 집
　　　　좀 비어있었거든요. 여기 정말 살기 좋은데. 정말 잘 이사
　　　　온 거예요.
민영　　정말 이런 데 이런 곳이 있을 줄은 몰랐어요. 저 오피스텔

에서만 살았거든요. 여기 오니까 마음이 뻥 뚫리는 것 같아요.

유정 차 소리도 안 들리고.

민영 맞아요. 차 소리가 안 들리니까 너무 좋은 거 있죠?

유정 근데도, 바로 옆이 서울이라는 거. 이런 데 없어요. 우리도 쭉 아파트 살다가 여기가 너무 좋아서 바로 이사와 버렸잖아. 의외로 애도 좋아하더라고요.

민영은 슬쩍 손목시계를 본다.

유정 아, 출근하셔야 하는구나! 죄송해요, 괜히 제가 붙잡고…

민영 아니, 아니에요. 저기, 애는 몇 학년이에요?

유정 고 2. 남자애.

민영 진짜요? 그렇게 큰 애가 있어요? 그렇게 안 보이시는데…

유정 에이, 그런 소리 하지 말아요. 우린 다 망가졌지.

민영 아니에요.

유정 괜찮아요. 우린 이제 그런 거 신경 안 써요. 괜찮아요.

다시 할 말이 없어진다.
민영이 유정의 손에 재활용 쓰레기가 들려있다는 것을 깨닫는다.

민영 아! 혹시요 여기 그거, 재활용… 날짜 정해져 있어요? 종이는 일주일에 하루만, 뭐 그렇게 해야 돼요?

유정 아뇨. 그런 거 없어요. 그게 좋다니까.

민영 아, 다행이다. 오피스텔에는 그런 거 없었는데요, 다른 데 가면 있다고 해서…

유정 그건 아파트 얘기고. 여기는 매일 내놔도 돼요. 아저씨가 알아서 정리하시니까. 근데… (민영 뒤의 집을 살펴보며) 가족분들은 다 나갔나 봐요?

민영 아뇨. 저 혼자 살아요. 낮에는 아무도 없고, 전 늦게 들어와서 잠만 자니까 조용할 거예요.

유정 저 큰 집에 혼자요?

민영 네.

유정 혼자… 아… 그러시구나. 혼자요?

민영 네.

이번에는 유정이 말을 찾는다.

유정 근데, 이렇게 늦게 나가면… 회사에서 뭐라고 안 해요?

민영 저희 회사는 좀 그래요.

유정 어딘데요?

민영 그냥 작은 회사 있어요. 모르실 거예요.

유정 그럼 회사 다니면서 혼자 사는 거예요?

민영 그렇죠.

유정 그럼… 혹시 돌싱이에요? (웃으며) 죄송해요. 초면인데…

민영 아니요, 그냥 싱글이요.

유정 애는요?

민영 없죠. 결혼 안 했으니까…

유정 아, 그렇구나. 당연히 그렇겠죠.

민영 네.

민영을 살펴보는 유정.
유정의 노골적인 시선에 당황하는 민영.

유정 혹시 나이가… 혹시 나보다… 많아요?

민영	제가요?
유정	이런 데 살려면 돈도 잘 벌어야 되고, 그러면 회사에서 높은…
민영	저 마흔다섯이요.
유정	마흔다섯? 나랑 동갑인데… ○○띠?
민영	네. ○○띠.
유정	정말? 나도 ○○띠.
민영	아… 동갑… 이시네요?
유정	전혀 그렇게 안 보이는데… 난 그쪽이 삼십댄 줄 알았어요.
민영	제가 하고 다니는 게 좀 이래서…
유정	너무 부럽다. 바꾸자, 나랑.
민영	네?
유정	부러우니까 하는 소리에요.
민영	(당황한 웃음) 아니요. 제가 부러운데요?
유정	뭐가요?
민영	네? 아, 그게… 남편분도 잘 되신 것 같고, 애도 다 키워 놓으셨고…
유정	다는 아니고, 거의 다.
민영	네. 거의 다. 하여간 아주머니는 다 해놓으셨으니까 저보다는…
유정	봐, 벌써 자기도 아줌마라고 하잖아? 누가 자기한테 아줌마라고 해요? 난 그게 부럽다고.
민영	저한테는, 아… 해요! 저한테도 해요!
유정	누가? 초딩들이?
민영	네!
유정	걔네들한테 아줌마 아닌 사람이 어디 있어?

대답하지 못하는 민영.

유정	싱글이면... 누구 소개시켜 줄까요? 우리 애 아빠 사촌 동생이 아직 미혼인데, 행시 돼서 지금 세종시 가 있어요. 그 정도면 괜찮지 않아요?
민영	아니요, 아니요.
유정	그냥 소개팅인데 뭐 어때요?
민영	그게 안 그래요. 제 나이, 아, 우리 나이 때 소개팅 하면… 결혼하겠다는 생각으로 나오는 거거든요. 결혼할 생각 없이 나가는 거, 그거 민폐에요.
유정	결혼할 생각이 없어요?
민영	예, 별로…
유정	신짜로?
민영	음, 반반?
유정	그런 거면… 안 하고 싶은 건 아니네요?
민영	하고 싶은 것도 아니라서요.
유정	에이, 우리 아직 한창인데 남자 없이 살 수 있어요?
민영	그런 얘기가 아니라요…
유정	엥? 혹시, 그럼 혹시…
민영	아뇨. 남자 필요해요. 남자는… 있어요.
유정	아, 있구나. 진작 얘기하시지. 그럼… 결혼할 사이?
민영	아니요. 안 해요. 그러니까 만나는… 만날 수 있는 거고요.
유정	남자 친구가 결혼하자고 안 그래요?
민영	아, 그게…
유정	그냥 계속 만나기만 하재요?
민영	그게… 한 명을 딱 정해 놓고 그런 게 아니라서…
유정	한 명이 아니에요? 두 명?
민영	아니, 그렇게 정해 놓은 게 아니라…
유정	아니라고요?
민영	아… 뭐…

유정	부럽다. 한 번 더.
민영	안 그러시면서…
유정	반반. 부러운 거, 안 부러운 거 반반.

민영이 다시 한번 시계를 확인한다.

민영	저 지금 시간이…
유정	미안. 미안해요. 내가 좀 수다가 많아서…
민영	아니요. 얘기해서 좋았어요. 언제 제가 한 번 찾아갈게요.

민영이 인사를 한다.
유정도 엉거주춤 인사를 받는다.

민영	(돌아서다 말고) 저… 우리 다음에 보면, 우리… 말 놓을까요?
유정	(기분 좋은 얼굴로) 그럴까요?
민영	네.
유정	(기뻐하며) 그럼, 그래…요.

민영이 시간을 확인하며 유정이 등장한 쪽으로 서둘러 나간다.
유정은 그 모습을 쳐다본다. 그녀의 얼굴에 미소가 떠오른다.
유정은 민영이 등장했던 쪽으로 퇴장한다.

장면 2 – 단지 밖 산책로

밤. 산책로에 설치된 벤치.
민영과 유정이(앞 장면의 복장 그대로) 나란히 앉아 있다.

그들은 각각 테이크아웃 커피를 마시고 있고,
사이에는 빈 캐리어가 놓여있다.

유정   날씨 참 좋죠?
민영   우리 말 놓기로 했는데…
유정   아, 맞다. 다시 할게.
민영   꼭 안 그러셔도…
유정   날씨 참 좋지?

민영은 유정을 보며 빙긋 웃는다.

민영   응. 참 좋네.

둘이 같이 하늘을 올려보다가

유정   좋아도 뭐… 맨날 집에만 있는데.
민영   안 바빠요? 애들 키우는 엄마들은 무지 바쁘다던데?
유정   그래봤자 동네잖아요? 동네 뺑뺑이. 글구 것도 어릴 때나
그런 거지, 솔직히 갈수록 할 일이 없어요. 건수 생기면 하
긴 하는데, 인젠 다 커서 돈 주면 지가 알아서 하니까… 갈
수록 내가 해야 하는 게 없어지더라고요.

사이.

유정   우리 말 놓기로 했는데…
민영   아, 그죠? 대충 하죠? 나이 드니까 말 놓는 게 더 편하지도
않더라고요.
유정   띄엄띄엄 보면, 상대방이 기억하는지 못 하는지, 모르겠더

라고.

민영 내가 말 놓았는지 안 놓았는지, 난 그것도 잘 기억이 안 나요.

유정 그죠. 나도 그래요.

사이.

민영 그때 말한 거, 부럽다는, 아니, 정확히 말하면 부러운 것도 있다는 건데… 그거 진심이에요.

유정 정말… 요?

민영 응.

유정 믿을 수 없으.

민영 난 집에 가면 혼자잖아. 아침에 일어나도 혼자고. 혼자 있기 싫으면 나가야 되고. 혼자가 아닌 거… 그게 부러워요.

사이.

유정 나도 해 떠 있을 때는 혼잔데…

민영 그래도 다르지. 그래도 해 지면 다들 돌아오고, 잘 때도 집에 사람 있잖아요?

유정 아, 그게 그렇게… (생각해 보다가) 음, 다르겠네요.

민영 그럼요. 달라요.

사이.

유정 난 누가, 다른 여자가 나 부러워한다는 게 이해가 안 되는데… 솔직히 커리어우먼에, 힐도 신고, 몸매도 좋고… 자기는 아직도 '여자'잖아? 그런 게 부러운 거 아닌가?

민영   우리 다 여자지…

유정   자기가 여자지. 난 잘… 자기는 남자도 많고!

민영   (피식 웃고는) 그게 되게 꽂혔나 보네?

유정   그럼 꽂히지. 이 남자, 저 남자, 난 어릴 때도 못 해 본 건데, 우와…

        사이.

민영   한번 놀아볼래요? 내가 세팅은 해줄 수 있는데.

유정   네? (놀란 눈으로 쳐다보다가) 에이, 못 해요. 못 해. 그리고 슬직히 판심노 없어. 말로 하면 부러운 것 같은데, 막상 하라고 하면…

민영   그죠? 안 부럽죠?

유정   아니, 남자 얘기는 그런데… 자기는 자기 일하잖아? 나는 남, 뭐 남은 아니지만, 하여간 다른 사람 뒤치다꺼리하는데. 난 그게 제일 부러워요.

        사이.

유정   김치 안 하죠?

민영   안 하죠.

유정   우리 거 줄게요. 시간 날 때 한 번 와요.

민영   안 그러셔도 되는데.

유정   그러셔도 됩니다. 아무도 집에서 안 먹으니까 그득그득 남아요.

민영   아, 그러면… 언제 한번…

유정   아무 때나 편하실 때…

민영   네.

다시 하늘을 올려다보는 두 사람.

민영 우리… 부러운 거만 반반씩 섞으면 참 좋을 것 같은데…

유정 그죠? 그러면 딱인데…

민영 다시 살아볼 수도 없고…

유정 우리 얘기 많이 해요. 솔직히 커리어우먼들 어떻게 사는지 궁금했거든요.

민영 저도 결혼하고, 애 낳고 그랬으면 어떻게 됐을지 되게 궁금했어요. 얘기 많이 해요, 우리.

유정 참, 우리 말 놓기로 했는데…

민영 맞다. 그랬는데…

둘은 서로를 쳐다보며 싱긋 웃는다.

장면 3 – 각자의 창

다른 학부모와 전화 통화를 하는 유정.
운동을 하며 남자 선배와 전화 통화를 하는 민영.

유정 응, 우리 애는 그 학교 못 가. 그러니까 반장 엄마하고 나는 입장이 다르지. 우리 애는 수학이 그렇게 안 나오잖아? 나는 수학 얘기만 나오면 반장 엄마가 너무 부러워. 얼마? 진짜? 그런 과외가 있어? 우리는 형편이 안 되지. 무슨 소리야? 우리 애 아빠는 그렇게 못 벌어. 말이 좋아 대기업이지, 차포 떼고 나면 손에 쥐는 건 얼마 없어.

민영 말이라도 그렇게는 하지 마라. 같은 여자 입장에서 화난다. 자기 와이프한테 가가멜이 뭐냐? 가가멜이… 선배는 애 엄마들이 얼마나 힘들게 사는지 몰라서 그래? 바람피우는 건 선배면서 와이프 이상한 인간 만들지 마. 와이프 이상한 사람 만들면 죄책감이 없어지니? 그럼 바람피우면서 그 정도 대가도 안 치르려고 그랬어?

유정 아, 앞집에 이사 온 여자? 독신이래, 독신. 다 물어봤지. 돌싱도 아니랍니다. 쭉 솔로. 싱글.

민영 어, 여기 좋아. 앞집 아줌마도 괜찮은 거 같고. (사이) 왜? 내가 아줌마들이랑 잘 지내는 게 왜 이상해?

유정 그지? 그러니까 그런 몸매가 나오는 거라고. 애 안 낳으면 그게 되지.

민영 망가지긴 망가졌지. 어릴 땐 괜찮았을 것 같은데…

유정 우리가 왜 여자야? 우린 그냥 엄마. 마누라? 그것도 칠까? 그래. 그것도 치자.

민영 아니, 꽤 사는 집 사모님이야. 그래도 남편 내조하고, 아들 학원 챙기고, 교회도 열심히 다니나 보더라고… 그렇게 살면 망가지지 않을 수가 없어.

유정 부럽지. 우리가 마지막으로 미니스커트 입고, 힐 신어 본 게 언제냐?

민영 그건 남자들이 몰라서 하는 소리고. 그런 아줌마들이 일 있는 날은 얼마나 잘 빼입고 다니는 줄 알아?

유정 응, 사람은 좋더라고. 깐깐하고, 드세고, 막 그럴 것 같잖아? 근데 안 그래. 바쁜 것 같은데, 시계 자꾸 보더라고. 근데도 내가 계속 말 거니까 간다는 소리도 못 하고 다 받아주더라고. 돈도 잘 버나 봐. 혼자 살면서 이런 데 이사도 다 오고. 우리가 어디 나가서 한 푼이라도 벌 수 있어? 남편이 돈 안 주면 우린 그냥 맹구 아냐, 맹구.

민영 아니, 남편들이 챙기는 거라니까. 남편이 안 챙기면 시댁에서 챙긴다고. 어디 가서 옷에서 꿀리면 그게 남편 망신이고, 시댁 망신이고 그렇지.

유정 (웃으며) 아, 맞다. 앞집 여자, 애가 맹한 건지, 남자 없이 어떻게 사냐니까, 막 당황하더니 뭐라는 줄 알아? 자기 남자 있대. 그것도 많대. 근데 그게 믿지가 않더라니까. 순진한 데가 있는 거 같아.

민영 의무라니까. 사모님의 의무!

유정 (웃으며) 그럼! 우리는 남자 없어도 살지. 아니, 있기는 있어야 되는데, 남자로서가 아니라… 뭐냐, 현금인출기? (마구 웃는다) 안 들어왔어. (사이) 내가 늦게 들어오면 깨우지 말고 작은 방에서 자라고 했어. 그랬더니 뭐라는 줄 알아? 싱글 침대 주문했대. 배송 온다고 나보고 받으래. (창밖으로 시선을 돌렸다가 깜짝 놀라며) 어머, 어머머! 저게 뭐야? 아니, 내가 일어서다가 우연히, 정말 우연히, 여기가 돌아서다 보면 보여. 그래서 우연히 본 건데… 아니, 그 집, 앞집… 저 여자… 다 벗고 다녀! 아니, 아니. 거의 다. 거의 다 벗은 거나 다름없어.

민영 깜짝이야. (천천히 돌아서며) 앞집 아줌마가 나 보고 있어. 어, 여기는 다 좋은데 그게 좀 안 좋아. 서로 다 보이거든.

유정 혼자 살면 저래? 그게 다가 아니야. 술하고 담배하고… 어머머, 저 여자 술 담배 다 해. 아니야, 맥주가 무슨 술이야? 위스키 있잖아? 양주! 여자가 양주를 다 먹어.

민영 아니, 그냥 눈 마주친 게 아니라… 엿보는 거. 커튼 뒤에 숨어서 고개만 내밀고 있다고. 왜 엿보지?

유정 직장? 말 안 했는데? 왜? 화장? 화장 진하지. 우리하고는 다르지. 정말? 설마… 정말 그럴까?

민영 어떻게 그래? 그러면 내가 알아챈 거 알 거 아냐? 그러면 다음에 만나면 어색하잖아.

유정 에이, 아닐 거야. 술집 여자들이 왜 이런 데 와서… 정말 술집 여잘까? 어떻게 하지? 나 김치 가져가라고 했는데… 진짜 오면 어떻게 해?

민영 아니야, 그냥 모르는 척할래. (웃으며) 또 모르시는 말씀을 하시네. 남자들은 여자들이 남자들의 시선에 목매는 줄 알지? 진짜 중요한 건 여자들의 시선이거든요. 다른 여자들. 뭐, 자랑질 좀 한다고 생각하지.

유정 응. 다 보여, 다. 저 여자 저러고 다니는 거… 큰일났다. 애 올 시간이야. 걔 방에서도 다 보이거든. 걔 방에 커튼 쳐 놔야지. 내일 다시 얘기해. 아니, 안방은 괜찮아. 거기선 안 보여. 끊어.

민영 저건 뭐 하는 짓이야? 어이가 없어가지고… 커튼을 치네, 막 달려와서! 아니, 무슨 큰일이 난 것처럼 그런다고! 어쭈, 이젠 옆방까지? 왜? 왜 저러는데? 선배, 끊어. 끊어. (창을 향해) 왜? 니네 남편 곁눈질할까 봐 겁나니? 니네 아들이 훔쳐보면서 이상한 짓 할까 봐 걱정돼? 왜, 왜 나 이상한 사람 만들어? 그래. 닫아라. 꽁꽁 닫고 살아! 니가 닫아 주면 난 좋지, 뭐. 난 안 답답하게 다 열어 놓고 살 거다!

장면 4 – 두 집 사이

일요일 아침.
편하게 입은 민영이 술병이 가득 찬 비닐봉지와 커다란 피자 박스를 들고 등장한다.
숙취에 힘들어한다.
정장을 입고 한 손에 성경책을 든 유정이 반대편에서 등장한다.
둘이 마주친다.

유정	아, 안녕…
민영	안녕… 하세요?
유정	우리… 말…
민영	어디 가세요?
유정	네? 교회요. 오늘 주일이니까…
민영	혼자요?
유정	아들은 학원 때문에 바쁘고, 남편은 골프 치러 갔고… 그러니까 혼자 가야죠.
민영	혹시 어제 늦게 들어오신 분이 남편?
유정	봤어요?
민영	아, 그분이 남편 되시는구나… 그럼 되게 늦게 들어오셨는데… 벌써 골프 치러 가셨어요?
유정	접대 골프라서 미룰 수가 없대서…
민영	체력이 대단하시네.
유정	체력은 무슨, 그건 내가 제일 잘 아는… 아, 그래야 오후에는 잘 수 있다나… (민영의 손에 들린 비닐봉지와 피자 박스를 보며) 어제 손님 치렀나 봐요?
민영	집들이하느라고요. 너무 늦게까지 놀아서… 많이 시끄러웠어요?
유정	뭐, 집이 워낙 붙어 있으니까. 애가 공부하는 데 방해가 되긴 하죠. 그래도 집들이라니까…
민영	죄송해요. 떠들지 말라고 했는데 술 들어가니까, 저도 막…
유정	친구분들도 싱글이 많나 봐요? 늦게까지 있던데…
민영	부부도 있고… 그래도 싱글이 많죠.
유정	부부가 그렇게 늦게까지 놀 수 있어요? 애들이 혼자 잔대요?
민영	어제 온 부부는 애 안 낳고 살아요.
유정	결혼하고서요?

민영	네. 저처럼 좀 별종들이라…
유정	(혼잣말처럼) 그럼 결혼은 왜 했대?
민영	(거슬린다. 최대한 부드럽게) 애 낳으려고 결혼하는 게 아닌 사람도 있거든요.
유정	뭐, 내가 상관할 문제는 아니겠지만…
민영	각자 알아서 사는 거니깐요.
유정	그래도 난 그게 잘 이해가 안 돼요. 그럼 왜 결혼하죠?
민영	할 수도 있죠.
유정	그러니까 왜요?
민영	그냥 뭐… 인생을 같이하고 싶으니까?
유정	애가 있으면 인생을 같이할 수 없는 거예요?
민영	셋이랑, 아니면 넷이랑… 둘이랑은… 좀 다르겠죠?

사이.

유정	미안해요. 남의 일 가지고 내가 너무… 내가 너무 보수적이죠?
민영	아니에요.
유정	아니, 괜찮아요. 보수도 있고, 진보도 있고.
민영	보수적이라기보다는… 일반적?
유정	그래요?
민영	그럼요.
유정	다행이네. (서둘러) 많이 마신 것 같은데… 술 잘 먹어요?
민영	일하다 보니까 아무래도… 원래도 술을 잘 마셨어요. 저 대학교 때는…
유정	(말을 끊으며) 나는 맥주 한 잔만 마셔도 어지럽던데… 타고나길 다르게 타고났나 봐요.
민영	(어색한 미소) 그런가요? 하여간… 어제 너무 늦게까지 놀

아서 죄송해요. 다들 가고 나면 조용해질 거예요.

유정   아직 안 갔어요?

민영   네. 저 나올 때는 자고 있었거든요. 지금쯤은 다 깼을 것 같은데…

유정   아, 네… 정말 자유롭게 사시는 분들이구나…

민영   자유는요. 그냥 멋대로 사는 거죠.

유정   그게 자유 아니에요?

민영   자유? 그게 자윤가? 편하게 살기는 하죠.

유정   그게 자유가 아니면 뭐가 자유예요? 우리는 그런 자유 없는데.

민영   네, 자유라고 해두죠. 다른 사람 입장에서 보면… 하여간 죄송했어요.

유정   아니에요. 미안하다고 해줘서 내가 고마워요.

민영   그럼 또 봬요.

유정   그래요. 또 봬요.

유정을 지나쳐 쓰레기 분리수거장으로 향하던 민영이 피자 박스를 놓치고 만다.
안에 있던 내용물들이 쏟아진다. 먹다 남은 피자 조각들. 민영이 당황한다.

민영   죄송해요. 아직 정신이 없나 봐요.

유정   그거 그냥 그렇게 버리려고 했어요?

민영   너무 정신이 없어서… 다 비운 줄 알았는데…

유정   그거 그러면 안 되는데…

민영   원래 안 그래요. 제가 어제는 술을 너무 먹어서…

유정의 시선이 민영이 들고 있던 비닐봉지로 향한다.

유정   그리고요, 그거, 페트병도 라벨 다 떼야 돼요.

민영   그래야 돼요? 저 살던 오피스텔에서는 그냥 페트병 버리는 데 버리면 됐었는데…

유정   그건 거기 얘기고 여기서는 그러면 안 돼요. 그러면 그거 술병들 안 헹궜겠네요?

민영   헹궈서 버려야 해요?

유정   다른 데서는 그렇게까지는 안 하는 데… 우리는 그렇게 하기로 했어요.

민영   그건 좀 너무한 거 같은데요?

유정   우리는 그렇게 하기로 했다니까요.

민영   아, 네…

유정   죄송하지만, 그거 다시 정리해서 내놓으실래요?

민영   (한숨을 쉬고는) 네.

민영이 어렵게 쓰레기를 주워 들고는 자신의 집으로 돌아간다.
유정은 물끄러미 그녀의 뒷모습을 바라본다.

장면 5 – 각자의 집

남편과 이야기하는 유정.
남자 친구와 이야기하는 민영.

유정   비닐봉지가 막 찢어지려고 하는데, 그냥 술병이 가득… 맥주가 아니야. 위스키, 양주. 그게 멋있냐? 그게 멋있어? 그럼, 당신 마누라는 술도 못 먹고, 그런 멋도 없고… 어떻게 같이 살았냐, 지금까지?

민영   (미소) 오늘 자고 가는 거죠? 아뇨, 난 좋아요. 근데 나 내일 아침에 일찍 나가야 되는데… 아니면, 내일 바빠요? 나 올 때까지 여기 있어도 되는데. (웃음) 진짜? 진짜 내일 하루 종일 나 기다려준다고? 신난다.

유정　동갑. 나랑 동갑. 부럽냐? 부러워? 나도 그렇게 할까? 나도 저 여자가 젊으면 그러려니 해. 젊었을 때 그렇게 살 수도 있지.

민영　(컵라면을 열어보며) 아직 안 됐나? 안 됐네. 난 술부터 마실 래.

유정　하지만 사십 대면… 인생을 책임져야 하는 나이 아닌가? 나만 혼자 잘나서 여기까지 잘 온 게 아니잖아? 혼자서는 절대 여기까지 못 왔다고.

민영　아, 근데, 내일요, 앞집에서 다 보이거든요. 그러니까 불편 하면 블라인드 내리고 있어요. 지금? (창밖을 슬쩍 보더니) 커튼 쳐져 있네. 남편 있나 보다.

유정　그러면 의무를 다해야지. 결혼도 안 하고, 애도 안 낳고… 한국 사람 멸종하면 그건 다 저런 여자 때문이라고. 미리 부터 책임질 일을 안 하겠다는 거지. 얼마나 이기적이야?

민영　되게 웃기지 않아요? 몰랐는데 어느 날 보니까 나 훔쳐보 고 있는 거 있죠? 내가 또 집에서 좀 섹시하게 하고 다녀?

유정　자아실현? 웃기지 말라고 해. 결혼 안 하고, 애 안 나면 자 아가 실현이 돼? (물컵에 손을 뻗으며) 아휴, 목이 다 아프네.

민영　아뇨. 모르는 척했죠.

유정　당신도 정신 좀 차려.

민영　겁날지도 모르죠. 남편이 한눈팔까 봐.

유정　몰라서 물어? 어제 밤늦게까지 술 먹고 늦게 들어왔잖아? 기억은 나셔? 좀 창피한 줄 알아. 그렇게 늦게 다니니까 저 런 여자가 뭐라고 한다고!

민영　근데 그게 사랑해서 그러는 것 같지는 않아요. 이게 무슨

말이냐면… 남편을 사랑하는 게 아니라, 남편 역할을 해주
는 사람만 있으면 되는 거예요.

유정   뭐 하는지 내가 어떻게… 술집 여자란 소문이 있어.

민영   그렇죠. 많죠, 그런 사람들.

유정   당신 반응이 왜 그래? 아니면 아니지 왜 화를 내냐고. 당신
이 뭐 저 여자 대변인이야? 왜 저 여자 편을 들어?

민영   그런데 그게 문제가 뭐냐면요, 자기도 상대방한테 그런 존
재라는 거죠. 상대방도 자기한테 기대를 안 하는 거예요.
아내 역할을 해주는 사람이면 되는 거죠.

유정   피곤해? 갑자기? 당신이란 사람은 일주일에 한 번 마누라
얘기도 못 들어 줘? 남들 얘기는 잘 들어주잖아.

민영   자식은 다를 것 같아요? 절대 아니죠. 자식이 그 엄마라는
인간 자체는 못 보니까. 엄마 역할만 보이고… 말이 어렵
다. 하여간 무슨 말인지 알겠죠?

유정   커튼? 커튼이 왜?

민영   뭐요? 아차, 라면! (확인하고는) 다시 끓여야겠다.

유정   뭐가 답답해? 그냥 잘 거잖아?

민영   지금 많이 배고파요? 이따가 나가서 먹는 건 어때요? 난
왜 이렇게 자주 덥지? (웃으며 웃옷을 벗는다)

유정   안 돼. 커튼은 그냥 놔둬. 걷지 말라니까!

민영   창문? 안 돼요. 닫지 마요. 그냥 놔둬요. (사이) 그러니까요.
다 보라고 그러는 거예요.

장면 6 - 두 집 사이

서둘러 달려 나오다가 마주치는 두 사람.
민영은 화려한 정장 차림, 유정은 집에서 입었던 대로.

둘 다 약간 긴장한다.

민영 안녕… 하세요?
유정 아, 네. 잘 지내셨어요?
민영 아, 예. 별일 없으시죠?
유정 그럼요.
민영 그래요?
유정 왜요?
민영 아, 아니요. 그냥… 그럼, 안녕히 가세요.

서로 지나치려다가

민영 저기!
유정 네?
민영 혹시… 카 센터…
유정 네? 아… 봤어요?
민영 멀리서, 지나가면서 본 거라 긴가민가했는데… 맞으시구나.
유정 좁은 데서 코너 돌다가 조금 긁어서…
민영 조금이 아니던데요?
유정 아니, 그 정도면 그냥 살짝…
민영 범퍼 떨어졌던데요?

사이.

민영 어디 다치신 데는 없고요?
유정 다칠 정도로 그렇게 박은 게 아니라서요.
민영 어휴, 그래도 범퍼 떨어졌으면…
유정 요즘 차들이 그렇잖아요? 조금만 박아도 범퍼가 와장창…

민영   아차 하는 순간에 쾅! 나이 드니까 감이 떨어지잖아요?

유정   그래서 조심한다고 했는데…

민영   조심하면 안 돼요.

유정   네?

민영   최소한 저는 조심 안 해요. 이게 왜 그러냐면요… 조심하
       면 할수록 감이 더 떨어진다고요. 너무 안전하게만 하니
       까. 우리 젊었을 땐 조심 안 했잖아요? 그래도 운전 잘 했
       잖아요?

유정   그거는 젊었을 때 얘기고요, 지금은 운동 신경 자체가 달
       라졌는데…

민영   달라지니까, 그러니까 더더욱! 조심, 조심, 그렇잖아요? 그
       럼 더 빨리 늙어요. 좀 아슬아슬하긴 하지만요, 감 안 떨어
       지게 하려면요… 조심하면 안 돼요.

유정   그래도 조심 안 하면, 자꾸 사고 나니까, 그러다가 큰 사고
       날 수도 있고…

민영   예, 맞아요. 아슬아슬하다고요. 저도 쫄려요. 그래도 참아
       야죠. 쫄리는 거, 버텨야죠, 빨리 안 늙으려면.

       사이.

유정   (핸드폰을 꺼내 보고는) 저 가봐야 돼서… 그쪽도 출근하던
       거 아니었어요?

민영   (시계를 보고는) 어머! 나 미쳤나 봐. 쓸데없는 얘기하다
       가…

유정   늦은 거면, 이 시간에는 버스 타는 게 더 빨…

민영   (문자를 보내며) 미친 듯이 밟아야겠네. (고개를 쳐들어 유정
       에게) 저 갈게요.

민영이 서둘러 달려 나간다.

자리를 뜨지 못하는 유정.

기분 나쁜 기색이 역력하다.

심호흡을 하고는 반대 방향으로 나간다.

장면 7 - 카페 / 술집

학부형들과 커피를 마시는 유정.

직장 동료들과 술을 마시는 민영.

민영 상무님, 저처럼요 혼자 사는 여자는요, 뭐가 좋냐면요, 제가 번 돈은 다 저한테 쓰는 거, 그게 제일 좋다고요. (웃음) 여튼 옷 사서 입고 갔는데… 필라테스요. 여자들 많을 거 아니에요? 그랬는데… 김 대리, 나 잔 비었잖아.

유정 오랜만에 연습장에 갔거든. 필드 한번 가자며? 그래서 갔지. 갔는데, 근데 반장 엄마는 왜 이렇게 안 오냐? 어쨌든 낮에는 우리 찾는 사람 없잖아? 갔는데… 근데 글쎄 거기 그 여자가 와 있는 거야. 그 여자. 앞집 여자! 아이고, 말도 마. 완전히 쫙 빼입고, 화장에…

민영 이 여자들이 슬금슬금 피하는 거 같은 거야. 그런 거 있잖아? 지들끼리 막 얘기하다가 내가 나타나면 대화가 뚝 끊기는 거. 알지? 알지? 나 그런 거 정말 싫어하잖아? 근데 그 여자들이 그러는 거야. 진정했지. 침착하자. 무슨 일인지 알아내야 한다. 그래서 아양도 떨고 애교도 부리고… 그랬더니 슬슬 입을 열더라고. 그래서 결국 알아냈지. 뭐라는 줄 알아?

유정	그래, 나도 진짜 그렇게 보이긴 하더라.
민영	하, 참 내가 기가 막혀서… 나보고 술집 마담 아니냐고 하는 거야. 그래, 술집! 술집 마담!
유정	볼? 볼 치러왔겠니? 그렇게 차려입고? 수다만 줄창 떠는 거야. 남자들하고! 벌써 주변에 남자들이 우글우글하더라고.
민영	웃지 마세요. 웃을 얘기가 아니에요. 그럼 우리 회사가 룸싸롱인가요? 상무님, 정말로… 제가 그렇게 보여요? (직원들에게) 니들도 진짜로 내가 술집 여자로 보이냐? 니들 중에 전교 1등한 사람 있으면 나와 봐.
유정	(고개를 들어 누군가를 알아본다. 빨리 오라고 손짓을 하는 그녀.) 왜 이렇게 늦었어? 커피 시켜, 커피. 어디까지 했더라? 그래, 수다만 떠는데, 난 안 들으려고 했어. 왜 들어, 내가? 그래도 휴게실에 가고 그러다가 듣게 되잖아? 들린 거지. 들은 게 아니라… 뭐라는 줄 알아?
민영	아니, 지 남편이랑 자식한테 받는 스트레스를 왜 엄한 데다가 풀어.
유정	내 참 기가 막혀서. 어떻게 와이프랑 자냐고 그래. 뭐라더라… 장모님 딸이랑 어떻게 자냐는 거야, 가족인데. 가족이랑 자면 근친상간 아니냐고. 그랬더니 남자들이 웃고 난리가 났어요. 너무 재미있대.
민영	나요, 나 혼자서 고고한 척하는 여자들 정말 싫어하거든요. 마음에 안 들면 술집 여자야? 술집 여자가 뭐 어때서? 우리 다 속물이야. 자기도 잘 먹고 잘살려고, 그렇게 살고 있잖아? 그럼 그게 속물이지. 속물엔 착하고 나쁜 게 없어. 그냥 착한 속물이 있고, 나쁜 속물이 있는 거라고! 근데 내가 왜 이 얘기를 이렇게 길게 하는 거지?
유정	이게 그렇게 웃겨? 그래, 웃기기야 하지. 아니, 아무리 그래도 결혼도 안 한 여자가 뭘 안다고... 아, 근데 이 얘긴 다

른 남자가 한 건가? 그 여자가 웃고? 기억이 잘 안 나네. 아냐, 아냐, 아냐. 그 여자가 한 거 맞아.

민영　확인? 그걸 어떻게 확인을 해? 가서 니가 그랬니? 물어보라고? 딱 보니까 그년이던데, 보면 모르겠니? 엿보기 대마왕, 욕구불만 강박증, 그년이 퍼뜨리고 다닌 거지.

유정　그래, 그게 잘못은 아니지. 그 여자는 그냥 자기가 생겨 먹은 대로 사는 거니까. 아예 우리랑은 종자가 다른 거야. 암이 딱 그렇잖아? 암은 지가 살려고 막 커지는 거잖아? 근데 암이 막 커지면, 그 주변에 있는 세포들이 죽는 거잖아. 결국은 전체가 다 죽고. 그래서 암이 나쁜 거라고.

민영　그리고… 나 집에서 김치 안 먹어. 김치 담을 통도 없어. 그래도 성의가 고마워서 내가 김치통도 샀거든! (폭발한다) 아우, 미친년. 미친년! (올려보며) 어, 상무님, 벌써 가시게요? 왜요?

유정　어머, 나 근데 큰일났다. 저번에 빈말로 김치 가져가라고 했는데 진짜로 오면 어떡해? 응? 벌써 시간이 그렇게 됐어? 그래, 그럼 밥 먹으러 가자.

장면 8 – 대형 마트

장을 보다가 쇼핑 카트를 끌던 채로 마주친 두 사람.
유정의 카트엔 야채를 비롯한 생 재료들이 가득 담겨 있고,
민영의 카트엔 통조림 등 가공식품들이 담겨 있다.
둘은 상대를 발견하고 움찔한다.
그러다가… 황급히 인사를 나눈다.

유정, 민영　안녕… 하세요?

잠시 머뭇거리는 두 사람.

유정   잘 지냈어요?

민영   그럼요. 이사 잘 온 거 같아요. 아침에도 상쾌하고… 잘 지
내시죠?

유정   정말 잘 지내요. 이사 잘 왔다니… 좋네요.

대화가 끊긴다.
둘은 동시에 카트를 밀고 지나가려다 부딪힐뻔한다.
카트의 방향을 돌리려 하지만 번번이 상대의 길을 가로막는 두
사람.
결국 어쩔 수 없이 나란히 같은 통로로 들어가게 된다.
둘은 서로 외면하며 물건을 고른다.

민영   요새 날씨 참 좋아요.

유정   좋죠. 좋은데… 올해는 좋은 것도 아니에요. 작년 이맘때
엔 얼마나 좋았는데.

민영   그랬어요? 제가 작년 이맘때를 잘 몰라요. 유럽에 있었거
든요.

유정   아, 그랬구나. 그래서 모르는구나.

민영   런던에 있었는데요, 거기는 날씨가 영…

유정   날씨는 우리나라가 참 좋은 거 같아요. 이런 날씨 없죠?
그죠?

민영   잘 몰라서 그래요. 세상에 날씨 좋은 데가 얼마나 많은데
요. 우리나라는 날씨가 안 좋은 거죠. 호주 안 가보셨어요?

유정   안 가봤죠. 우리는 애들 키우느라고 그렇게 여행 같은 거
못해요.

민영   아~~ 그렇겠네요. 그렇죠?

대화가 끊어진다.

하지만 누구 하나 먼저 자리를 뜨지 않는다.

유정이 민영의 카트 안을 들여다본다.

유정 어머, 이런 거 먹으면 안 돼요.

민영 네? 뭐요?

유정 이런 거, 이런 거. 어머, 죄다 조리식품이네.

민영 바빠서 집에서는 잘 안 해 먹어요.

유정 내가 안타까워서 하는 소린데, 이런 거는요 MSG 범벅이
에요.

민영 (기분은 나쁘지만 변명조로) 저도 알죠. 알긴 아는데 현실적
으로 안 먹을 수는 없잖아요.

유정 그건 노력하기 나름이죠. MSG가 의학적으로 어떤 게 나
쁘다, 이런 거 밝혀진 게 없는 건 아시죠? 자연에서 나오는
물질하고 똑같은 거예요, 그게.

민영 그래요? 그런 데 별로 관심이 없어서 잘 몰라요. 진짜 나쁜
게 없어요?

유정 밝혀진 게 없다죠, 정확히 말하면.

민영 아직까지 안 밝혀졌으면… 뭐가 나쁜지도 모르면서 먹지
말자는 거예요?

유정 그래서 위험하다는 거 아녜요. 뭐가 어떻게 나쁠지 모르는
거잖아요.

민영 자연에서 나오는 거랑 똑같으면 괜찮지 않을까요?

유정 독버섯에 독이 있잖아요? 자연에서 나오는 거죠? 복어도
독이 있고. 그것도 자연에서 나오는 거고. 자연에서 나오
는 거라고 다 좋은 게 아니라고요.

민영 그건 그래도 그거랑 MSG랑 다른 얘긴 거 같은데…

유정 그렇게 생각하면 평생 쓰레기를 먹게 되는 거예요. 이런

거. 이런 거. 쓰레기. 그래서 주부가 관심 있게 요모조모 살펴보고 음식을 준비해야 된단 말이죠. 우리 가족들 먹을 거니까.

빈정 상하는 민영.
하지만 더 이상 대꾸하지 않는다.
승기를 잡았다 싶었는지

유정   근데 평일 오후에 이렇게 시간이 나요? 회사 다닌다고 안 그랬어요?

민영   탄력 근무제 하거든요. 아시는지 모르겠지만, 그런 게 있거든요. 그래서 밤에 늦게까지 일하면 다음 날은 쉴 수도 있고 그래요.

유정   그런 회사가 다 있어요? 신기하네. 강남에 있어요?

민영   네.

유정   근데 말이에요, 회사가 왜 그렇게 비싼 데 있어요? 낭비 아닌가?

민영   그쪽에 고객들이 많으니까요.

유정   회사원들?

민영   (무슨 이야기인지 눈치챈다) 그렇…죠. 아! 남편 되시는 분이 어디 다닌다고 하셨죠? 알아보면 저희 고객이실 수도 있는데…

유정   아니에요. 그럴 것까지는 없고.

민영   그러고 보니 뵌 것 같기도 하고. 어디 다니신다고요?

유정   됐고요. 됐고.

민영   일하다 보면요, 저희 같은 직업은, 직장인들 많이 보잖아요? 딱 남편분 같은 분들, 사십대 후반에서 오십대 초반. 맞죠? (유정이 내키지 않는다는 식으로 고개를 끄덕이자) 참 인생 힘든 것 같더라고요. 회사는 언제 그만둬야 할지 모르죠, 자식은 아직 대학 보내야죠, 집에선 여자들이 힘든 건 하나도 이해 안 해주고, 맨 날 늦게 온다, 술 먹고 온다, 뭐라고 그러죠… 그러니까 이 남자들이 가정에 대한 애착이 점점 더 없어지는 거예요. 의무는 다 하는데, 알아주는는 않고… 전혀 즐겁지 않다고 그러더라고요. 개나 고양이 키우는 사람들은 개네들 밖에 없대요, 집에 가면 반겨주는 게 개밖에 없대요. 멍!

유정   결혼 생활이 다 그렇죠, 뭐. 살다 보면 그렇게 되게 돼 있어요.

민영   그러게 말이에요. 그게 뻔하게 그렇게 되는데, 근데도 결혼을 해요. 어떻게 될지 다 알면서…

유정   결혼 안 해 본 사람은 모르죠. 그래도 왜 사람들이 결혼하는지… 그게 다 이유가 있는 거거든요.

민영   우리나라도요 결혼 안 하는 사람 많아요. 결혼해도 애 안 낳는 사람도 있고요, 잘 모르셔서 그렇지 꽤 많거든요?

유정   그게 다 어리석은 생각이라고요. 결혼하면 자아가 실현이 안 되고, 결혼 안 하면 실현이 되고? 애 있으면 인생을 함께할 수 없고? 그게 말이 돼요? 다 변명이라니까. 사실은… 겁나니까. 진짜 인생을 살아보기가 겁나니까. 책임질 능력이 안 되는 거죠. 그러니까 겁이 나겠죠? 잘난 척은 다 하고 다니고, 평범하게 결혼해서 애 낳고 다니는 사람들 깔보지만, 사실은 그런 여자들은 깜냥이 안 되는 거라니깐. 자기네들도 그런 거 다 알고. 그렇죠?

민영이 유정을 노려본다.
유정이 카트를 밀고 가려는데
민영이 자신의 카트로 막는다.

유정	뭐 하는 짓이에요?
민영	궁금한 게 있어서요.
유정	뭐가요? 뭐가 궁금한대요?

서로 노려보다가

민영	아드님 공부는 잘 된대요?
유정	걱정 안 해줘도 잘하고 있어요.
민영	많이 도와주시나 봐요?
유정	애가 바쁘니까. 요즘 애들은 혼자서 그거 다 감당 못 해요.
민영	억지로 건수 만든다고 하셨던 것 같은데.
유정	기본은 해야죠. 우리 때랑은 완전히 다르니깐요.
민영	공부 계획도 짜 주시고 그러세요? 다른 엄마들은 그렇게도 하는 것 같던데.
유정	뭐, 학원 시간표 짜주고, 과외 선생하고 진도 상의하고 그런 거는 하죠. 왜요? 갑자기 왜 그렇게 관심이 많아요?
민영	아드님이 짜증이 많더라고요.
유정	그 나이 때 애들이 다 그렇지, 뭐.
민영	그렇게 열심히 뒷바라지해 주는데 몰라주면 되게 섭섭하겠어요.
유정	바라고 하는 게 아니니깐. 그게 엄마니까. 그런 거 잘 모르죠?
민영	그래도 마음 많이 아프시겠어요. 미친년 방에서 나가! 그런 소릴 들으면…

사이.

| 유정 | 야! |

민영   왜?

유정   니가 뭘 안다고 그래?

민영   내가 뭐 지어낸 거 있어?

유정   니가 뭘 안다고 그러냐고?

민영   자아실현하고 계시나요? 기본은 해야 된다고? 아, 예, 기본. 입시 설명회 쫓아다니고, 특강이라고 또 쫓아다니고, 엄마들끼리 모이는 데도 안 갈 수가 없고, 참 독특하게 자아실현하고 계시네요? 어렸을 때 꿈이 그거였어요?

유정   니가 뭘 알아? 니가 뭘 알아? 애 낳아 봤어? 애 키워 봤어? (울먹이며) 내 인생 포기했다고, 그 말이 하고 싶은 거지? 그렇지? 그래, 나 내 인생 포기했어. 살아보니까 별 볼 일 없더라고. 나라는 여자, 별 볼 일 없는 인생이더라고. 근데, 내 새끼, 내가 가랑이 찢어가며 낳아 놓은 내 새끼… 그 새끼 인생마저 별 볼 일 없게 되는 걸 어떻게 보고 있니? 그래서 내 인생 포기했어. 깨끗이 포기했다고. 너 같은 여자들, 아니 너, 너는 어떻게 사는데? 넌 니 인생이 별 볼 일 있었나 봐?

민영   고래고래 소리 지르면서 찔찔 짜면 감동해야 하나? 웃기지 마. 나 별 볼 일 있는 인생이었냐고? 바보야, 그런 게 어디 있냐? 나 같은 여자들, 잘난 체한다고? 깔본다고? 미친년아, 피해망상도 적당히 해. 나도 별 볼 일 없어. 근데 나, 내가 너랑 다른 게 뭔 줄 아니? 나는 별 볼 일 있었으면 좋겠다고 아직도 생각하고 있어. 아직도 기대하고 있다고. 그게 다른 거야. 니 인생 별 볼 일 없게 만든 게 누구야? 너야, 바보야. 지가 괜히 인생 포기해 놓고 왜 자식한테 들러붙어? 니 자식은 절대로 니 인생 돌려주지 않아. 남이야, 남. 알아?

유정   그래, 내 새끼도 남이겠지. 그렇겠지. 내가 아무리 섭섭해도 그 자식도 여자 뒤꽁무니 쫓아가겠지. 근데 남이면 다 똑같아? 니가 밤에 끌어들이는 남자도 남이고, 내 새끼도 남이다. 근데 그게 똑같아? 앞으로 30년, 40년 뒤에 보자고. 우리 다 꼬부랑 할머니 돼 있겠지? 맞지? 그때 너 누구랑 살고 있을 거 같아? 너 남편 있어? 자식 있어? 넌 혼자 늙어 죽는 거야. 너 죽으면, 니 시체 누가 치워 주냐? 누가 너 죽은 거 알기라도 할까? 넌 혼자 죽고, 혼자 썩어야 되는 거야!

반격하려던 민영이 부들부들 떨기 시작하더니,
마침내 울음을 터뜨린다.
유정도 좀 과했다 싶은 눈치. 하지만 다가가지는 못한다.

민영   너 내가 그렇게 미워? 내가 너한테 뭘 잘못했는데? 결혼 안 하고 내 맘대로 사는 게 그게 죄야? (눈물을 삼키고는) 애 관리한다고? 웃기지 마. 너 니 아들보다 공부 잘해본 적 있어? 없지? 없지? 근데 니가 어떻게 너보다 공부 잘하는 애 시간표를 짜니?

유정이 달려와 민영을 잡는다.

민영   왜? 치려고? 쳐! 쳐보라고! (유정이 때리지 못하자) 전업주부? 그것도 웃기지 마. 니가 한 게 그게 결혼이야? 돈 주고, 먹여주고, 재워주고, 그러니까 대주고, 애 낳아주고, 청소하고, 빨래하고… 넌 창녀에 식모야!

유정이 민영의 뺨을 때린다.
민영의 고개가 돌아간다.
민영이 바로 고개를 들어 유정을 노려본다.

유정도 민영을 노려본다.

순간 정적.

정적 상태가 잠시 이어지다가,
일종의 큐가 주어진다.
그러자 민영과 유정은 격렬한 몸싸움을 벌이기 시작한다.

잠시 후,

암전.

BRIDGE _어두운 무대. 감상적이고 차분한 음악. (느린 첼로 혹은 올드 팝)

장면 9 – 각자의 창

민영의 창문.
테이블 위에 놓인 위스키병과 글라스.
바닥에는 장을 본 비닐봉지가 그대로 놓여있다.
민영은 혼자 씩씩거리고 있다. 분이 풀리지 않는 모양.
전화벨이 울린다.
휴대폰을 들어 발신자를 확인하는 그녀. 그녀가 난감해한다.

민영 (관객에게) 엄마야. 타이밍 안 좋은데… 근데 지난번에도 안 받았거든. 회의 중이라고 거짓말하고 다시 안 걸었어. 아, 받기 싫어.

결국 민영은 전화를 받는다.

민영 응, 엄마. 그게 인사야? 남자 없냐가 인사야? 전화 받자마
자 아직도 남자 없냐는 게 딸한테 전화해서 하는 인사냐
고? 있어. 많아! 그래도 결혼 안 해! (전화기에 대고) 안 가.
왜 또 오라고 그래? 명절도 아니잖아. 지난달에는 큰삼촌
제사라고 오라고 하고, 그전에는 추석이니까 오라고 하고,
이번에는 오촌 당숙 생일까지 가야 되냐고! 이놈의 집안
은 어떻게 맨날 뭐가 있어? 추수감사절? 나 이 얘기, 하고
싶었어. 교회 다닌다는 사람이 큰삼촌 제사에는 왜 가? 내
가 교회를 왜 가? 죽어도 안 가. 난 지옥 갈 거야. 왜 그러
면 못 쓰는데? 배우들, 가수들, 연예인들 있잖아, 그 사람
들 죽으면 몇 명이나 천당 갈 거 같아? 몇 명은 가겠지. 나
머지는 죄다 지옥에 있을 거거든. 난 죽으면 지옥 가서 개
네들이랑 맨날 콘서트하고 그렇게 살 거야. (한숨을 쉬고)
엄마, 엄마는 포기도 안 해? 다른 애들은, 나 같이 결혼 안
한 애들, 걔네들이 그러는데 다른 집은 이 나이쯤 되면 포
기한대. 그래, 엄마 힘도 없잖아. 근데 왜 포기를 안 하냐
고. 어떻게 내가 결혼하는 게 엄마 평생소원일 수 있어? 아
니, 잠깐만… 엄마 나 대학 갈 때, 나 법대 가는 게 평생소
원이라고 했잖아? 그랬어! 왜 기억이 안 나? 그랬거든. 울
면서 나한테 평생소원이라고 그랬거든! 평생소원이 뭐가
이렇게 많아! 아무나 잡아서 결혼하는 거, 나 좋은 거 아니
거든. 엄마 좋으라고 그러는 거거든. 그래서 절대 그렇게
는 안 할 거거든! 됐어. 나 그대로지? 별일 없는 거 확인했
지? 그럼 끊어. 어, 선 안 봐. 잘 자.

민영은 전화를 끊는다. 큰 한숨.

민영   맨 날 이렇게 끊어야 되나… 앞집 여자랑 싸운 것도 그렇고, 엄마한테 짜증 낸 것도 그렇고… 마음이 안 좋다.

민영이 바 스툴을 무대 가운데로 옮겨와 앉는다.

민영   (관객에게) 나 솔직하게 얘기할게. 솔직히… 나… 결혼 같은 건 쉽게 할 수 있을 줄 알았어. 학벌 좋고, 능력 있고, 뭐 생긴 것도 이 정도면… 그래서 정말 쉽게 할 거라고 생각했다. 아무 때나, 내가 마음만 먹으면 아무 때나… 오해하지 마. 지금까지 살아온 거 후회도 없고, 너무 즐거웠고, 지금도 그렇고… 그래. 나 잘살고 있고, 그건 확실하게 알아. 근데 가끔 그런 생각이 든다. 나 정말 이렇게 살아도 되는 거야? 더 나이 들면, 정말 더 나이가 들면, 그러면 후회할지도 모르잖아? 하는 생각… 아까 마트에서 그 여자가 했던 말 있잖아? 니 시체는 누가 치워 주냐고… 나 사실 그거 진짜 무서워. 우리 엄만 내가 있잖아. 근데 난 아무도 없잖아. 나 계속 이렇게 살면, 할머니 돼서도 혼자 살면, 그러다가 죽으면, 나 죽은 거 아무도 모를 거 아냐? 나 그거 정말 무서워. 앞집 아줌마… 그렇게 사는 거, 싫어. 싫긴 싫은데… 가끔 그런 상상해. 내가 저렇게 살았으면 어땠을까 하는… 내 뒤에 남편이 서 있고, 내 앞에 아이가 서 있고, 그런 사진 있잖아? 그런 사진 상상 많이 해. 진짜 그러면 좋았을까… (어느새 고인 눈물을 닦으며) 오늘 참 꿀꿀해지네.

민영은 담배를 피워 문다.
그녀 쪽의 조명이 꺼진다.

유정의 창문에 불이 켜진다.

소파에 앉아 있는 유정.

그녀는 근심 어린 얼굴로 누군가와 통화를 하고 있다.

그녀의 앞에는 비닐봉지 대신 장바구니에 물건들이 담긴 채 놓여있다.

유정   전 몰랐어요, 선생님. 집에는 학원 끝나는 시간에 꼬박꼬박 들어오니까 알 길이 없죠. 미리 연락을 좀 주시지… 학원에 간 날도 있다는 거죠? (한숨) 상습적이네요… 그러니까 그게 선생님이 집에 전화 못 하게 하려고 그러는 거 아녜요? 그죠? 걔가 안 해서 그렇지 하면 잘하는 아이인데… 어디요? 밴드? 밴드 연습실이요? 언제부터요? 중학교 2학년 때부터 밴드했다고요? 말도 안 돼요. 그럴 리가 없어요. 제가 4학년 때부터 관리 들어갔는데. 내가 미쳐. 창피해서 다른 엄마들 어떻게 봐? 아니요. 전화 잘하셨어요. 그래서 제가 선생님만 믿잖아요. 아휴, 아빠는 안 돼요. 그 인간은 도움이 안 돼요. 그냥 실실 웃고 그러면 애가 크는 줄 알아요. 아, 네… 감사합니다. 들어가세요.

어렵게 통화를 끝낸 유정은 땅이 꺼져라 한숨을 내쉰다.

유정   남편 복이 없는 년은 자식 복도 없다더니… 내가 이런 진부한 대사까지 해야 되겠어? (갑자기 울음을 터뜨리며) 아무도 안 도와주고… 내가 그걸 어떻게 혼자서 다 해? 뭐 하나 빠진다는 소리 듣기 싫어서 미친년처럼… 나도 알아. 내가 봐도 나 미친년처럼 살았어. (객석을 노려보는) 미친년처럼 사는 게 쉬운 줄 아니? 그거 안 쉬워. 미친년도 의지가 있어야 할 수 있는 거라고. 그리고, 그래서 내가 싫은 소리 한 번이라도 했어? 내가 못 하겠다고 때려치우기라도 했냐고. 근데 나한테 왜 이래… 지들은 걱정하는 거 하나도 없고 왜 나만 미친년처럼… 왜 쉽게 넘어가는 게 하나도 없어… 내가 누구 좋으라고 이러는데? 내가 나 좋으라고 이래? 이게 내 인생이야?

유정이 눈물을 닦고 자신을 추스른다. 침묵. 잠시 후,

유정 나 그 여자처럼 살았으면 어땠을까? 나도 결혼 안 하고, 애 안 낳고 살 수 있었을까? 나 다시 살아볼 수 있으면… 그러면 지금처럼은 안 살 거야. 이런 데서도 안 살아. 조용한데? 싫어. 시내 한가운데 살 거야. 나 매연 냄새 완전 그립거든. 중심가, 야경이 다 내려다보이는 그런 오피스텔 있잖아. 앞에 다른 건물 없고, 집에서는 발가벗고 다녀도 되고, 그러면 침대를 창에다 붙여 놓고… 차도 저렇게 큰 차 안 타. 우리 차… 너무 노티 나지 않아? 나 다시 살 수 있으면 사모님 안 해도 될 거 같아. 돈 좀 궁해도… 나 지금 그 여자 부러워하는 거야? 몰라. 아닌 것 같아. 아니겠지? 근데… 근데… 나 정말로 그 여자처럼 살았으면 어땠을까?

미영의 창가에도 조명이 들어온다. 이제 두 명의 모습을 동시에 볼 수 있다.
지친 모습의 유정과 민영. 한동안 멍하니 앉아 있다.

그러다가 한숨을 내쉬고는
(동시에) 장 본 봉지를 들고 퇴장한다.

조명이 어두워지다가… 밝아지면

장면 10 - 각자의 창

각각 첫 장면의 차림으로 등장하는 유정과 민영.
두 사람 다 누군가와 통화하며 들어온다.

민영 아니, 괜찮아. 내가 그러기로 한 거야. 아니라니까. 절대로
쫓겨나거나 그런 거 아니고, 내가 이사하기로 한 거라고.
아이고, 역시 오피스텔이 편해.

유정 이제 다 속이 후련하네. 자기가 알아서 이사 간다더라고
요. 그동안 마음고생 좀 했죠. 그러니까요. 제가 그 시험을
다 이겨낸 거예요. 다행이에요.

민영 처음부터 그런 동네에 가는 게 아니었어. 거기는 시골 같
아. 아줌마들 눈 밖에 나면 힘들다니까. 이래라저래라. 눈
치 막 주고.

유정 사람 사는 데는 커뮤니티라는 게 있잖아요. 서로 어울리면
서요, 네, 어울려서 살아야죠. 근데 그 여자는 너무 별종이
라…

민영 내가 그랬어? 달라지고 싶다고? 뭘 달라져. 지금 좋아. 너
내가 달라져야 할 것 같이 보여?

유정 달라지는 것도 정도가 있죠. 달라지고 싶은데요, 나쁘게
달라지고 싶다는 얘긴 아니죠.

민영 난 끝난 일은 후회 안 하는 성격이야. 찜찜해서 돌아보고
그러지 않아. 똥 밟았다고 생각해 봐. 그 똥을 응징하겠다
고 계속 밟고, 짓이기고… 그러면 누가 손해니?

유정 누구나 마찬가지예요. 피하고만 살 수는 없는 거라고요.
누가 나한테 똥을 던졌다고 해 봐요. 어떻게 할래요? 더럽
다고 집에 가서 씻을 거예요? 씻고 나오면 또 던질 텐데?
바로 얼굴에 묻은 똥을 떼다가 던져야죠. 맞받아쳐야죠.

민영   아쉬운 거 없다니까. 진짜야. 그건 그렇고 이번 토욜날 뭐해? 늦잠 푹 자고 올나이트 영화 보러 안 갈래? 좋아, 좋아. 거기 프렌치토스트 정말 맛있어. 알았어. 금욜날 톡하자. 그래, 바이.

민영은 전화를 끊는다.

유정   주일 예배 끝나고 뭐 하세요? 가족들 집에 보내고 아줌마들끼리 모일까요? 우리도 그런 시간 있어야죠. 제가 연락 돌릴게요. 네, 그럼 주일 날 봬요.

유정이 전화를 끊는다.
전화를 내려놓고, 각자의 창가를 서성이는 두 사람.

유정   근데 그 여자 이름이 뭐지? 그 여자라고 부르는 거 싫은데…
민영   이름이라도 물어보지. 너도 이름 없이 사는 거 싫잖아?

생각하다가 민영이 몸을 숙여 창밖을 내려다본다.

민영   비 오네. 좋다. 비 오는 날 창밖을 내다보는 게 너무 좋아요. 빗물이 바닥에 튕기는 거, 사람들이 고개 숙이고 지나가는 거… 그런 거 보는 거 좋아하거든요. 구석진 자리에 앉아서 카페에 있는 사람들 관찰하는 느낌?

유정도 창밖을 올려다본다.

유정   비 오면 피곤해요. 마음도 꿀꿀해지고, 밖에 나다니기도 힘들고. 힘을 내야 되는데, 열심히 살아야 되는데, 가만히만 있어도 에너지가 스멀스멀 빠져나가는 느낌? 그래도 이러고 비 오는 거 보고 있으면 왠지… 왠지… (갑자기 마음을 다잡고) 아니야. 피곤해서 싫어.

사이.

유정 밖에 사람이 없네요. 다 안에 들어가 있나 봐요. 다른 사람들은 이런 날에는 뭐 하고 있을까요? 이불 속에 들어가서 뒹굴뒹굴할 수도 있고, 차를 끓이고 있을 수도 있고, 비 오는 줄도 모르고 사무실에서 일하는 사람도 있을 거고, 다 다른 일을 하고 있겠죠? 다 다른 생각을 하면서… 그렇겠죠?

민영 누가 지나가네. 여자고… 우산 썼어. 다리는 예쁜데, 얼굴은 안 보여. 어떻게 생겼을까? 서두르네? 늦었나? 애인이 기다리나? 아님 친구? 그냥 걸음이 빠른 건가?

사이.

민영 내가 다른 사람 창문 앞을 지나가면, 다른 여자들도 이런 생각을 할까?

유정 다른 여자들도 내가 어떤 사람인지 궁금해할까?

창밖을 내다보던 그들은 서로를 발견한다.
놀라지만…
피하지 않고 서로를 쳐다보는 그들.

끝

치열하게 삼투하는 언어

– 신성우의 작품세계 –

배인철 (문화평론가, 르몽드 디플로마티크 초빙 편집위원)

> 감정이 살아 숨 쉬는 연극은 공허한 말이 남긴 공백을 메운다.
> – Richard Sennett, *The Performer: Art, Life, Politics,*
> Yale University Press, 2024, p.218.

1. 들어가며

장르 불문 '문학함'은 관음증과 유사하다. 문학이 포르노그래피라는 말이 아니다. 그 어떤 고상한 어휘를 동원하더라도 읽기/쓰기는 '엿보기'다.[1] 우리는 일찍부터 문자를 통해 세계를 인식하는 놀이를 배워왔고, 즐겼고, 지금 이 순간에도 문학에서 쾌락을 얻는다. 어쩌다 작가론을 쓰는 것은 다른 얘기다. 숙달된 '들여다보기', 해체와 종합이 어색한 사람이라면 즐거울 수 없다. 그뿐이 아니다. 언급한 기술적 요소 외에 살펴야 할 것이 있다.

사람들은 진실과 이야기의 진실성이 가진 허용범위를 항상 착각한다. 아니 정확히 말하면 그 허용범위야말로 진실로서 믿어지고

---

[1] 비평에서 '창문과 섹슈얼리티 사이의 연관성'은 자주 등장하는 메타포다. 자크 랑시에르의 다음 문장은 촌철살인의 비수라 할 만하다. "《잃어버린 시간을 찾아서》에서 엿보는 장면들은 무엇보다 지식의 플롯으로서 픽션적 행위의 **패러다임**에 속한다." 자크 랑시에르,『픽션의 가장자리』, 오월의 봄, 2024, 59쪽. 강조는 필자.

있는 것의 실태라고 말해야 할지도 모르겠다. 진실의 이야기가 있는 게 아니라 이야기의 진실성이 가진 허용범위가 있을 뿐이다. 이야기를 통해 사람들이 **읽는 것**은 진실처럼 보이게 하기 위한 **배려의 체계**일 뿐이다.[2]

에밀 졸라의 사소한 실수를 비판[3]한 막심 뒤 캉을 꼬집은 이 대목은 머리칼이 쭈뼛 설 만큼 신랄한 면이 있다. 하스미 시게히코는 비평의 달인답게 '나는 알고 있다. 고로 나는 이야기할 수 있다'라는 오만한 태도가 아이러니컬하게도 '범용(凡庸)함'에서 비롯된다는 역사적 비밀을 폭로한다. 나는 과연 "진실처럼 보이기 위한" 글쓰기에 진심이었던 적이 있는지를 되돌아보게 한다. 모름지기 작가라면 이러한 '설화론(說話論)적' 확신 내지 특권이 있다고 착각하지 말아야 할 것이다. 그렇지 않으면 자신도 모르는 사이에 "감사의 언어 안에 숨은 공격성"을 은연중 드러낼 수 있기 때문이다.[4] 작가가 간직할 만한 경구가 아닌가!

경계의 순간이 내게도 찾아왔다. 불안감에 싸여 속을 태우다 책상 앞에 앉은 것은 내가 막심 뒤 캉이 아니라는 자각이 있고 나서였다. 문학 동료로서 귀스타브 플로베르에 대해 그가 알고 있었던 것, 그래서 그를 분노하게 만들었던 특권적 지식이 내게는 없었던 것이다. 고백컨대 나는 작가 신성우에 대해서 잘 모른다. 정확히는 그가 무슨 생각을 하며 작품을 썼는지 알지 못한다. 기껏해야 그의 희곡이 공연되던 날 뒤풀이에서 함께 술을 마시며, 또는 길을 걷거나 차 안에서 관극 얘기를 나누었을 뿐이다. 마음이 홀가분해졌다. 설화론

---

2) 하스미 시게히코, 『범용한 예술가의 초상 – 막심 뒤 캉론』, 비고, 2024, 545. 강조는 필자.
3) 저널리스트로 재직했던 시절의 에밀 졸라는 귀스타브 플로베르에 관한 글을 썼는데, 막심 뒤 캉은 졸라의 글이 플로베르의 신상에 관해 그릇된 정보를 담고 있다며 "당신은 완전히 틀렸습니다."라고 비판했다.
4) 앞의 책, 941-955.

적 특권이라고는 쥐뿔도 없는 내가 지레 겁을 먹을 이유는 없었던 것이다. 그러자 문득 하스미 시게히코는 어떤 마음으로 평론을 썼었는지 궁금해졌다. 관점이 달라져서일까. 비교적 최근에 읽었던 그의 책들마저 새롭게 다가왔다. 예를 들자면, 이런 구절이다.

> 실제로 존 포드에게 있어서는 일상생활과는 비교할 수 없는 빈도로, 뜻깊은 순간에 물건을 '던진다'는 운동이 펼쳐지고 있고, 거기에 카메라를 향하게 하는 것은 그에게만 허용된 특권이라고 밖에 생각하지 않을 수 없게 돼 버린다. 포드의 연출은 아마 시나리오에는 적혀 있을 리 없는 통조림 깡통을 화면에 도입해, 그 아무런 특별할 것이 없는 소품을 열린 공간을 향해 마음껏 내던지는 순간을 카메라에 담음으로써, 20세기 인류가 -21세기에는 더욱 더- 잃어가고 있는 동체 시력의 회복을 목표 삼으려 하고 있는 듯 보인다.[5]

놀랍게도 작가는 고작 '던지기'가 나오는 장면에 불과한 시퀀스를 불멸의 순간으로 삼는다. 예리한 관찰력의 소유자가 아니라면 쉽게 떠올릴 수 없는 발상이다. 하스미 시게히코는 그 분류 작업에만 70여 쪽(제5장 몸짓의 웅변 혹은 포드의 '던지는' 것)을 할애하고 있다. 스크린 안의 신체를 이처럼 진지하게 다루었던 전례는 없다. 존 포드의 영화를 아무리 좋아하는 독자일지라도 작가의 시시콜콜함에는 치를 떨지 모를 일이다. 나는 그 원동력이 79세라는 나이가 무색한 작가의 '즐김'에 있다고 믿는다. 노익장의 '몰입'을 그의 '박식함'과 혼동하면 안 된다. 가령 "하스미 시게히코가 발견한 신체성(身體性)은 체화된 인지론(embodied cognition theory)[6]의 결정체다."라는 식의 평이 나올지도 모른다. 실제로 그랬을 가능성-노익장다운

---

5) 하스미 시게히코, 『존 포드론』, 이모션북스, 2023. 272.
6) "살아 있는 경험의 구조로서의 몸과 인지과정이 벌어지는 장소 또는 맥락으로서의 몸"을 강조하는 최근 경향으로는 프란시스코 바렐라 외, 『몸의 인지과학』, 김영사, 2013을 참조.

최신이론 학습 가능성-은 매우 낮다. 내가 아는 하스미 시게히코는 신체의 운동이 마음을 재구성한다거나, 영화적 내러티브와 어떻게 연결될 수 있는지 따위에 신경 쓰는 사람이 아니다. 그의 코나투스 (conatus), 곧 활력의 원천은 영화를 향한 애정일 것이다.

하스미 시게히코의 통찰은 내게 계시처럼 다가왔다. 그가 존 포드의 영화에서 '던지기'를 발견했듯이 나 역시 신성우의 연극을 보며 느낀 바가 있지 않았을까. 이와 관련해 자유(自由)- 다른 평론가의 영향으로부터의 자유-를 논하는 대목은 인상적이었다.[7)]

> 그런데 생각하는 대로 포드를 얘기한다는 것은 무슨 말인가. 말에 의한 분석=기술에는 필연적으로도 모든 - 의식적인 것은 무의식적인 - 부자유(不自由)가 따르는 것이므로, 생각대로라고 해도, 거기에 절대적인 자유 같은 것은 보장되어 있지 않다. 그럼 어떻게 해야 할까.

핵심을 추리면 이렇다. 자유롭게 쓰기 위해서는 세 가지를 유념해야 한다. 그중에 내가 주목한 것은 **향응**(響應)이다. '소리 나는 데에 따라 그 소리와 마주쳐 같이 울리는 현상'을 의미하는 이 단어를 하스미 시게히코는 "복수의 숏들이 시간적, 공간적 거리를 넘어서, 같은 것의 반복임을 그때그때 보는 사람으로 하여금 발견하게 하는" 장치로 적극 활용한다. 심지어 그는 반복되는 숏 사이에 잠복된 그 "필연적이고도 예상 밖의 향응관계"를 발견한 순간을 '필름적 현실'이라 부르기까지 한다.[8)]

그렇다면 '연극적 현실'은 무엇일까. 연극에 있어서 이미지에 대응하는 단위는 **말**이다. 현상학의 관점에서 보면, 이미지와 말은 기

---

7) 하스미 시게히코(2023), 47. 여기에서 거론된 인물은 브레히트와 바쟁이다.
8) 앞의 책, 48-49.

호의 하위집합이다. 그들은 기호적 속성을 공유한다. 말이 발화할 때 생성되는 의미 자장(磁場)은 파동을 이루며 신체를 경유한다. 이 순간 무대는 기호체계로서의 언어가 생명을 얻는 세계다. 그 안에서 신체가 활성화되는 순간 감각적 현상의 세계는 재구축된다. 배우들의 발성은 힘을 얻는다. 대사가 동작을 이끌어내는 중추신경이라면, 배우의 신체는 생성된 감정을 전달하는 매질(媒質 medium)[9]이다. 숏을 단위로 하는 이미지가 스크린을 통해 재발견되듯이, 대사가 관객의 신체적 정동(情動 affect)을 유발하는 순간 연극적 현실이 창조된다.

신성우의 희곡을 읽으며 나는 한 그루 나무를 상상한다. 무성한 잎, 당당히 뻗은 가지, 굵은 둥치 아래 안정적으로 자리를 잡은 뿌리가 있다. 나무는 식물적 신체(身體)를 갖는다. 그의 글은 마치 그 나무와 대화를 나누는 양 스며든다. 연출이 뿌리라면 말은 흙 속의 자양분이다. 무대에 오르는 순간 글은 미세한 언어의 입자가 되어 삼투(滲透)한다. 행운과 불운, 기대와 배반, 앎과 무지를 축[10]으로 돌고 도는 연극무대는 유장하게 흐르는 강(江)과 같다. 그 물줄기에 몸을 맡긴 나는 강 언저리 심어진 나무를 본다. 흐릿했던 윤곽이 차츰 뚜렷해진다. 말들이 모여 부딪힌다. 때론 어우러지다가 흩어지기를 반복한다. 을(乙)들의 아우성이 들리고 현실과 허구의 경계가 모호해진다. 그 틈새를 비집으며 말들이 향해 나아가는 목적지는 어디일까. 그 미지의 세계야말로 작가 신성우가 글을 쓰는 이유일 것이다. 이제 그의 작품 속으로 들어가 보자.

2. 말에도 농도가 있다

고전적 연극은 현실에서 벌어지는 모든 사태의 개연성을 전제한

---

9) medium은 매체(媒體)로 더 많이 번역되지만, 말이 머무는 장소(場所)로서의 신체성을 묘사하는 데는 매질이 더 적합해 보인다.

10) 랑시에르는 이 세 개의 대립항을 서양 고전에 내재된 픽션적 합리성의 항구적 모태라 명명한다. 자크 랑시에르(2024), 6.

다. 가능태로서의 사건은 인간의 합리성을 초월한다. 그 안에서 진실과 거짓, 현실과 허구의 경계는 모호하다. 혼돈의 본질은 정해진 인과율에 따라 배태된 모순이다. 현대극도 마찬가지다. 형식은 달라도 모든 현대극은 고전극의 변형이기 때문이다. 희곡 작가의 서사는 의도가 관철된 형태다. 그는 일련의 사건들을 일상적 합리성(질서) 안에 집어넣은 후 뒤흔든다. 이러한 픽션적 합리성을 여하히 요리할 수 있느냐는 작가의 역량에 달려 있다. 신성우의 본령은 '말의 티키타카'가 농밀하게 펼쳐지는 2인극이다. 그는 자율과 제약이 공존하는 원자화된 세계에서 벼랑 끝 서사를 즐긴다. 무대 위에서 명멸하는 그의 말들은 농도를 달리하며 반복되는데, 관객의 눈에는 그 패턴이 잘 보이지 않는다.

〈폭설〉을 보자. 역무원 갑수와 신입직원 현택은 시종일관 대립한다. 그들의 갈등은 폭설이라는 설정에서 예고된 것이나 다름없다. 도입부에 배치된 복선－탈주범을 알리는 라디오 뉴스－은 한바탕 활극을 예고한다. 눈에 덮인 시체가 발견되는 대목에서 눈치 빠른 관객이라면 범인이 누구인지 추리해 낼 수 있을 것이다. 추리극의 전형이라고 할 수 있는 공간의 폐쇄성－들어오는 것도 나가는 것도 불가능하다－은 자칫 긴장감을 떨어뜨릴 수 있다. 느슨함은 금물이다. 〈폭설〉은 신구 세대의 칼날 대치가 무색하게 지극히 범용한 언어로 핸디캡을 극복한 사례다. 그 비결은 언어의 농도 차이에 있다. 모순 어법(oxymoron)을 빌자면, '같지만 다른' 말을 반복함으로써 의미는 다른 울림을 갖는다.

갑수   야, 근데 만일에, 만일에 비상사태가 발생하면… 그러면 너 어떻게 할 건데? (중략) 만일에 아래 선로 쪽에 지진이 나고, 땅이 갈라지고, 철길 다 끊어지고… (중략) 야, 니가 만일에 정규직이 되면, 만일에! 만일에 그렇게 될 수도 있는 거잖아? 만일에…

현택   그건 만일에 그렇다는 거죠. 실제로는… (중략) 그런 일 안
          나잖아요? (중략) 만일에 그렇게 될 수 있는 거라면 지금쯤
          은, 한 번은, 적어도 한 번은 일어나야 하잖아요? 안 그래
          요? (중략) 선배님한테 만일에 명퇴 안 당하고 여기서 계속
          근무할 수 있는 그런 기적 같은 일이 벌어지면… 그런 일이
          벌어져요? 진짜로 그렇게 생각하세요?

    이 장면이 웃프게 여겨지는 이유는 두 사람이 같은 단어를 (달리)
쓰기 때문이다. 갑수의 '만일에'가 스스로도 믿지 않는 면피용 농도
를 띤다면, 현택의 '만일에'에는 서러움이 묻어 있다. 동일한 말이
다른 느낌으로 향응한다. 같은 을(乙)의 신세인데도 두 사람이 불화
하는 사정이 잘 전달된다. 배우가 어떤 느낌으로 연기해야 할지 쉽
게 알려주는 대사다. 갑수와 현택의 운명은 신의 권능에 의해 부과
된 것이 아니다. 사회적 모순이다. 〈폭설〉에는 이처럼 배치와 반복
만으로도 효과가 극대화되는 장치가 곳곳에 매설되어 있다. 뿌리가
흡수하기 좋은 언어를 구사하는 솜씨가 발군이다. 발화되는 상황에
따라 말의 농도가 다르다는 점을 활용하여 '이중적 파토스(희비극적
정서)'를 성공적으로 끌어낸다.
    거듭 말하지만, 희곡을 구성하는 말은 쉬워야 한다. 농도 차이를
잘 담는 것도 중요하지만, 농도의 범위도 그에 못지않다. 〈공원 벤
치가 견뎌야 하는 상실의 무게〉는 같은 뿌리의 말(어근)을 교묘하게
변형함으로써 공감의 대역폭을 능란하게 조율한다. 인간이 상실감
을 느낄 때 무의식적으로 질서를 찾고자 하는 본능(기억 소환)을 잘
그려낸 드라마다. 〈폭설〉에 나오는 '명퇴'라는 단어가 등장하지만,
계급성이 들어설 구석은 없다. 기대와 배반의 심리가 엇갈릴 때 인
간의 감정 균열이 가시화될 수 있다는 고전극의 테마를 우리가 살
아가는 현대에 세련된 방식으로 재현한다.

원일 다르죠. 슬픈 건… 슬픈 일이 있다고 꼭 슬퍼해야 하는 건 아니잖아요? 슬퍼 안 할 수도 있잖아요?

지영 슬프니까 슬퍼하는 거고요… 안 슬퍼하는 건, 아닌 척하는 거거나요, 아니면 원래 안 슬프다는 거죠.

이 말다툼은 급작스럽다. 벤치를 공유한 것을 계기로 서로의 슬픔을 보듬으며 망자에 대한 후회와 미안한 감정이 옅어진 차에 불현듯 찾아온다. 그럼에도 불구하고 관객은 깊이 생각하지 않고도 '슬프다'와 '슬퍼하다'의 차이를 이해한다. 상반된 두 사람의 감정이 인간 본연의 이중적 속성에 뿌리를 두고 있기 때문이다. 원일에게 친구가 남긴 일기장과 지영의 존재는 별개다. 일기장을 읽는 행위는 미안한 감정을 희석시키기 위해 그가 할 수 있는 최소한의 애도였다. 원일은 지영과의 만남을 계기로 고통스러운 의식에서 벗어나려 한다. 아픈 기억과 단절하고 집착에서 벗어나려는 원일의 시도는 리비도의 회수라는 점에서 프로이트적이다. 지영은 다르다. 원일에게 슬픔의 장소인 공원 벤치가 그녀에게는 어머니에 대한 기억을 불러일으키는 환대의 공간이며 원일은 위로의 의식을 함께하는 동지였다. 언제 완성될지는 알 수 없지만 슬픔을 유지하려는 지영의 애도는 데리다의 것에 가깝다. 그녀가 원일에게 느끼는 감정은 그와의 관계를 통해 미완의 애도가 완성될지도 모른다는 기대감의 다른 표현이다.[11]

따뜻한 결말에도 불구하고, 원일과 지영의 벌어진 틈새가 좁혀진 것은 아니다. "비이성적"이라거나 "위선" 등의 대사에서 알 수 있듯

---

11) 이 단락은 예전에 발표한 글에서 가져오되, 본문의 문맥에 맞게 약간 수정한 것이다. 배인철, 〈장소는 기억이다 – 연극 '공원 벤치가 견뎌야 하는 상실의 무게'〉, 르몽드 디플로마티크, 2020. https://www.ilemonde.com/news/articleView.html?idxno=13593

이 봉합되었을 뿐이다. 공감의 중요성을 다룬 〈공원 벤치가 견뎌야 하는 상실의 무게〉는 '진짜' 감정 상태와 겉으로 보이는 '가짜' 모습을 언급하면서 그 이율배반성의 시원이라 할 수 있는 욕망의 실체를 슬쩍 선보인다. 지영은 '안 슬퍼하는' 것은 아닌 척하는 것이라거나 애초에 '안 슬프다'는 것이라며, 감정의 진짜 모습을 회피하려 한다는 논리로 원일을 비판한다. 원일과 만나는 이유가 '슬퍼하려고' 라며 슬픔이라는 진짜 감정을 있는 그대로 느끼고 싶다고 고집하는 그녀의 태도는 슬픔의 욕망을 욕망하는 것으로 볼 수 있지 아닐까? 팽팽하게 이어지는 두 사람의 대치에서 알 수 있듯이, 원일은 은연중 탈출의 욕망을 내비치고, 지영 역시 자발적 유폐의 욕망을 거두지 않는다.

음운(音韻)상 근친인 '슬프다'와 '슬퍼하다'가 작가의 손을 거쳐 평행선을 달리게 되자 관객은 벤치를 함께 썼던 두 사람의 감정적 겉돎을 감지하게 된다. 관객은 좁혀졌던 원일과 은영 사이의 공간이 마치 상대방을 외면하는 고집스런 독백을 듣는 것처럼 벌어졌음을 깨닫는다. 절묘한 화용(話用)이다. 이렇듯 작가 신성우는 '말의 묘기'를 펼치며 진실과 거짓이 섞여 있고, 인간의 욕망이 살아 꿈틀거리는 넓은 바다로 나아간다.

3. 진실과 거짓의 이중주

말의 농도가 개인의 주관성과 다양한 양태의 시공간에 의해 좌우된다면, 등장인물의 발화 동기는 개인과 그들을 둘러싼 사회구조의 알 수 없는 관계에 대한 분석을 요구한다. 2인극의 갈등 요인인 상호주관성에 대해서는 앞서 언급한 바 있다. 이와 조금 다른 각도에서 〈폭설〉의 서사를 진전시켜 보자. 이 작품의 최대 미스터리는 갑수의 살인이다. 그는 갓 부임한 후임을 꼭 죽여야만 했을까. 회사(사회)에 대해 품고 있는 불만을 감안하더라도 갑수의 살인 동기는 이해하기 힘들다. 살인의 개연성은 있어도 필연성은 없다는 얘기다.

생각하기에 따라서는 '꼰대'라는 비난이 그의 분노를 폭발하게 하는 설정은 개연성이 약하다. '같은 처지'라는 현택의 지적이 설득력을 갖는 대목도 있기 때문이다. 이로 인해 반전의 폭발성이 약화된다. 현실과 허구, 진실과 거짓이 뒤섞이는 상황 자체가 낡은 질서와 새로운 현실이 충돌하는 〈폭설〉 서사를 이끌어가는 핵심 동력일지도 모른다.

〈어메이징 그레이스〉는 이 철학적 주제를 극한까지 밀어붙인 작품이다. 신성우는 여기서 진짜와 가짜의 문제를 예술(진품 vs. 위작)과 법(진실 vs. 거짓)의 두 영역에 걸쳐 이를 정면으로 다룬다. 그레이스와 검사 모두 자신의 욕망, 상처, 또는 감당하기 힘든 현실 앞에서 진짜를 외면하거나 부정하고, 자신에게 유리하거나 편리한 가짜 현실, 혹은 가짜 논리를 만들어내기도 한다. 때로는 진짜를 끝까지 추구하거나 숨겨진 진짜를 발견함으로써 반전이 거듭되는 상황이 연출되기도 한다. 다음 대사는 〈어메이징 그레이스〉의 백미다.

> **그레이스** 가짜는 증명할 수가 없어요. 완벽하니까. 진짜는 완벽할 수가 없어요. 그래서 자기가 진짜라고 증명하려고 애를 써야 하죠. 이런저런 결함이 있는데, 믿어주라, 나는 진짜다. 근데 완벽한 건요, 이야기할 게 없어요. 고로 완벽한 건, 즉 가짜는… 자기가 가짜라는 걸 증명할 수가 없다는 거죠.

'가짜=완벽'은 역설이다. 두 단어를 조합하면 '완벽한 가짜'라는 모순어법이 된다. 해학적 분위기를 자아내는 〈폭설〉의 '만일에…'와 비하면 농도 차이가 크다. 영원히 평행선을 달릴 것 같은 느낌마저 든다. 그레이스의 주장이 그럴싸하게 느껴지는 이유는 '완벽한'이 인간의 주관적 욕망과 결부되어 있기 때문이다. 그녀는 현실에 만연한 욕망이 얼마나 삿된 것인지를 비판하며 스스로를 합리화한다.

그레이스　잔 다르크는 너무도 허황되게도 나라를 구한 영웅이 되기로 한 거죠. 자기가 가지지 못한 것을 욕망하는 걸로 끝난 게 아니라, 남들도 가지지 못한 걸 욕망한 거예요. 명품 백 들고 수입차 타는 건 욕망이 아니에요. 그건 변명이에요. 사실은 나 잘살고 있어, 이걸 봐봐. 나 잘살고 있는 것 같지? 그런 변명이라고요! 진짜 욕망은 관습적인 것을 원하지 않아요! 진짜 욕망은 현실의 꿈 따위는 꾸지도 않는다고요!

이 주장은 가짜가 순수해서 잘 먹힌다는 변호사의 논리와 완벽히 짝을 이룬다.

변호사　제 전문적인 경력에 비춰보았을 때, 가짜가 더 효과적입니다. 진짜 뉘우치는 감정은 불순물이 많이 섞여 있어요. 보는 사람들을 혼란스럽게 합니다. 하지만 가짜에는 그런 게 없어요. 순수하죠. 사람들이 더 믿어줍니다.

진짜는 증명해야 하고 가짜는 증명할 수가 없다는, 그래서 가짜는 완벽하다는 그레이스의 주장을 부정했던 검사 입장을 변호사는 뒤집는다. 검사의 또 다른 분신이기에 그는 어쩔 수 없이 '가짜=순수'라는 변형 명제를 도입한다. '완벽'과 '순수'는 어떻게 다를까? 전자가 완성도와 관계있다면, 후자는 선악 판단의 문제이다. 선악 이분법이 들어설 여지가 없는 예술은 삶의 문제, 곧 욕망으로 전환된다. 작품의 주제가 예술을 넘어 삶의 진실성으로 확장되는 것이다. 이로써 〈어메이징 그레이스〉는 궁극의 질문을 완성한다. 가짜 예술품을 취급했던 그레이스의 삶은 선(善)한 것인가? 그녀가 액자 프레임으로 걸어 들어가 그림이 되는 피날레는 그 질문에 대한 답을 암시한다. 그레이스는 처벌받지 않는다. 그녀는 세속적 욕망에 젖은 사람들을 이용해 법망을 빠져나갔을 뿐이다. 관객은 어느덧 그레이스의 냉소에 지지를 보내고 싶은 유혹에 빠진다. 우리가 사는 물질 문명 사회에서 절대적인 도덕 기준이란 존재하지 않는다. 따라서 오직 날것으로서의 욕망만이 순수하다는 논리에 고개를 끄덕이게 되는 것이다.

〈어메이징 그레이스〉의 이러한 문제의식은 근대 이전의 예술작품이 갖는 진품성(Echtheit)이 복제 기술의 발달함에 따라 유명무실해진다는 발터 벤야민(W. Benjamin)의 탄식을 생각하게 한다.[12] 그러나 신성우는 '욕망'이라는 단어를 통해 진품이 가지고 있는 객관적 속성을 주관성으로 전도시킨다. 갈수록 다양한 욕망이 분출하는 현대사회에서 진품이 상실한 아우라(Aura)는 '가짜=완벽=순수'라는 등식, 즉 정교하게 짜인 언어의 그물망에 의해 부활한다. 그림이 된 그레이스가 뿜어내는 광휘는 "찬란하게 발전한 인류 문명"이 낳은 탐욕이 쌓이고 쌓여 마침내 부메랑이 되어 돌아온 저주인 양 느껴져 섬뜩하기까지 하다.

실마리는 꽉 붙들어야 한다. 〈어메이징 그레이스〉의 문제의식 — 그레이스는 허구가 되어 역사 속으로 사라진 것인가, 그렇다면 어디로 사라진 것인가 — 을 계승하고 있다는 의미에서 〈젊은 예술가의 반쪽짜리 초상〉은 〈어메이징 그레이스〉에 이은 진실게임 연작의 2편에 해당한다. 이 작품에서 신성우는 '우리는 현재 어디에 있는가'라는 존재론적 질문을 추가한다. 넓게 보면, 이 물음은 시간과 공간을 사물 자체의 형식이 아닌, 대상을 인식하는 인간 감성의 두 형식으로 간주했던 푸코의 사유와 공명한다.[13]

흥미롭게도 〈젊은 예술가의 반쪽짜리 초상〉은 가능태로서 단선적으로 배치된 사건들을 입체적 시간으로 치환한다. 우리가 복수의 인생 중 한 가지를 선택할 수 있다는 발상은 물리학의 다중이론과

---

12) 발터 벤야민, 『기술복제시대의 예술작품, 사진의 작은 역사 외』, 길, 2007.
13) Michel Foucault, *Les Mots et les Choses: Une archéologie des sciences humaines*, Gallimard, 1966. 미셸 푸코, 『말과 사물』, 민음사, 2012.

닮았다. 그것은 예술 텍스트로서 희곡이 갖는 장점, 즉 허구적 세계가 극적 현실로서 작용하는 반면, 허구 속에 중첩된 현재는 현실보다 더 많은 가능성들이 잠재되어 있다는 허구적 상상을 십분 활용한 것이다. 특이한 점은 시간이 쌓이면 공간도 나란히 쌓이는 극중극과 달리 두 인물이 하나의 동일한 공간에서 연속적으로 대면한다는 것이다. 그리고 묻는다. 우리가 살아가고 있는 시간에 n개의 층위가 있다면, 그중 어느 것이 진실인가?

> **노신사** 가능성은 마지막 하나만 살아남게 돼 있어. 그렇게 살아남은 가능성이 그 인간의 본질이 되는 거야. 언젠가 우리 둘 중에서 누구 하나가 먼저 죽겠지. 내가 먼저 죽을 거라고 생각하지 마. (중략) 니가 먼저 죽을 수도 있는 거야. 그러면 내가 남는 거고. 나라는 가능성이 마지막까지 남으면, 그게 내가 되는 거야. 나라는 가능성의 완성! 나라는 존재의 본질!

그뿐이 아니다. 신성우는 이 지점에서 '작가의 의도'라는 예술 문제를 개입시킨다.

> **화가** 이게 내 얼굴인데… 이게 진실인데… 왜 내가 진실을 끌어안고 살아야 하는데요? 하필이면 이런 진실을! (중략) 그걸 진실이라고 해서 끌어안고 살아야 해요? 나만 그런 것도 아니잖아요? 다들 그렇게 살잖아요! (자화상에 다가가서) 이거요, 이거… 완성된 거예요. 여기요, 이 빈 부분, 아무것도 안 그린 곳… (중략) 이게 제가 하고 싶은 거예요. 작가의 의도라고요.

관객은 혼란에 빠진다. 정신을 수습하기 위해서는 '본질-진실-의도'의 삼각관계를 추리해야 한다. 노신사가 주장하는 "나라는 존재의 본질"은 화가가 그토록 혐오하지만 거부할 수 없는 "진실"과 동일한 공간에 병존한다. 시간의 층위를 달리하는 두 개의 언어인 '본질'과 '진실'이 향응하기에 가능한 해석이다.[14] 그것들은 시공간상 별개의 것임에도 불구하고 – 본질은 진실 여부와 무관한 추상적 개념이다– 마치 실재하는 것처럼 두 개의 현존재를 지시한다(작품 속에는 n-2개의 삶이 남아 있다). 초상화의 빈 공간이 영원히 채워지지 않을 수도 있는데 그림은 완성되었는가? 그것은 알 수 없다. 이로써 신성우는 예술이 본래 미완성이라고 주장하는 듯하다. 문학에 국한하면, 이러한 입장은 이른바 '전지적' 작가의 문제로 환원된다. 예술이 완전한 것이고 작가가 신처럼 모든 것을 알 수 있다면, 창작의 고통이란 있을 수 없다. 그렇다면 작가는 자신이 거의 알지 못하는 존재를 어떻게 창조해내야 하는가? 이러한 질문은 일견 쓸데없는 것처럼 보이지만, 창작된 것을 마치 창작되지 않은 것처럼 제시해야 하는 작가의 입장에선 실로 곤혹스러운 물음이 아닐 수 없다. 〈젊은 예술가의 반쪽짜리 초상〉은 한 화가의 '가능한' 삶에 빗대어 신성우 개인이 직접 겪은 창작의 고뇌를 자문하는 작품일 가능성이 높은 문제작이다.

4. 현실과 허구의 경계

'진짜와 가짜'라는 주제는 우리가 앞서 논의했던 욕망과 현실의 충돌, 그리고 그 필연적 귀결인 현실 도피라는 개념과 깊숙이 연결되어 있다. 작품 속 인물들은 자신의 욕망, 상처, 또는 감당하기 힘든 현실 앞에서 진실을 외면하거나 부정하고, 자신에게 유리하거나 편리한 '가짜' 현실(허구) 혹은 '가짜' 논리를 만들어내기도 한다. 반

---

14) 푸코는『말과 사물』의 서문에서 "비(非)장소로서의" 언어 '속'에서만 발현될 수 있는 물리적 공간인 '헤테로토피아(hétérotopies)'를 처음 제시했다. 이 개념은 1966년 12월 7일 '프랑스 퀼튀르 France Culture' 라디오 채널에서 방송된 후 원고의 형태로 확장되었다. Michel Foucault, *Le corps utopique; suivi de Les hétérotopies*, Éditions Lignes, 2009. 미셸 푸코,『헤테로토피아』, 문학과지성사, 2023,

대로 '진짜'를 끝까지 추구하거나 숨겨진 진실을 발견함으로써 상황이 반전되기도 한다. 각 작품에서 나타나는 '진짜와 가짜'의 양상들을 살펴보자.

〈폭설〉에서 현택은 자신의 정체가 갑수의 후임 비정규직 역무원임을 밝히고 유니폼을 보여준다. 오해는 일단락되는 듯 보이지만, 현택의 '진짜 정체(진실)'가 드러나는 순간이다. 갑수는 현택이 탈주범일 가능성이 높다는 것을 안다. 이미 후임을 살해한 그는 현택을 신고하지 못한다. 기이한 일이 벌어지는 것은 선로 위에서 시체가 발견되면서부터다. 두 사람의 입장에서 시체가 누구인지, 그리고 누가 죽었는지에 대한 논쟁은 사실 불필요하다. 물리적 증거가 존재하고 진실은 자명한데도 불구하고 이후 펼쳐지는 부조리극의 양상은 관객을 의식한 장치다. 현실을 회피하거나 왜곡하려는 두 사람의 대화는 다음과 같은 비현실적 대사에서 절정을 이룬다.

> **갑수** 우리 둘이 힘을 합치면 세상 정도는 금방 속일 수 있어. 세상 한번 속여보자고. 속일 수 있어. 그지?
>
> **현택** 그래요. 세상을 속일 수 있어요.

〈어메이징 그레이스〉 속 인물들은 현실 도피가 단순히 어려운 상황의 모면을 넘어 왜곡된 현실 인식의 결과임을 보여준다. 변호사는 법정에서 '진실'보다 중요한 것이 전략과 합의일 수 있음을 암시한다. 그는 심지어 그레이스가 '거짓말쟁이'이기 때문에, 판사가 그의 말을 신뢰하지 않을 것이라며 "거짓말쟁이 이코르 인간됨이 나쁜 사람"이라는 이분법적 평가 기준을 제시하기까지 한다.

> **변호사** 진실은 그닥 중요한 게 아닙니다. 만약에 굳이 재판까지 가시겠다면, 그렇다면 잘못했다고 뉘우치는 시늉이라도 하셔

야 합니다.

그레이스 시늉이라뇨 가짜로요?

〈공원 벤치가 견뎌야 하는 상실의 무게〉에는 〈어메이징 그레이스〉와 달리 '진실'이 갖는 힘을 조명하는 인상적인 대화가 있다.

지영 사실 기쁜 거잖아요? 엄마가 마지막에 친구가 있었고, 외롭지 않았고, 사진 받으려고 기대했었고…

원일 제 친구도요. 제가 생각한 것처럼 외롭게 간 게 아니네요.

지영 기쁜 얘기에요, 사실은, 이게.

원일 예. 맞아요. 기쁜 얘기 맞아요.

이 장면은 미묘하다. 고인(故人)들이 지영과 원일이 생각했던 것보다 덜 불행했음을 알게 된 것은 향후 두 사람에게 어떻게 작용할까? 지영과 원일은 이제 벤치에서 벗어나 일상생활로 복귀할 것인가. 기쁘다니? 두 사람이 몰랐던 진실이 드러난 여파가 다소 모호하게 그려지면서 그들의 관계가 복잡한 줄다리기 양상을 보일 것이라는 추측은 충분히 가능하다. 이 일을 계기로 지영과 원일이 공감대를 형성하며 앞으로 나아갈 힘을 얻는다는 점이 중요해진다. 진실의 '앎'이 때로는 작은 위안과 치유를 찾는 과정임을 암시한다고 해석할 수 있다.

〈남작부인〉은 '진짜' 현실과의 접촉을 끊고 '가짜' 현실, 즉 자신만의 환상에 사로잡혀 살고 있는 두 인물의 이야기다. 로사와 남작부인은 비슷하면서도 어찌 보면 대척점에 선 유형이다. 남작부인은 가상의 손님들과 예술을 논하는 일상을 보낸다. 과거의 특정 시점에 멈춰 있거나, 남작부인이라는 허구적 신분을 고집하며 외부 세계와의 접촉을 거부한다. 로사가 현실 세계로 나오도록 설득하지만, 그녀는 이를 거부하고 자신의 내면세계에 머무른다.

남작부인 난 기꺼이, 자발적으로… 미쳤잖아?

이 대사는 현실 도피가 외부의 강요가 아닌, 스스로 선택한 삶의 방식이자 현실일 수 있음을 시사한다. 그녀의 삶은 냉혹한 외부 현실에서 상처받느니, 자신만의 통제 가능한 환상 세계에서 사는 것을 택한 능동적 현실 도피다. 반면 로사는 남작부인의 환상 세계에 휘둘리면서도 한편으로는 자신의 힘든 현실을 마주하려 한다. 그녀가 마테오 신부의 전화를 피하거나, 딸의 병에 대한 이야기를 회피하는 모습은 감정적으로 회피하고 싶은 현실이 있음을 보여준다. 남작부인에게서 돈을 벌고 싶다는 솔직한 욕망을 드러내면서도, 혼자 죽음을 기다리는 노인들의 '괴팍함'을 이해하려 하고, 남작부인을 현실로 이끌어내려 노력하는 모습은 현실 속에서 자신의 역할을 수행하려는 의지를 보여준다. 하지만 그녀 역시 인간 존재의 불안정성을 언급하며 현실에서 중심을 잡기 어려운 상태를 간접적으로 표현하기도 한다.

로사 사람은… 광대와 악마 사이에서 갈팡질팡하는 어린애예요. 이쪽 보고 웃다가 저쪽 보고 울다가, 웃기만 하는 게 바보같아서 돌아서면, 덜컥 겁이 나서 꼼짝도 못 하고…

그런데 남작부인과 로사는 현실과 망상 사이에서 서로 다른 방식으로 길을 잃었다. 남작부인은 스스로를 '미친' 세계 속에 가두고 그것을 예술로 승화시키며 자신의 길을 찾았다고 주장한다. 신의 섭리에 저항하는 그 길은 결코 '현실 도피'라고 단정할 수 없다.

로사　　그러면, 그거는요… 현실 도피… 아니에요?

남작부인　이 현실이 전부면, 온 우주에 지금, 이 현실만 유일한 현실이면, 그럼 그럴 수도 있겠지. 근데 그거 확실한 거니? 정말 여기밖에 없을까?

　현실의 고통과 상처로 얼룩진 로사의 삶은 남작부인의 '상상'이 또 다른 현실이 될 수 있다는 제안 앞에 흔들린다. 로사의 세계관이 무너지는 것이다. 결국 로사는 남작부인의 세계에 합류하는데 이 결말은 두 가지로 해석될 수 있다. 로사의 선택은 '정상'이라는 이름의 고통스러운 현실 대신 다른 가능성을 탐색하려는 시도일 수 있다. 혹은 그녀의 딸을 살리지 못했던 실패를 반복하지 않으려는, 신의 뜻 같은 초월적 설명 대신 자신의 힘으로 무언가 의미 있는 행동을 하려는 투쟁이다. 전자가 소극적 투항이라면, 후자는 이른바 '교만'을 실천한 강력한 의지의 표현이다. 어느 쪽이든 〈남작부인〉은 우리의 인생이 각자의 방식으로 현실과 망상 사이의 모호한 경계에서 동요하면서 나름의 생존 방식을 찾아가는 과정임을 암시한다.
　〈남작부인〉은 두 인물의 대비를 통해 예술에 대한 새로운 관점을 제시한다. 남작부인이 현실을 부정하고 허구의 신분으로 살아가는 행위 자체가 스스로 창조한 예술이자 세상(신이 만든 현실)에 대한 저항일 수 있다고 주장하는 것이다. 그녀의 망상은 단순한 병리적 현상이 아니라, 고통스러운 현실 속에서 그녀가 선택한 삶 그 자체를 재료로 삼아 만들어내는 하나의 '작품'에 비유된다.

남작부인 매일매일 기대한다는 게, 음… 저는 그게 예술인 것 같아요. 그러니까 전 예술가이고요. 제 삶을 가지고 매일 새로운 작품을 만드는 거예요. 세상에 없는 새로운 걸 만드는… 그럼 예술가 아닌가요? (중략) 인생을 재료로 하는 예술! 그게 진짜 예술 아닌가요? (중략) 그래요! 예술가는 신에게 도전하는 거예요! 예술가만이 신에게 도전할 수 있어요!

결론적으로 〈남작부인〉은 주인공 남작부인의 입을 통해 예술의 정의를 확장하며, 삶 그 자체, 특히 현실에서 벗어나 스스로 창조한 세계를 살아가는 행위가 예술이 될 수 있다는 파격적인 관점을 제시하고, 이를 통해 관객들에게 예술의 본질과 창조 행위의 의미, 그리고 세상과 예술의 관계에 대한 질문을 던진다.

5. 나가며

하스미 시게히코로 돌아가 보자. 그는 남들이 좀처럼 하지 않는 이야기를 무시하지 않았던 역사를 문학의 동시대성(同時代性)이라 정의했다. 다시 말하지만, 이러한 통찰은 서론에서 말한 '범용(凡庸) 함'과 밀접한 관련이 있다.

문학사(文學史)는 이야기되는 것에 대한 역사이자 동시에 이야기되지 않는 것에 대한 역사여야 한다. 특권적 재능의 소유자들이 문학을 견인하는 것이 아니라 범용한 자질밖에 없는 자들이 자신의 범용함은 타인의 범용함과 다르다고 믿어 의심치 않음으로 생산되는 희미한 독자성에 대한 착각이 바로 오늘날 문학의 기반이다. (중략) 문학의 역사가 사람들이 이야기하려 하지 않는 범용함에 관한 담론이어야 하는 이유가 바로 여기에 있다.[15]

---

15) 하스미 시게히코,(2024), 135-36.

여기서 알 수 있듯이, 범용함이란 우리가 아는 사전적 의미로서의, 비범함의 반대말이 아니다. 하스미 시게히코는 '범용'이라는 어휘를 '뛰어난 부분'의 부재와는 전혀 무관한, 절대적인 현실로 정의한다. 그는 동시대를 향해 유효한 언어를 창조하고 발화해야 한다고 굳게 믿으면서, 또 그러한 특권을 행사함으로써 시인의 이름을 남길 수 있다고 예언했던 젊은 막심 뒤 캉[16]에 주목했다. 그리고 현재까지 축적된 문학적 기억의 층위 어디를 살펴봐도 막심 뒤 캉 이름의 흔적을 찾기 어렵다는 잔혹한 현실을 애석해한다. 글을 맺으며 이 얘기를 하는 이유는 서론에서 꺼낸 '진실-진실성'이 '동시대성-범용함'과 불가분의 짝을 이루고 있다고 여겨지기 때문이다. 시인이라면 동시대를 향해 유효한 언어를 발화해야 한다는 막심 뒤 캉의 일갈은 현재에도 유효한 것일까?

이 질문은 하스미 시게히코가 말하는 문학의 동시대성에 대한 성찰을 요구한다. 이에 공감하든 공감하지 않든, 무릇 작가라면 형식의 아름다움만 추구하는 예술지상주의에 대해 얼마간의 거부감을 느낄 것이다. '진실-진실성' 구별은 자신은 타인처럼 쓰지 않는다는 확신이 '희미하게 공유'되는 영역에 존재한다. 신성우의 글을 읽으며 나는 적어도 '진실처럼 보이게 하기 위한' 그의 노력과 배려심을 느낄 수 있었다. 그 배려의 체계와 허용범위는 시대와 문화에 따라, 또한 지위와 계급에 따라 다를 것이다. 그러한 태도는 한국 사회의 동시대성에 대한 인식과 맞닿아 있다. 창작 행위는 그것이 동시대성을 갖는다는 점에서 과거와 단호하게 결별하고 새로운 마음으로 현재를 맞이하는 태도와 연결될 수밖에 없다. 그러한 의미에서 신성우의 작품은 독자, 배우, 그리고 공연 예술의 다양한 분야를 담

---

16) 막심 뒤 캉(Maxime Du Camp, 1822-1894): 프랑스의 작가이자 사진가. 당대에는 제법 알려졌으나 문학동료인 귀스타브 플로베르, 샤를 보들레르. 테오필 고티에 같은 19세기 프랑스 문단의 거성들의 그늘에 가려져 잊혀졌다. 하스미 시게히코의 책은 세계최초의 막심 뒤 캉론이다. 막심 뒤 캉의 아카이브로는 https://www.moma.org/artists/1629-maxime-du-camp 참조,

당하는 스태프에게 자신의 '범용(凡庸)함'을 공유하려는 치열한 고민이 묻어 있다고 할 것이다.

하스미 시게히코가 발명한 단어이긴 하지만 작가 신성우의 '범용함'을 내 방식으로 정의하자면, 자신이 포착한 사회의 부조리를 현실의 합리성에 가중시켜 세계에 대한 진실을 말하고자 하는 성실함이라고 말하고 싶다. 무엇보다 그는 쉬운 언어를 치열하게 구사한다. 그 재주만큼은 '비범함'이라 불러 마땅하겠으나, 설화론적 특권이 없는 나로서는 그 예외성을 달리 묘사할 방도가 없다. 나아가 '범용함'은 작가의 문제일 뿐만 아니라, 작품을 소비하는 관객의 문제이기도 하다. 이는 '범용함'의 요건으로 하스미 시게히코가 꼽은 '타인과의 거리', 희곡의 경우 '관객과의 거리'에 해당한다. 본론에서 언급했듯이 말의 농도를 조율해 관객과의 거리를 좁히는 신성우의 솜씨는 발군이다. 아쉬운 점이 있다면, 나의 역량으로는 신성우 극작법의 전모를 아직 파악할 수 없다는 점이다.

끝으로 '범용함'이라고 부를 만한 신성우의 일면을 추가한다. 막심 뒤 캉은 노년의 나이에도 꾸준히 책을 썼다. 72세의 나이로 죽기 직전, 만년이라고 불러도 좋을 10년간 10권의 책을 발표했으니, 꾸준히 책상에 앉아 있었다고 볼 수 있다. 그는 71세에 집필한 『황혼-해 질 녘의 이야기』를 다음과 같이 마무리한다.

> 이 글을 끝내기에 적합한 짧은 결론을 표명하겠다. 나는 그것을 충고의 형태로, 동포의 마음가짐으로 항상 바라본 작가들과 문필가들에게 표하고 싶다.[17]

막심 뒤 캉이 동료들에게 전하고자 한 "결론"은 무엇이었을까? "글을 써라."였다고 한다. 나는 이와 비슷한 신성우의 글을 어디선가 본 적이 있다. 기억이 가물거려 한참을 검색해 찾았더니 다음과 같

---

17) 하스미 시게히코,(2024), 1045-46.

이 적혀 있다.

> (나는) 40대에 뒤늦게 연극에 입문한 늦깎이 작가다. 오로지 글
> 만 쓰는 극작가로서 평생 현역으로 살다가 죽고 싶은 꿈을 가지고
> 있다.

본인이 쓴 것임이 분명한 이 소개 외에 믿을 만한 정보도 있다.
신성우는 지독한 워커홀릭이다. 그의 소망이 반드시 이뤄지기를 바
란다.

신성우 2인극집 : 폭설 外

초판 1쇄 인쇄일   2025년 5월 23일
초판 1쇄 발행일   2025년 5월 30일

지 은 이   신성우
만 든 이   이정옥
만 든 곳   평민사
　　　　　서울시 은평구 수색로 340 〈202호〉
　　　　　전화 : 02) 375-8571
　　　　　팩스 : 02) 375-8573

　　　　　〈평민사 모든 자료를 한눈에〉
　　　　　http://blog.naver.com/pyung1976
　　　　　이메일 pyung1976@naver.com

등록번호 25100-2015-000102호
　ISBN   978-89-7115-876-0   03800
정　　　가 19,000원

이 책은 서울특별시, 서울문화재단 '2025년 창작집 발간지원 사업'의 지원을 받아 발간되었습니다.